ammann

Birgitta Trotzig

Die Krankheit

Eine Legende

Aus dem Schwedischen
von Jörg Scherzer

Ammann Verlag

Die Originalausgabe erschien 1972 bei Bonniers in Stockholm
unter dem Titel »Sjukdomen«

Satz: Jung Satzcentrum GmbH, Lahnau
Druck: Offizin Andersen Nexö, Leipzig
ISBN 3-250-10189-3

Die Krankheit

Elje hieß einer, der mit seinem Vater in einem Landarbeiterhaus des Gutes Skurup in der Nähe von Eslöv in Skåne lebte. Elje wurde in den Papieren geführt als Ström, Elje Jesaja (Jesaja, der, der da kommt im Namen des Herrn), von Beruf ehem. Seemann. Doch nur ein einziges Mal in seinem Leben hatte er Heuer auf einem Schiff gehabt. Lange Zeit war er fort gewesen und war von einem Apparat betreut worden, der es besser weiß; in der Zwischenzeit arbeitete er je nach Saison periodisch als Landarbeiter – mit den Jahren in immer größeren Zeitabständen. Er war entmündigt.

Ström, Elje J., der Sohn, und Ström, Albin Bernard, der Vater, wohnten immer zusammen in einem Landarbeiterhaus des Gutes Skurup, seit so langer Zeit schon, daß sich niemand mehr daran erinnerte, wie es gewesen war, als sie noch nicht dort wohnten. Ganz oben im Giebel hatten sie ein Zimmer, das sie heizen konnten, und eine Kammer. Der Vater war ein tüchtiger Arbeiter, er wurde nach und nach Vorarbeiter. Er war der erste im Haus, der sich ein eigenes Radio kaufte, auf Abzahlung.

Das betreffende Haus war so erbaut, daß, vom Treppenhaus gesehen, rechts und links je ein langer Korridor parallel zum Hof verlief. Er wurde gesäumt von Türen, die wie Käfigtüren mit Schließhaken versehen waren. Je nach Jahreszeit wimmelte es dort von Menschen – alle Arten: Menschen in Lumpen und mit kleinen Kindern, alleinstehende Männer oder Norddeutsche, Dänen und auch andere Ausländer, die gruppenweise zur Rübensaison kamen: plötzlich konnte in mehreren Sprachen gelärmt werden: konnte das lange Haus von Wand zu Wand widerhallen wie eine gedrängte Sammlung klagender Tiere. Und ebenso plötzlich war es eines Tages leer und still – alle fort, abgesehen von Elje und seinem Vater und dem Vorknecht, der ganz hinten auf der anderen Seite wohnte, ein Mann, der an Migräne litt und nicht viel sagte: die drei blieben ständig und störten sich nicht, die Wohnungen an den gegenüberliegenden Enden des Hauses mit je einem beheizbaren Zimmer und einer Kammer waren ihr Heim auf der Welt.

Ström, Elje, geboren 1914 in einer Märznacht, in dem Jahr, als die Welt bald überall in brennendem Krieg liegen sollte, war ein Entmündigter. Er liebte seinen Vater mehr als alles andere auf der Welt. Der Vater war seine ganze Welt. Der Vater kümmerte sich um ihn und überwachte sein Tun und Lassen, paßte auf ihn auf, wenn es nötig war, und schickte ihn zur Arbeit, wenn es ging. Einige Male half nichts mehr; da mußte der Apparat, der es besser weiß, eingreifen (man brachte ihn auf unterschiedliche Weise dorthin, einmal an der Hand des Vaters wie ein liebes, stumpfäugiges, willenloses Etwas, ein andermal im großen Stil mit Polizei und Krankenwagen und Sirenen und Gebrüll und Schaum vor dem Mund). – Dann war er aber plötzlich wieder beim Vater. Mit dem richtigen Anzug bekleidet, durfte er durch die Pforte gehen und quer durch die Stadt zum Hauptbahnhof und durfte den Zug nach Eslöv nehmen und dann den Bus von Eslöv nach Skurup. Als er zu

Hause ausstieg, ging die Sonne unter. Am Bus erwartete ihn der Vater. Dann war er wieder zu Hause beim Vater, wieder saßen sie am Eßtisch vor dem Küchenfenster einander gegenüber, auf dem grünen rissigen Wachstuch zwischen ihnen standen Kartoffeln und Hering und Fleischklößchen und eine halbe Flasche Schnaps (obwohl der Doktor genau dies ausdrücklich verboten hatte), der rote Sonnenuntergang leuchtete schräg durch Flasche und Gläser und über die Risse des Wachstuchs, so daß es einer moirierten Wasseroberfläche glich, und alles war so schön, so schön, er war wieder zu Hause beim Vater.

Der Vater war das, was er auf der Welt am meisten liebte. Der Vater war seine ganze Welt, der Vater erledigte alles für ihn. (Obwohl er auch ein anderes Leben hatte. Er hatte etwas, wovon der Vater nichts wußte. Die ganze Angelegenheit ließ sich auch umkehren. Dann wurde aus ihr etwas völlig anderes, eine ganz andere Welt – die Welt eines anderen.)

Ström, Elje, wußte über sich selbst, daß er genau in jenem Jahr, als der Krieg über die Welt herfallen sollte, geboren war. Der, der da kommt im Namen des Herrn. Er hätte gern erkannt, daß es so war. Aber wie das Leben fortschritt und immer weiter fortschritt, sah er es zunehmend weniger. Dinge geschahen. Geschahen sie? So zerrissen. Und der rote Faden seines Lebens war diese Zerrissenheit – während er den Leben anderer Festigkeit und Zusammenhang zu geben schien. Anfangs und außerhalb von allem, war es vielleicht wie ein Dunkel. Es war vielleicht wie eine Kugel. Ein Feuerschatten umgab sie – jedenfalls kribbelte es vor Elektrizität, wenn man in die Nähe kam.

Etwas war da. Es ließ sich auch nicht in Teile zerlegen. Eigentlich war es weder dunkel noch hell. Doch es war wie ein Schlag auf den Kopf: man weiß, etwas Dunkles ist geschehen, doch dann fühlt man überhaupt nichts mehr.

Vielleicht war auf diese Weise die Gleichgültigkeit entstanden.

Oder wie entsteht Gleichgültigkeit?

– Das, was im verborgenen Leben nur abgeschnitten wird. Eines Tages ist man frei – einfach, ohne oben oder unten, frei, leer, kein Horizont, keine Tiefe, keine Grenze, kein Gewicht.

Von da an ist alles unzusammenhängend. Entzwei. Liegt da wie Geschlachtetes. Das, was nach einer Sprengung übrigbleibt – getrennt, zerteilt, in der Trennung unkenntlich.

Die Gleichgültigkeit war ein weißer Brand, eine Seuche, eine Krankheit, die zum Tode führt und den Tod sogar hineinziehen kann in sich und den Tod auch ganz farblos machen kann, unerreichbar, von einer bleichen Haut aus Wachs oder Schimmel überzogen.

Denn:

»Was ist Gleichgültigkeit?

Zwei Dinge wollen und wirken, blind Hindernisse umstoßend im Menscheninneren; stellenweise wollen sie ausbrechen in nackte und/oder geschlechtsentblößte Sichtbarkeit. Zum Leben will das eine. Es strahlt vielleicht. In manchen Augenblicken. In je einem Glied. Wie eine Sonne im Schoß, leicht wird sie schwarz und verwandelt sich ins Gegenteil: zur Todessonne. – Denn zum Sterben will und strebt und müht sich blind und schweigend und unerbittlich ein anderes. Dort bringt die Gleichgültigkeit Haut hervor (glatte Haut, trockene Haut, rein farblos weich und schwindlig, Schwindel) über den Knochen des Todes.«

Ström, Elje, war ein Entmündigter.

Ein Entmündigter ist niemand.

Elje war niemand.

Aber auch vorher war er niemand gewesen.

Fast immer, fast in allem, woran er sich erinnerte, war er überhaupt niemand gewesen.

Er hatte eine Mutter *gehabt*. Dies war das einzige Bemerkenswerte an ihm. Mutter *gehabt*. Das war das einzige, von dem er fühlte, daß es ihn von allen anderen so unterschied, daß er es berühren und sagen konnte: hier fange ich an, hier hören die anderen auf.

Ansonsten war er niemand.

Diese Mutter kam eines Tages nicht mehr nach Hause. Sie blieb einfach fort. Vielleicht war sie nach Amerika gefahren. Aber auch der See lag nahe. Im übrigen erinnerte er sich überhaupt nicht an sie, als es geschah, war er nicht einmal zwei Jahre alt.

Auf diese Weise aber wurde sie, die er gehabt hatte, die fortblieb, für ihn das Besondere – sein Kennzeichen. Sonst hatte er nichts. Keine besondere Geschichte. Er war ein ganz Beliebiger.

Sonst hatte doch jeder, wie er meinte, stets etwas Eigenes, das Sicherheit verlieh, so daß man davon erfuhr, wer er war. Allen anderen stießen Dinge zu, und so entstand ihre besondere Geschichte. So erkannte man sie wieder. – Ihm stieß nichts zu. Es setzte nie ein. So als sei er ohne Gesicht und unsichtbar auch für die anderen – zweifellos: unsichtbar gemacht. Er mochte so viele Grimassen schneiden, wie er wollte, und mit Armen und Beinen fuchteln oder auch um zwölf Uhr mittags auf dem Marktplatz von Eslöv Purzelbäume schlagen und die Zunge herausstrecken – was immer er anstellte, da war niemand, der ihn sah. Gerade dann sahen alle wie zufällig in eine andere Richtung. So als *könne* man ihn tatsächlich nicht sehen. Als sei er eingehüllt oder eingeleimt in einen Tarnmantel.

Und es geschah auch nichts. Es war Winter, selbst wenn Sommer war. Das heißt, nicht Winter, wenn er ist, wofür er sich ausgibt – »Winter«. Sondern Winter, wenn er nicht er selbst ist, sondern vor allem Abwesenheit von etwas – des Herbstes, des Frühlings, des Schnees. Hauptsächlich: Abwesenheit. Die Felder sind leer. Nicht weiß sind sie – sie haben keine Farbe, genau dies ist das Hauptsächliche. Die Luft ist leer, ohne Echo. Die Temperatur Null, eine Temperaturlage, die, wenn es arg kommt, in sich die gesammelten Unannehmlichkeiten der Plusgrade und der Minusgrade vereinigen kann, ohne gleichwohl das eine oder das andere zu *sein*. Nicht Schnee, Schnee hat es gegeben oder wird im nächsten Monat fallen: der Schnee, den es nicht gibt: die Erfrorenheit draußen, wo Dinge entstehen. Eine Jahreszeit dazwischen und gleichzeitig außerhalb des einen oder des anderen – namen- und eigenschaftslos. Kein einziges richtiges Ding gibt es da. Sogar ganz simple Dinge wie eine Tasse oder ein Stuhl sind von einem weißen Schatten geschlagen. Verkümmert und von sich selbst fortgefroren, kann der Winter, gerade in seiner völligen Abwesenheit, gar nicht mehr kälter werden.

Ström, Elje, konnte an Tagen, an denen er nicht arbeitete, vielleicht dennoch ins Gutskontor geschickt werden.

Er ging auf dem geraden, leeren Weg von den Häuserzeilen hinauf zum Skuruper Schloß. Viel Schnee gab es nicht, aber der Weg und große Teile der Felder lagen gefroren unter etwas Grauem, das glänzte wie Fett. Geradeaus auf der geraden, breiten, harten Auffahrt, wo die Schritte leer in der Echolosigkeit klangen. Ein langer kalter bleicher vager Wintertag, immer derselbe. Irgendwo war die Zeit getötet worden. Ihm war nicht, als werde er älter, als lebe er. Er hatte doch keine Geschichte: irgendwo hatte man die Zeit erschlagen. Er war nur. Immer war das so gewesen (fast? immer?). Nichts konnte sich ereignen. Das bleiche gefrorene Winterlicht ging durch alles hindurch, geradewegs bis auf den Grund. (Es kam vom Außerhalb-Winter, von Weder-dunkel-noch-hell.) Bis auf den Grund gefroren, ohne Grund. Als sei er nie entstanden.

Einmal fragte er den Vorknecht, was er glaube – werde er einmal irgend etwas sein? Dieser aber antwortete nur verlegen, du, Elje, eines Tages gewinnst du bestimmt den Hauptpreis in der Lotterie.

Nichts veränderte sich. Alles stand still auf einer Nadelspitze. Und die Nacht (das lange endlose Etwas – eine Wolke aus Verdunklung –) war kein Trost. Die Wolke, die blind machte, war verschlossen und hart.

Ström, Elje, ist niemand.

Einer, der niemand ist und nicht etwas Besonderes, der hat keine Geschichte, er hat auch keine eigenen Gesetze, nach denen er funktioniert. Er untersteht in diesem Fall direkt den öffentlichen Gesetzen. (Während bei anderen das eigene, das besondere Gesetzessystem eine mit der Zeit immer reichere Schicht aus Nervenfasern und Muskelkissen zwischen ihm selbst und den harten Knochenköpfen der öffentlichen Gesetze ausgebildet hat: andere also werden niemals so entblößt: sie tragen eine stoßdämpfende Verkleidung, ein zähes Gewebe aus Medaillen, Eigenschaften, Amuletten.)

– Ström, Elje, ist niemand. – Doch auch die öffentlichen Gesetze ihrerseits sind eine reine Annahme, ein Hirngespinst, ein Nichts (oder?) – nachdem es sich nun einmal bei allem, was existiert, um lauter Ausnahmefälle handelt, lauter eigene und besondere Geschichten. Nackt wird man geboren und in ein Jetzt. Mit der Zeit aber bekommt man seine Geschichte, man wird seine Geschichte, man kann sich einfach nicht daraus befreien. Man kann sich nur dafür entscheiden, sie geradewegs zu schlucken. Oder beim Schlucken die Augen zu schließen.

So, daß die öffentlichen Gesetze. (Oder?)

So, daß einer, der zu niemand gemacht ist, nach den Gesetzen des Nichts funktioniert. Nur entfernter Schein. Nur etwas anderes sein.

Nichts hat einen Namen – um ihn auf irgendeine Weise zu benennen und ihm ein Gesicht zu geben, einen (obszönen, protestierenden) Körper. Der Name des Nichts ist der Tod. Der Tod ist liederlich. Er will sehen, wie sich die öffentlichen Gesetze vermehren, in Zwingern.

Dem kleinen Versuchstier ist der Tod auf den Fersen. Wie eine Feuersbrunst. Die ganze Welt brennt. Immer rascher rennt er, jetzt berührt er bei seiner Flucht kaum noch den Boden. Alles vermehrt sich in unglaublichem Maße: die Geschwindigkeit, die Kraft, der Hunger, der Appetit, die Kopulations- oder Reproduktionsfähigkeit. Der Tod ist ihm auf den Fersen. Alles, was er tut, atmen, kauen, schlafen, rennen, spucken, onanieren oder kopulieren (vielmehr kopulieren WILL, in diesem Sonderfall aus Skurup), ist ein Schlag gegen den Tod, ein Schattengriff an die Kehle des Entgleitenden, das seinen Namen nicht nennen will, dessen Name jedoch vergossen wie eine Kühlflüssigkeit auf den flammenden stürmenden Schein-Bränden der Welt liegt. Deren weißglühender Mittelpunkt völlig still ist, dort kann er die eigenen Herzschläge zählen, während sie noch anhalten.

Blickt man in die eine Richtung, gleichen sie einem zum Himmel reichenden Scheiterhaufen.

Unten ist das Spiegelbild der brennenden Welt Gewimmel, Verstummen, Asche, seit langem verloschen, hier sind die Jahrtausende wie ein Augenblick, versteinerte Zungen. Starre Felder liegen unter dem Himmel, der mehr denn je einer Klippe aus Eis gleicht, man blickt hinauf aus dem bis zum Grund gefrorenen See. – Hier geht es gemächlich zu. Er schläft. Schlaflos windet er sich. Versucht in der Dunkelheit eine brennende Spalte wiederzufinden, in der Dunkelheit – brennend –, um wenigstens etwas zu fühlen, sollte es auch noch so schmerzen – verschlossen aber, schweigend, gefroren. Die Hände pulsieren vage, tasten. – Erinnern sich aber an nichts. Halbsommer. Erwacht wieder. Er kneift die Augen vor dem Licht und vor den Geräuschen vom Ausguß zusammen, der Vater ist jetzt aufgestanden und wäscht sich und setzt Kaffee auf, jetzt ist ein neuer Tag. Elje für sein Teil aber zieht es vor zu warten, er dreht sich um zur Wand und macht sich unmöglich. Dann, nach langer Zeit, steht er auf, wäscht sich, trinkt Kaffee. Er bewegt sich. Jedenfalls geht er hinaus und arbeitet im Lauf des Tages etwas, wenn auch mangelhaft. Er nimmt zwei warme

Mahlzeiten zu sich – dies ist die Zeit mit der Haushälterin – und nachmittags Kaffee. Nach zwölf Uhr mittags kann er Radio hören, die in sacht dahinschlabbernde Hawaiimusik eingebackenen Nachrichten. So vergeht der Tag. Der Vater kommt zum Abendessen nach Hause, manchmal ist er vor Müdigkeit so bleich wie Mehl. Dann beginnt das Verhör. Doch binnen kurzem ist es gestattet, wieder zu Bett zu gehen. Sich zusammenrollen ins trokkene Dunkel, in dem man sucht und immer sucht nach der Spalte, dem vergessenen Feuerschmerz, der Spur.

Jeder für sich: heißt das das gleiche wie jeder auf seinem Platz?

Man könnte glauben, daß die Teile – nachdem sie also von irgendeinem unbekannten Gesetz oder einer Kraft oder einem Eingreifen auseinandergetrieben, hinausgewirbelt worden sind in die Abwesenheit – durch ihre eigene, besondere Organisation, dem ihnen innewohnenden funktionellen Schwerkraftgesetz, den Platz einnehmen, an dem sie funktionieren; befreit von dem sie zwar zusammenhaltenden, aber auslöschenden, lähmenden Druck, der dafür gesorgt hatte, daß sich wenigstens neunzig Prozent des Expansionsvermögens jedes einzelnen Teils in blinden und stummen Widerstand verwandelt: eine Kraftanstrengung, größer als irgendeine Pioniertat, voller Schweiß und Mühe war nötig, um nur schon den Druck anderer ertragen zu können. Den Sog der anderen. Der doch nur unterstellten Ganzheit: den mächtigen Sog der öffentlichen Gesetze, den es in Wirklichkeit jedoch nicht einmal gibt. (Oder?)

Statt dessen aber: ist jetzt Gelegenheit zur Entwicklung

der bis dahin zu Negativem verschwendeten Kraft – für welchen Ort entscheidet sich jetzt der ausgebrochene, in der Zerstreuung schwebende Teil? Nicht nur diese Kraft scheint es zu geben, sondern auch eine Art eingebauter Zerstörung, die bewirkt, daß sie schlafwandlerisch unmittelbar jenen Ort aufsucht, wo sie, wenn möglich, noch weniger als zuvor richtig arbeitet. Viel weniger.

Alles wendet sich nach innen. Es wird angegriffen von etwas Weißem. Nichts funktioniert.

Im Winter '37 oder '38 besuchte Elje ohne Wissen des Vaters eine Kinovorstellung in der Guttemplerloge von Skurup: inmitten des Geflimmers indirekter Bilder wurde ein lebendiger kleiner Mann gemalt – war er denn übrigens lebendig? Er hatte so ruckartige Bewegungen. Er stellte einen Lebenden vor. Aber ging die Maschine nicht viel zu weit?

Weinend, fast schreiend kam Elje heraus und mußte von zwei Jüngeren in Obhut genommen und um die Hausecke geführt werden. »Is es jetzt besser?« fragten sie die ganze Zeit. »Gehts dir jetzt besser?«

Ström, Elje, war ein Entmündigter.

Und was ist das Leben eines Entmündigten? Von den öffentlichen Gesetzen aus das Einfachste, Direkteste. Entlassen werden und wieder abgeholt, entlassen werden und wieder abgeholt.

Außerdem waren diese unangenehmen Dunkelblauuniformierten das Schlimmste, was er kannte. An ihrer Mütze festgenäht war ein flaches blindes grinsendes Gesicht. Es war aus Gold, damit man es nicht übersah. Gelegentlich konnten von dort Strahlen aus den kalten dummen toten Augen dringen, hinaus über ein ganzes Ackerfeld.

Dieser Dunkle, in Knöpfe Gehänge Gürtel Säbel Mütze mit Wappen Eingefaßte vertrat die Macht und die Übermacht. Den eisernen Arm, der einen über den Rand schleuderte. Dort unten wurde man dann – binnen eines Augenblicks – in sein Gegenteil verwandelt. Das große freie Ackerfeld mit einmal, gerade wegen seiner Größe und Leere, eine Falle, aus der es kein Entkommen gab: auf dieser großen freien Fläche huschte das Versuchstier in die rechte Ecke – dort glomm dieses Gesicht, dort wurde gewacht – zur linken Ecke, dort glomm das Gesicht, dort wurde gewacht – aus allen Richtungen, in allen Ecken glomm das Gesicht, alles wurde bewacht, er mochte umhersausen, so viel er wollte, dort in der großen Leere, hinaus kam er nicht, bewacht. Er eilte hin und her, jede kleinste Bewegung gelenkt von der Überwachung. So wie ein Ball abprallt von einer Wand. Und wiederum von der gegenüberliegenden Wand. Die ihn ihrerseits abprallen läßt. Bis es scheint, als seien die Bewegungen wild und verrückt und hätten jede Kontrolle verloren und rasten in völliger Freiheit dahin. Das aber ist Schein. Wird gesteuert. Die Bewachung steuert ihn. Bis ins kleinste Keuchen ist jener Ball, der gegen das Harte prallt und vom wieder Harten weg: gesteuert vom Harten.

Binnen eines Augenblicks – der eiserne Arm fällt: erlegt – wechselt der Himmel die Gestalt. Der leere freie Raum über dem Feld, auf dem das Tier auf seiner Bahn umherläuft, wird zum geschlossenen Blick. Ein Auge folgt. Auch nach oben kein Ausweg. Die Bewachung ist lückenlos. Über dem platten grauen Horizont – irgendwo jenseits von

Frühling und Frühlingswinter, einer namenlosen und eigenschaftslosen Jahreszeit – steigt der eiserne Arm in die Höhe. Ein blinder Haken. Eine Eisen-Spinne.

Ström, Elje Jesaja, geboren in jenem Jahr, in dem der große Krieg begann, war einer der festen Kunden des Apparats. Er wurde eingesperrt und entlassen; eingesperrt und entlassen. In gewisser Weise war der Vater sein Fixpunkt. Kehrte man es aber um, ließ es sich anders betrachten: sein Fixpunkt bestand darin, nach den Stürmen und Verirrungen des äußeren Lebens früher oder später wieder hier im Hafen zu sein – warum kam es dort draußen unaufhörlich zu solch peinlichen Mißverständnissen, warum konnte man ihn nicht lassen, wie er war, soweit er begreifen konnte, schien er doch normal zu sein, nur daß man ihm auch keinen einzigen Moment erlaubte zu vergessen, daß er bewacht wurde und daß man jede Bewegung schriftlich festhielt (diese lächelnden Uniformträger standen überall, auf dem Land, in der Stadt, an den Feldrändern, sogar wenn man auf einem Schiff anheuerte und die ganze Ostsee zwischen sich und sie brachte, fand man sie auf dem Kai in der völlig unbekannten Hafenstadt wieder, unverändert lächelnd, ein richtiges Empfangskomitee, könnte man sagen). Und so wurde eines Tages das Gefühl, zu Unrecht ohne Unterbrechung observiert zu werden, zu stark, absolut zu stark. Und dann kam es, wie es kam. – Sonst aber geschah eigentlich nichts, er ging seiner täglichen Beschäftigung nach, dachte sein tägliches Gedankenstück – ein weiterer Teil eines Plans und dessen Umsetzung –, ansonsten war es eben und flach, es war nichts. Manchmal konnte er sich erinnern, wie Wolken schwacher Kopfschmerzen.

Aber das war alles. Überhaupt erinnerte er sich nicht an vieles.

Der Sonder- und Spezialfall: ist das, worum sich alles dreht – wohin ist sie gegangen? Warum ist sie nie zurückgekommen? Vielleicht hing alles mit ihr zusammen? Aber jetzt ist Zeit.

Er konnte sich überhaupt nicht an sie entsinnen. Gleichzeitig aber war es, als sei ein Stück aus ihm selbst herausgeschnitten und den Hunden vorgeworfen. Vergessen selbstverständlich, dort draußen im Vergessenen jedoch von Hauern zerrissen.

Ström, Elje, wußte über sich selbst, daß er eine Schuld hatte. Eine sehr große Schuld. Sie war zu groß, als daß man sie begleichen konnte. Die gesamte Arbeit, die er in einem ganzen Leben verrichten konnte, wäre doch bloß ein Tropfen im Meer. Deshalb wurde er im Leben einer von jenen, die man als arbeitsscheu bezeichnete, warum sollte er arbeiten, wenn es ohnehin nichts half?

Der Apparat, der es besser weiß, bestand nach außen aus einer Reihe gleichartiger viereckiger Ziegelhäuser, verbunden zu einer Gestalt, die beunruhigend an einen Rost erinnerte – Wirtschaftsgebäude und Personalwohnungen waren weiter hinten im Park verteilt. Der Eingang des Hauptgebäudes wurde gekrönt von einem Aufbau aus zwei krenelierten Türmen, es war also nicht übertrieben, von einem befestigten Gebäude zu sprechen. Wie weit es aber in die Tiefe reichte, konnte jemand, der zum ersten Mal eintrat, nicht wissen, der Rost hatte ein Ende, aber er war nicht zu überblicken – es war nicht beabsichtigt, daß man Klarheit darüber gewann, über welches Ausmaß sich die Gebäude tatsächlich erstreckten und was sie wirklich enthielten.

Beim ersten Aufenthalt: wirkte es wie eine Schloß-Festung vor dem Hintergrund einer kompakten, schwarzblauen Gewitterwand und eines schwarzgrün wimmelnden Parkwalds (ein Fell aus sich streitenden Bäumen). In dem elektrischscharfen Sonnenlicht, nach einem Gewitterschauer und kurz vor dem folgenden, sah man nur Schlagschatten – keine Fenster. Es war im Mai 1939. Bald würde der Zweite Weltkrieg ausbrechen. Im weißen Sand des Platzes vor der Haupttreppe nach dem Platzregen lauter zerriebene Schnecken.

Tiefe Stille herrschte: wer hätte sich vorstellen können, daß es hinter den blinden Fensternischen Leben gab.

Doch wer das Ohr auf die warme feuchte grasdunkle Erde legte, hätte das Beben und die Echos von Jammerschreien vieltausendköpfiger Menschenmengen gehört, Brüllen, Wimmern – wie das wilde Heulen verletzter schreckgelähmter Tiere, ein tobendes, aus allen vorstellbaren und unvorstellbaren, wirklichen und geträumten Schreien.

Im Inneren gab es Säle, die – wie er meinte – sich bis fast außer Sichtweite erstreckten, fort durch weißgestrichene, tragende Gußeisenpfeiler. Das heißt, er sah jeweils nur einen dieser Säle. Aber er wußte mit Bestimmtheit, daß es viele gab.

Und kleine viereckige Zimmer, ebenso hoch wie breit und lang: in der einen Ecke im Boden ein Abfluß mit einem Gitter von exakt den gleichen Proportionen wie die Wand, der Fußboden, der Raum: aus der Lichtluke rieselte in den kleinen verschlossenen Raum Licht, von dem sich unmöglich sagen ließ, ob es von außen kam oder von einem Korridor oder von einem der eingeschlossenen Innenhöfe, die keinen anderen Zweck hatten, als Versammlungsort zu sein für eine bestimmte Anzahl kleiner Fenster: und wo Jahr für Jahr, von Menschen im großen und ganzen unbeachtet, Staub fiel und sich von Menschenhand und Menschenauge ungestört ablagerte – auch von oben schien jeder Zutritt der Außenwelt ausgeschlossen, hoch oben (sehr hoch, denn diese Höfe schienen mehrere Stockwerke tief zu sein) wurde der Hofschacht von einem doppelten Glasdach abgeschlossen, das allerdings auf der Oberseite manchmal gesäubert wurde, wenn der Lichtdurchlaß in etwas überzugehen drohte, das ewiger Dämmerung glich.

Das heißt: von *einem* solchen Raum wußte er mit Bestimmtheit – einem Raum, in dem sie alle gleich waren, so gleich, daß sie sich dem ewigen Gleichgewicht ewiger Dämmerung näherten, keinerlei Bewegung in irgendeiner Richtung. In Wirklichkeit aber wußte er nicht, ob es noch andere gab. Dort, wo er war, existierte er vielleicht als einziger. – Aber er sagte sich, nach aller Vernunft müsse es ja noch ein Mehr geben, welchen Sinn hätte es, daß man einen einzigen, so kompliziert dunklen Raum und einen solchen Saal mit so verworrenen Gußeisenpfeilern errichtet hatte, er müßte ja für viele gebaut worden sein, sollte er einen Sinn haben. Wenn nur er in einem solchen Raum sein sollte, welchen Sinn ergebe das. Würde es stimmen, mußte es für alle sein. Daß es mehrere oder wenige solcher Räume geben mußte (in den Details vielleicht etwas unterschiedlich, in der Anordnung der Luken, Schlösser und Gitter etwas verschieden: aber im großen und ganzen), die mehr oder weniger für alle gedacht waren. – Doch bisweilen packte ihn ein gefährlicher Verdacht, das Gebäude sei überhaupt nicht so groß und unüberschaubar und unendlich, wie er es sich vorstellte. Es enthalte tatsächlich ganz wenige Säle und Räume, der Korridor laufe einige Meter geradeaus und dann in ein blindes Ende.

Wenn es vielleicht immer nur so gedacht gewesen war, und vielleicht ganz wenige dieses besondere Gebäude benutzen sollten?

Wenn es vielleicht nur für ihn gedacht war – für ihn ganz allein auf der ganzen Welt?

Es war genug, daß er dachte, dort hinter der weißen flekkigen Wand brause und klage die ganze Welt. Vielleicht waren es Rohrleitungen. Vielleicht Stimmen und Laute verschiedener kleiner Tiere, die sich durch die Leitungen in den Wänden fortpflanzten, in den Wänden wie vage Echolaute, anschwellend, verebbend, die ganze Zeit aber so, daß sich ihre Größe unmöglich bestimmen ließ. Es konnten Millionen von Stimmen sein. Gleichzeitig aber konnte es nur der Wind sein, der sich durch irgendeine Mauerspalte bewegte. So daß er nie herausfinden konnte, wie es sich verhielt. Ob er völlig allein war, der Einsamste, den es je gegeben hat, der einzige Lebende, in einen Block aus öden Mauersteinen eingepaßt, mit öden Gängen durch Ziegelblöcke, verlassen pfeifenden Wasserleitungen, die nur die Aufgabe hatten, auf ihn und seinen tropfenden Wasserhahn in der Ecke zuzulaufen. – Oder ob es sich bei den Mauern, die sich doch scheinbar kilometerweit aus stabilen und unerschütterlichen Ziegeln und Mörtel erstreckten, nicht tatsächlich um Häutchen handelte, zitternd vor Millionen

Menschen, die nur einen Meter entfernt waren von ihm, unsichtbar jedoch hinter einer scheinbaren Mauer, die er anrufen konnte (falls er nur den richtigen Ruf fand), und sie würde verschwinden, und er wäre mitten in etwas Nacktem Warmen Nassen Murmelnden. Dies wäre dann unendlich.

Und wenn er in Wirklichkeit vielleicht nur wie eine tote, in einem Mauergang klebende Fledermaus auf der Kehrseite der Welt saß? Worin immer das Leben bestand, falls es überhaupt ein Leben gab – zumindest war es nicht dort, wo er sich aufhielt. Er war das Gegenteil: er saß in etwas, dessen Decke niedrig war wie ein Grab, dämmerig, unveränderlich, alle Laute, auch die kleinsten, waren verstummt – an der Stille erkennt man, wie stumm schon alles war.

Ein rotes Licht. Die Wände der Ziegelgebäude glühten wie im Feuer, hinter den weißen Gittern lagen die Fenster dunkel blind erloschen. Ein starrer roter Schein loderte zwischen den Bäumen, die aus der trocken kalten, nur stellenweise grasbewachsenen Erde stiegen. Glühflecken liefen über die Erde. Feuchte klare üppige Dämmerungsluft. Die Ostseite des Gebäudes war frei und nackt dem Licht zugekehrt – die Ostseite, hinter der der ehem. Seemann Ström, hinaufgekrochen zum Fenster von Saal 6, zu sitzen pflegte, das Gesicht der Sonne oder jedenfalls dem Licht zugewandt, – gerade hoch genug über dem mattgeschliffenen Teil des Fensters, daß er die Bewegungen der Wolken und der Baumkronen beobachten konnte, wie Armeen, die sich einmal auflösten und dann wieder formierten. Diese Ostseite flammte auf, als wolle sie sich vom Boden erheben. Ström aber war nicht mehr dort.

Aus dem flammenden tötenden Licht wächst der kleine Mann wie ein Insekt hervor. Dämmerungsleer laufen die Straßen. Er läuft mit ihnen. Sie laufen mit ihm. So, wie sich eine Fliege über die unüberschaubare, beleuchtete Leere arbeitet. Könnte er nur aus dem Licht herauskommen. Aber über allem und allen flammt die Dämmerung wie ein Triumphgesang, und alle: alle Haustore sind verschlossen, alle Fenster zugehakt. Es gibt kein Entkommen. Wie sehr das Herz auch dröhnt, der Schweiß strömt – wie sehr er auch durch immer breitere Straßen flieht. Fahrbahnen. Doch er kommt immer wieder zurück auf denselben unbegreiflichen Parkplatz, von dem er überhaupt nicht weiß, wo er liegt, gesehen von dem Ort, von dem er losgegangen ist – noch immer irgendwo in den südlichen Stadtteilen vielleicht, sie bauen so schnell, die Spuren verschwinden, man kann nicht dorthin zurückfinden, wo man vor kurzer Zeit noch gewesen war, als wechsle der Boden unter seinen Füßen, verändere sich, verkleide sich, verwandle sich, ununterbrochen, ununterbrochen:

aus dem flammenden toten Licht wächst der kleine Mann wie ein Insekt hervor. Tief in dem dunkelglänzend nassen Straßenbelag spiegelt sich der rote Schein. Erst weit vorn (wo die Straße wie zwischen Klippen in die Ebene mündet) kann man hinausschwimmen ins Rote. Jeder Herzschlag fühlt sich an, als sei er der letzte, jetzt endlich springt der Brustkorb in Stücke – weitet sich noch ein wenig, der Körper setzt Fuß und Bein noch einmal nieder, noch ein Stück Weg. Denn hinter ihm kommt Schlimmeres.

Das, was ihn verfolgt, ist entsetzlich.

Aber es ist.

Seit unüberschaubarer Zeit ist es das erste, das *ist*.

So wie eine Fliege sich über die beleuchtete Leere arbeitet. Es verfolgt ihn. Es will ein Geständnis aus ihm herausholen.

Aber es ist mehr. – Jemand weint, weint, weint, ein Weinen aus Schlägen.

Wenn er nur aus dem Licht herauskommen könnte, das ihn ständig einfängt und mit sich zerrt, wie soll er das Licht aushalten? – blendend rot laufen die Straßen über die Ebene, wie eine Puppe auf einem Laufband wird er vorwärts gezogen und auf dieses Rot dort vorn zugezwungen, dieses rote Licht, wo alles zusammenstürzt. Das Brennende, in dem die Welt einstürzt.

Auf eine Weise also leistet er Widerstand. Das Band transportiert ihn vorwärts, Ruck um Ruck, gegen seinen Willen. Wäre es nicht wegen dem gewesen, was ihn verfolgt!

Dieses unerträgliche untröstliche Weinen.

Weint die Erde.

Er findet aus diesem Licht nicht heraus. Die Tore sind verschlossen, die dunklen großen Schaufenster (wo man undeutlich wie in einem verdunkelten Aquarium Schaufensterpuppen, Kleider, Motorräder sieht) spiegeln nur das stumme Brennen. Nichts läßt sich dort vorn auf der Ebene erkennen: nur Blendung und Verwirrung. Er kann nicht entkommen. Das Weinen folgt ihm. Die Mauer flackernden Dämmerlichts lenkt ihn in sein eigenes Inneres zurück, er kann nicht hindurch, wie er auch seiner eigenen Haut nicht entkommen kann.

Plötzlich ist er wieder auf dem dicht mit Autos zugestellten Parkplatz (alle Autos scheinen schwarz zu sein, die dunklen, mit Feuchtigkeit beschlagenen Dächer spiegeln glänzend wie das Straßenpflaster das Rote, Flammende), wo er zwischen allen Autos hin und her irrt (jetzt erkennt er, es sind verschiedene Marken und Modelle, alle aber gleich verlassen schweigend und dunkel im Inneren), unaufhörlich versperren ihm Kotflügel und blanke Stoßstangen den Weg, er muß umkehren und ist mit einmal naß und eiskalt, lange weiß er nicht, wo er ist, ringsherum stehen neuerbaute Häuser wie Pfeiler, durch sie hindurch rast das Licht hin und her, das geht so schnell, die Spuren werden ausgelöscht, er kann nicht dorthin zurückfinden, wo er vorhin gewesen ist, als sei er selbst verschwunden, als sei der Boden unter seinen Füßen vertauscht, verändert, verkleidet, verwandelt, all dies ununterbrochen.

Das endlose stumme quälende Weinen. Geheule der Eingeweide der Erde. Ein Gefühl, als habe ihn, was ihn verfolgt, fast eingeholt.

Ja, Morgendämmerungslicht wie eine Feuersbrunst hier in der Stadt und draußen auf der Ebene – weite feuerspiegelnde Wasser, und Schilfgebiete schlagen über seinem Kopf zusammen.

Er kommt aus dem Feuer wie eine dunkle Erd-Figur, Gesicht-Gesichtsmaske zu Dunkel-Erde verbrannt. Der Erde entsprossen. Ganz und gar jetzt wieder Erde. Staubgestalt.

Am Anfang war es, daß es in seinem Inneren erwachte – in einer Art von grauem Tageslicht oder Dämmerung –, etwas, das seiner Meinung nach nur zur Zerstörung führen konnte. Es handelte sich um ein Frauengeschlecht. Das

Wesen, dem es gehörte, war derb, farblos, von zögernden trägen Bewegungen. Sie war von fremder Nationalität. Das undeutliche Gesicht verriet die Sorte der Unbestimmten, der Umhertreibenden, die kurz davorstand, hinabgesogen zu werden. – Alles war grau, ohne Farbe, ohne Geräusch, kein Mensch war unterwegs. – Eine der üblichen Straßen durch den Ort und geradewegs hinaus auf die Ebene. – Doch es war, als habe in seinem Inneren eine Wand nachgegeben. Er begann, sie zu verfolgen, er konnte sich nicht davon abhalten. Sie hingegen erhöhte das Tempo, sah sich ständig um. Das Plumpe, schon Gejagte war hilflos und widerlich zugleich. Doch das, was in ihm erwachte, war stark wie eine Maschine unter aufgelegtem Treibriemen. Er folgte und folgte ihr. Die samstagabend-menschenleere Straße lief durch den Ort, keine Menschenseele war zu sehen, alles Leben schien vom Schicksal weggefegt zu sein, nur die graue Gutsstraße lief weiter – später setzte sie sich fort, gerade hinaus auf die platte, graue Ebene. Er hing an der trägen, ungeschickt Fliehenden wie an einer Gummischnur – er holte sie ein, und sie wurde zusammengezogen, sie stolperte und keuchte über ein grasbuckliges Brachfeld, dann stolperte wieder er über einen Lehmklumpen und blieb zurück, die Gummischnur dehnte sich und dehnte sich, aus dem Ganzen wurde eine Ewigkeit, sie konnte sozusagen nicht entzweigehen, er hing an ihr fest und war unerbittlich gezwungen, ihr zu folgen, auch wenn es wie das Gegenteil schien, als sei er es, der sie verfolgte. – Ab und zu starrte sie über die Schulter nach hinten, graues Gesicht. Es war ein schwerer steingrauer Abend. Anscheinend erstreckte sich das Feld unendlich in alle Richtungen, graugelbes zotteliges Gras – während sie wie Kaninchen rannten, stand die Zeit unbeweglich am gleichen Fleck, und sie rannten und rannten, der Schweiß floß, nirgendwo kam eine rettende Seele in Sicht. Weit vorne war ein Kiefernwald. Das unsichtbare Band lenkte ihn, dann lenkte er sie, schreckgelähmt, aber unbedingt unerbittlich war das Ganze, er wollte nicht, aber er mußte. – Nein, er wollte nicht, er wollte nicht wollen. Nun aber kam es erbarmungslos näher, so wie die Kiefern näherrückten. In Wirklichkeit handelte es sich um den wohlbekannten verwahrlosten Kiefernwald hinter der Fabrik, sie waren im Kreis gelaufen – wie sich herausstellte, ein ziemlich kurzes Stück. Und normalerweise gingen auf dieser Straße auch viele Leute, es war die Zufahrt zur Fabrik, die Öfen brannten ja immer, man mußte wirklich seltenes Pech haben (oder letztendlich vom Bann getroffen sein), daß es selbst an einem Samstagabend so leer und verlassen war. Hoch oben in der Grauheit spuckten die Schornsteine wie immer Rauch und Feuer. – Er wollte auch nicht mehr. Doch das Normale war fern, jetzt befand er sich in etwas ganz anderem. – Und das rückte nun näher wie ein stillstehender Traum (alles grau, farblos, kalter Schweiß auf der Oberlippe und in allen Hautfalten) – er rückte ihr schließlich ständig näher, er konnte selbst nichts dagegen tun, jetzt blieb sie zurück, sie hatte keine Gewalt darüber, wie dieses Schwere sie nun lenkte: –

Und für den Vater, Ström, *Albin* Bernard (zu jener Zeit Schamottarbeiter in Bromölla, einen großen kräftigen Mann, fast im mittleren Alter), sollte es also so kommen, daß er eines Nachts aufwachte und sich gefangen fand in einem Sack, zusammen mit einer, die er ausgenutzt hatte.

Er war schließlich ein ehrlicher Kerl und wollte seine Pflicht tun. Deshalb fand er sich jetzt hier auf seinem eigenen Bettsofa wieder, so eng zusammengepreßt und verfugt und in den Falten und Gliedern und Windungen eines fremden Körpers gefangen, daß es schien, sie seien in ein und demselben feuchtheißen Sack aus Haut, wie in einer Embryoblase, gefangen, dicht von Kopf bis Fuß, eng an Nase und Mund, so daß er in furchtbarster Atemnot erwachte und nach Luft schnappte. Durch das Fenster kam Schneeschmelzhalbdunkel, draußen standen schweigend und tropfend die Bäume. Unter dem nassen, grauzerfressenen Schnee wartete die Erde. Der Widerschein des Feuers – die Öfen der Schamottfabrik waren ständig in Betrieb, Tag und Nacht, Sonntag wie Werktag schleuderten die Schornsteine Flammen in Wolken und Dunkel empor. Flammenschatten glitten über Wände und Fußboden. Der blecherne Ofen war erloschen, noch aber war es heiß im Zimmer, es war also noch früh in der Nacht – wenn es Zeit war zu Bett zu gehen, heizte er den Ofen glühendrot, aber das verflog ja rasch, gegen Morgen stieg vom Fußboden naßkalte Kälte auf, drang durch die Barackenwände und übernahm die Herrschaft. Der fremde Körper atmete so schwer, als stöhne er an ihm oder in ihm, als wolle er seinen eigenen trägen schweren Atem füllen: die Fremde hatte im Schlaf zunächst versucht, sich von dem Hemd zu befreien, das hochgerollt wie ein Seil um ihre Brust lag – ungehindert hob sich der hohe graue glänzende Bauch, atmete und lebte ein eigenes Leben, ein träumendes graues Geschöpf. Der Schoß zeigte sein schräges Dunkel, augenlos-grinsend. Der fremde Körper roch nach benutztem Geschlecht, altem Bett, alten Laken: das Bettsofa war eng wie ein Sarg, in seinem Inneren gab es eine Haut oder eine Kugel aus altem Schweiß. Die Fremde atmete schwer, dick angespannt der Hals in der Hemdöffnung, schweißglänzend, zurückgeworfen lag das Gesicht da, blind verschlossen, ein Ausdruck von Zwang oder Furcht. Das Bett war ein Sarg, unmöglich sich zu bewegen, so eng wühlten sich alle Glieder zusammen, feuchte heiße Haut um sich herum wie zwangsfesselndes Tuch. Überall, dicht wie eine Wand, der heiße zähe Atem aus jenem fremden offenstehenden Mund.

Er wollte hoch und sich befreien. Aber er war wie ein Lamm, wie sehr er sich auch wand, er kam nicht vom Fleck.

Und wie sehr er sich hin und her warf, er fand nicht den kleinsten Mundvoll unbefleckter Luft. Wie er auch das Gesicht kehrte, der fremde Atem kam ihm entgegen – wie war er in so etwas geraten?

Doch er wußte es ja selbst. Er mußte sich bei sich selbst bedanken. Daß es abwärts, abwärts ging – wie sehr er sich auch dagegen gestemmt hatte.

Nicht aufwärts, wie sein Wille es wollte.

Abwärts. Zurück. Hinab ins Dunkel.

In solch ein Dunkel. Besonders wenn Feuerschein wirbelt, Feuerwolken aus brennendem Steinstaub, die Luft ist brennender Stein, Stein in Augen Nase Hals Lungen. Dann braucht man Nähe. Egal wen. Wenn nur einer mit Händen und Lippen in der Nähe ist – das Dunkel begrenzt und es mit lebendigen Handflächen Lippen Bauch Lenden fernhält. Gewiß ging es nicht um Worte oder Begrifflichkeiten. Nein, er war fast bestürzt darüber, wie viel man mit einem Wesen vom anderen Geschlecht tun kann, ohne auch nur

Worte zu benutzen, weder verständliche noch unbegreifliche: als liege er selbst gelähmt schlafend da und ein ganz anderer steige aus seinem Körper, als tue das ein neuer Mensch.

Nein, es brauchte lange Zeit, bis er überhaupt erfuhr, wie sie hieß. Und auch dann: auf irgendeine Weise fehlte ihm der Name für sie. Es war anders.

»War«? Konnte man sagen, es »war«? Es hatte sozusagen nichts mit irgendeinem »sein« zu tun.

Aber auch dieses Nicht-sein *war.* Und hatte Zeit. Und hatte sogar zu solchen Umständen geführt, die mehr Zeit beanspruchten als die meisten anderen – Zeit, die in Monaten gezählt wird und jetzt ihren letzten erreicht hatte.

Das unbestimmte Gesicht mit den hilflosen Augen mitten darin – wie kam es, daß er einige Male in Schmutz und Elend fühlte, daß sie ihm entgegentrieben wie lauernde grausame Tieraugen?

Er wollte nicht. Dennoch fand er sich plötzlich bei ihr wieder. Konnte er da anders, als über sie hereinzubrechen wie eine Vernichtung?

In Wirklichkeit war Vernichtung auch der Schlüssel – in völligem Schweigen, all dies ging in total gelähmtem keuchendem Schweigen vonstatten.

Verwirrung war es, Feuerschein. Und wie aus dem Traum ausgeschnitten irgendwann ein Stück von etwas unbegreiflich Lebendigem. Beispielsweise eine grünblaue Ader, die sich zu einem Baum immer feiner zitternder lebendiger Wurzeln verzweigte, in der Haut verschwand wie in warmer blaßbraun bebender weicher Erde. Eine lebendige Erde. Sie ruhte in einem raren Licht, einer fremden Tageszeit.

Wenn aber der andere, der wirklich er selbst war – oder nicht? –, wieder erwachte und den Befehl übernahm, dann hatte diese Person zu der trägen schweigenden Frau von fremder Herkunft doch nicht so sonderlich viel zu sagen. Denn was blieb, wenn das armselige rohe Tageslicht auf sie traf? Dann saß dort eine Kröte und duckte sich in einer Ecke, grau, fleckig, elend, breitmäulig. Unbegreiflich – nur ihre trauernden Blut-Augen als Sprache. Man hatte Lust, den Hals zu packen, um Rede aus diesem Tier herauszupressen, in welcher Sprache auch immer. Doch nur Tierhaut, Tierblut, Tierlaute würde man herauszwingen.

Und er hätte nichts mit ihr zu tun haben sollen, alles in ihm sperrte sich.

Jetzt befand er sich aber nun einmal hier. Die Wirklichkeit hatte ein Stück unbegreiflicher Zeit hinter sich gebracht und sich verwandelt. Es war, wie es war.

Dies war das Thema der Schlaflosigkeit. Eines wollen – ein anderes sein. Ein anderer, ein Fremder. Er mußte sich bei sich selbst bedanken.

Aber er für sich konnte nichts. Konnte er etwas dafür, daß er so geworden war – als hätten ihn das Leben und der Schwindel in ihre Obhut genommen?

Er wollte seine Pflicht tun. Als sie kam (trampelnd und zögernd stand sie im dunklen Hausflur, traute sich nicht sogleich hereinzukommen, obwohl sie nun wirklich ein Anliegen hatte) – nahm er sie auf. Auf jede Weise wollte er für das sorgen, was sie trug. Die Dinge geschahen, wer kann unterscheiden, was Traum ist und was Wirklichkeit. Es gibt so viele Geister, wer kann sie unterscheiden, auf die eine oder andere Weise hängen sie alle zusammen. Und er wollte seine Pflicht tun. Er wollte nicht versagen. Wie gesagt, er konnte sich ja bei sich selbst bedanken. – Doch von Heirat sagte er nichts zu ihr, das zu tun, brachte er nicht über sich. – Hier aber änderte er seine Meinung: gegen Herbst, als man es ihr ansah, begann er ernstlich zu bedenken, daß der Sohn, den sie trug, schließlich der seine war und von der Ausländerschaft gerettet werden mußte (eine Kalamität wie etwa die, daß es ein Mädchen sein könnte, war ihm ohnehin unvorstellbar) – und daß, wie bitter es ihm auch schmeckte, die gesetzlichen Maßnahmen dazu eingeleitet werden mußten. Doch das Beschaffen der Papiere erforderte Zeit. Und erst im Januar, am schneeregnenden dritten Sonntag im Januar, wurden sie nach der Hochmesse in der Sakristei getraut – in der normalen Kirche, nicht in der Kapelle der Polen, durch den Umgang mit ihm war sie schließlich von ihren Eigenen geschieden und der Polenpriester wollte nichts mehr mit ihr zu tun haben. Auch das Gesicht des normalen Oberpfarrers, ganz zu vergessen das der zufällig hinzugebetenen Zeugen, drückte kaum verhohlene Mißbilligung aus: die Braut hatte weder Schleier noch Strauß, aber einen um so größeren Bauch, über dem das schwarze Kleid stark spannte. Als sie die Kirche verließen (deutlich genug hatte der Oberpfarrer es vermieden, ihnen Glück zu wünschen), schneite es dicht wie ein Schleier – und so begann das neue Leben.

Und es gab auch Augenblicke, in denen Ström Albin sich an einem neuen Leben versuchte. Manchmal, wenn es sehr dunkel war – streckte er die Hand aus und tastete nicht nach all dem anderen, sondern nur ganz sacht nach ihrem Gesicht. – Aber gerade solches – gerade dies – gelang am allerwenigsten. Als habe er brandverletzte Haut berührt – eine weitoffene Wunde. Und sie schreckte zurück. – Nein, es war nicht nur sein Fehler. Man konnte nicht zu ihr gelangen, und sei man noch so vorsichtig. Als sei sie auch in irgendeiner Weise niemand. Man bekam sie nicht zu fassen. Als sei die, die sie wirklich war – jemand mußte sie ja gewesen sein –, entglitten, hindurchgeschlüpft, so wie ein Fisch (ein kurzes Aufglänzen des Bauches) entgleitet und in unbekanntem Dunkel verschwindet.

Und zurück blieb nur, was immer gewesen war – daß er sie ansah oder sie fühlte und daß es ihn ekelte. Und daß er dennoch hinterherkam. Wie ein Hund bei der Treibjagd. Oder vielmehr: wie zwei gleich Gejagte, die, vor den hitzigen Treibern, aneinanderhingen.

Sie war derb, farblos. Er konnte ihren Namen nicht aussprechen. Sie arbeitete in der Flaschenreinigung. Sie war still – auch deshalb fast sprachlos. Hob sie einmal ihre Stimme, war aus ihrem Rotwelsch nicht leicht herauszuhören, aus welchem Teil der Welt sie stammte. – Angeblich war es wie gesagt der galizische – aber als sei es damit nicht genug, trat zu dem allgemeinen Hindernis dieser Herkunft noch ein spezielleres und persönlicheres hinzu: sie war träge und gleichsam zerstreut, und es hatte den Anschein, als besitze sie eigentlich fast überhaupt keine Sprache und als hätte diese, vom Akzent abgesehen, jeden Zusammenhang mit dem Denken verloren. Stellenweise verschwommen – stellenweise war sie allzunah und gerade darum unbegreiflich. – Als lebe sie meist *dort unten* in einer Art Welt vor der Welt, nur selten schaffte sie es bis hinauf über den Rand und noch seltener, ihn zu packen oder gar zu berühren. – Vielleicht lag es auch daran, daß sie so deutlich Angst bekam – so deutlich bedrückt und erschrocken, sobald sie fühlte, daß ein Blick sich festsetzte an ihr. Als sitze die Angst so dicht unter ihrer Haut, daß sie ihn fast anflehte – ein seltsames, verräterisches Gefühl, es war ein Schrei, fast eine schändliche Berührung. Binnen eines Augenblicks war er darin gefangen, wie ein Ball an einer Gummischnur, vor und zurück.

Er hätte ihn ja, ganz einfach, abschneiden und gehen können.

Aber er kam hinterher. Näher. Und näher. Und ein blindes tiefes Wasser war zuletzt alle Furcht in ihr.

Jetzt kam der verwahrloste Kiefernwald hinter der Fabrik. Plötzlich so still, als sei das übrige Leben von einer Falltür verschluckt worden. Eben hier begann alles – in der Blindheit. Wie ein ruhiger Stein stand der schwere graue Sommerabend zwischen den Stämmen. Knapp hoben sich Zeitungspapierfetzen. Nicht ein Zweig knackte. Jetzt war er derjenige, der Angst hatte. Was aber geschah, geschah und geschah, eine starke Maschine lief ihm aus den Händen und lief und lief. Er selbst wurde hinausgesogen: nach außen und nach innen gekehrt: eine leere Haut. Die Maschine lief. Riesige klebrige, nach Schmutz riechende Hautflächen sogen und sogen, völlig unbarmherzig, jetzt war von ihm nur noch eine Art Schmerz übrig, jetzt löste er sich auf, es gab ihn nicht, nicht, nichts.

(Nun aber sah er im Flammenschein, wie sich etwas unruhig unter der gespannten grauglänzenden Bauchdecke bewegte – als empfinde das noch Ungesehene Furcht, als hätte es vielleicht denselben Traum wie er von Flammen, Rauch, Widerschein.)

Es war völlig still. Nicht ein Zweig knackte. Sie aber sah in ihn hinein mit dem Blick eines abgezogenen Mutterschafs. Oder einer Kröte, die überfahren wurde, deren Blick aber lebt. Es war ein Sonnenuntergangslicht. Hinter den Bäumen brannte die Welt. Jetzt sah er ein graues, zwischen den Bäumen hängendes Gesicht, es wollte herabsteigen. Es war glatt, grau, unförmig, die scharf in die Haut geschnittenen Augen aber waren rot, wie mit Blut gefüllt, blutrot brannte es in ihnen, Blutfeuer jammerte und wimmerte aus den grauen Höhlen, aus der ganzen Welt war eine Feuersbrunst geworden, in den Augen verbrannte die Welt, in ihnen der Brand, die ganze Welt verbrannte, in ihm verschlossen.

Es war ein so sonderbarer Ort (Bromölla in Skåne hieß dieser Ort, wo er zwischen dem Ivö-See und dem Meer gelandet war). Im Winter war der Schnee schwarz von Ruß, im Sommer die Pflanzen weiß von Kalkstaub. Sommer wie Winter quoll der Rauch der Brennöfen in die Straßen – die Gutsstraßen waren breit und zur Ebene hin linealgerade, flach, schütter und eben lag der Ort vor den Fabrikgebäuden. Noch war die Ebene einfach glatt, ohne windhemmende Baumpartien, und lief ungebrochen geradewegs weiter und weiter in Richtung Meer, wurde erst aufgehalten von den schwarzen Föhrengürteln, die draußen an der Ostsee den Sand fesselten. Tag und Nacht rauchten Öfen und Schornsteine: die Schamottfabrik wuchs und wurde ausgebaut und verschlang jedes Jahr mehr Menschen, meist importierte Arbeitskräfte, Galizier. Ein besonderer Menschenschlag: sie kamen von irgendwo, aus Orten, deren Namen niemand aussprechen konnte, sie arbeiteten ein paar Jahre und verschwanden, nie besaßen sie Gesichter.

Und so war es mit allen, die hier zu arbeiten anfingen, mit Einheimischen ebenso wie mit den unbegreiflichen Ausländern: sie hatten keine Gesichter – das Gesicht, das sie einmal gehabt hatten, wurde vom Kalkstaub mit einer starren fremden grauen Maske verkleidet.

Hinter allem Leben hörte man Eine Maschine. In den

Kalkbrüchen, im Kaolinwerk, in der Schamottfabrik waren die unterschiedlichen Teile ein und derselben Maschine in Bewegung – brachen, zerkleinerten, füllten, leerten, zermalmten feinstaubendes Steinmehl – mahlen – mahlten – mahlt, zermahlen, totmahlen. Vom Anfang bis zum Ende dasselbe Werk, dieselben Bänder, dasselbe Rasseln, brüllende Knirschen, ewig laufend, kommt nicht vom Fleck: zerschmetternd mahlend tote Klage der Steinbrocken.

Die Mischer am Mischbengel bearbeiteten und schlugen in der Wanne die tote kalte Lehmmasse, eine Arbeit die gegen Tagesende schwer wurde wie ein Todeskampf.

Wider-flammend zogen die Wolken hinter den Schornsteinen. Der feuchte Schneefrühlingswind trieb den Rauch durch die Barackenstraßen auf die Ebene hinaus. Ein schwerer nasser lauer Wind, bald wäre wieder Frühjahr, unten im Erddunkel arbeitete bereits das unmerkliche Murmeln begonnener Verwandlungen und Verschiebungen. Wer aber hatte Ohren für anderes als Die Maschine? Sie war überall. Ihre Stimme übertönte alles. Der Maschine gehörten die arbeitenden Körper. Als seien sie schon tot. Sich fügend.

Doch in der Zeit der Schneeschmelze, wenn der erste Frühjahrssturm über die weiße und lehmgraue Ebene fegt, hat man selbst hier im Ort den Geschmack von Salz und Tang im Mund, der wilde feuchte laue Wind ist dampfend voll mit Schaumfetzen, getrübt von Regen und aufgewirbeltem Sand. Noch immer sind große Felder völlig schneebedeckt und leblos. Doch der Schnee wird weich, verschmutzt von wehender Erde. Nachts ist das Dunkel erfüllt vom brüllenden Wind, schäumende Massen feuchten Dunkels, es ist ein murmelnder Atem. Alles ist Keim, Schmelze, das Dunkel lebendig feucht wie Meeresmassen.

Der Bauch war nun fast unglaublich groß. Der Schamottarbeiter Ström erwartete, was er von sich geben sollte – völlig unbeweglichen Sinnes und ohne mehr zu denken als von einer Minute zur nächsten, so, wie man lebt, wenn man darauf harrt, daß einen ein unerschütterlich voranschreitendes Schicksal überfällt. Was sich in diesem Bauch bewegte, konnte niemals mehr ungeschehen gemacht werden. Es konnte sich nie auflösen, es konnte nie wieder so werden, als sei nichts gewesen. Was immer es war, es war jetzt vorhanden. Wie immer es aussah, es mußte jetzt ans Licht. Er mußte ihm ins Angesicht blicken. Was immer für ein Gesicht es auch war, er war dessen Ursprung, dessen Urheber und dessen Vater.

In einer solchen Schneeschmelznacht im März 1914 (als die ganze Welt bald in brennendem Krieg liegen sollte) begannen die Geburtswehen. Es stürmte schwer; überall draußen in der Dunkelheit dröhnte es, als wenn große Kriegsschiffe havarierten. Der Widerschein der wirbelnden Wolken-Feuersäulen aus den drei großen Fabrikschornsteinen lief über Wände und Fußboden der Barackenküche, wo bald ein Kind ins Licht der Welt sehen sollte. – Ström mußte hinaus, um die Hebamme zu holen. Es goß in Strömen, der Schneematsch reichte weit die Beine empor – er selbst und die mit der schwarzen Tasche waren tropfnaß, als sie zu der Baracke in der Östra Bruksgatan kamen. Nur eine halbe Stunde nachdem die Hebamme eingetroffen war, begann der Austritt. – Was Ström anging, er blieb im hinteren Winkel bei der Tür, das Gesicht zur Wand. – Jetzt war dieses entsetzlich stöhnende Keuchen mit einmal zu Ende. Es wurde völlig still. Er hörte Wasser rinnen. Dann – ein schwacher zischender Schrei.

Das war die neue Stimme, der erste Laut des neuen Lebewesens mit noch ungeübten Stimmbändern, diese Stimme hatte die Welt noch nie gehört.

Ström aber wollte noch immer nicht sehen – erst als die Hebamme ihn am Arm packte – »ein hübscher Junge, Ström!« –, konnte er es über sich bringen, sich umzudrehen. Dann zitterten seine Knie und er selbst.

Ja, hübsch!

Etwas so Schlimmes wie das, was die Hebamme ihm hinhielt, hatte er doch noch nie gesehen. Der Kopf baumelte, wie der eines kahlköpfigen Vogels. Die Augen zusammengekniffen. Bestimmt mehr Wurm als Mensch.

Im Zimmer war es völlig still, der Vater lauschte auf die Atemzüge des neuen Menschen.

Und er entsetzte sich über die Schwäche und die überwältigende Häßlichkeit dieses Geschöpfs, das ein Mann werden sollte wie er selbst. – Das war unheilbar. Es gab keine Ordnung. Es gab den Schwindel-im-Leben.

Nein, in Wirklichkeit war unter der Oberfläche der Schein-Ordnung das Leben nur grausame Unordnung.

Daß das Leben ein zum Platzen gespanntes Häutchen aus Schein-Ordnung war, das sich über ein Dunkel aus Unordnung wölbte.

Und in ihm stieg ein so furchtbares Mitleid mit dem häßlichen schwachen Geschöpf auf, das dort in den fremden Händen der Hebamme zischte. Mit einem jähen Griff entwand er es der Hebamme und nahm es in seine eigenen Hände. Der Neugeborene bewegte sich so unsicher, das Wimmern erinnerte an ein kleines Tier.

Wie im Zorn beschloß Ström, der Junge solle den Namen des Propheten bekommen: Jesaja – Elje Jesaja.

Die Hebamme wollte den Kleinen wieder nehmen. Aber der Vater weigerte sich, ihn loszulassen. Erst nach viel Überredung durfte sie den Neugeborenen baden. Doch der Vater holte das Kleid hervor – die Sprachlose hatte wenigstens ein bißchen Kleidung hergerichtet –, und er zog ihn selbst an und legte ihn in den gepolsterten Holzkasten, den er für diesen Zweck vorbereitet hatte. Verblüfft sah ihm die Hebamme zu. Seine großen Hände bewegten sich sanft wie die einer Krankenschwester. Das große blasse schwere Gesicht hatte den Ausdruck einer wachsamen Katze. – Die Mutter dieses neuen Beitrags zur Weltgeschichte döste grauer und unbegreiflicher denn je auf dem Sofa, mit offenen, aber blanken, nichtssehenden Augen. Abgesehen von ihrer üblichen allgemeinen Begriffsstutzigkeit stieg das Fieber in ihr, sie war unterwegs in einen ekelerregenden Nebel, in dem alles vertauscht und ohne festen Grund war – aus dem Schatten an der Wand wurde ein schwarzes Tier, das sich auf sie zubewegte, das Licht der Lampe schillerte wie Wasser, wurde Wasser Licht Tod.

Mit dem Vater, Ström, Albin Bernard verhielt es sich so, daß er Lehm haßte.

Und wo im Leben war er gelandet? Ja, im Lehm.

Das war seine Geschichte, eine Geschichte von Lehm.

In seiner Kindheit: Lehm, Lehm. Der Himmel war niedrig, der Lehm reichte bis zu den Häusern. Bis an die Fenster starre graue Wellen, man konnte keinen Horizont sehen, die Welt bestand ganz aus Regendunst und jener Lehmigkeit ohne allen festen Grund.

Er war auf einem Pachthof mit Tagewerksverpflichtung an das Gut Skurup bei Eslöv in Skåne aufgewachsen. Seine Eltern und Geschwister, er meinte, der Lehm habe ihnen das Leben genommen. Er haßte den Lehm, in dem die Rüben wuchsen. Er meinte, er habe seine Mutter nie kennengelernt, der Lehm, in dem die Rüben von Skurup wuchsen, raubte ihr Leben, nur wenige Augenblicke ließ er übrig. Und an jenem Morgen, als sie auf dem Rübenfeld ihren Anfall bekam und nach Hause getragen und auf einen Tisch gelegt wurde (auf einen Tisch, weil sie schon tot war, als sie ankamen, und damit die Nachbarinnen, die hinzuströmten, unverzüglich damit beginnen konnten, die Leiche zu richten), da sah er sozusagen ein Zeichen. Er setzte sich in einer Ecke auf den Boden (überall nämlich standen Leute im Weg, Nachbarn, Geschwister, manche weinend, alle aber nicht wiederzuerkennen) und dachte nach über dieses Zeichen.

Es war Lehm, Lehm. Der Himmel niedrig, der Lehm reichte bis zum Himmel. Keine Entfernungen. Nur Regennässe und Rüben und ihr Geruch und der zähe kalte Lehm, der sie ansaugte. In langen geschwungenen augenlosen Reihen bewegten sich die Rübenpflücker über die Felder: nur Herbstnebel und Schweigen: nur der Atem der Menschen und Bewegungen, von keinem ein überflüssiges Wort – nur das Quietschen der Karren, die im Dunst zur Halde verschwanden, und das Geräusch von Pferdehufen, schwer und weich in Wind und Schlamm.

Bei Anbruch der Dunkelheit kamen die Rübenpflücker mit den Wagen zurück, sie saßen oben auf den hohen Karren, lehmgrau die Gesichter unter Kopftüchern und alten Filzhüten: die stumme knarrende schaukelnde Reihe von Karren.

In der Morgendämmerung zogen sie wieder hinaus, still tropfte der graue Nebel.

Die Menschen kannten einander und kannten einander nicht. Es schien, als wollten sie es vermeiden, einander kennenzulernen. Jeder hatte seine Arbeit in seiner Reihe. Die Reihe verlief sich im Nebel. Sie zog sich wie ein Spinnenfaden, zog sich lang und zog sich lang. Das entfernungslose stille tropfende Allzu-nahe verschlang das hintere Ende, man sah überhaupt kein Ende. Die Finger um die Hacke starben ab, und das Leben wankte mit ihnen umher. So vergingen die Jahre, sie schnitten immer tiefer und verbissener und unter immer größerer Atemnot in die Erde, in der die Skuruper Rüben wuchsen. Ein Tagesrad, ein Nachtrad, ein Jahreszeitenrad drehte sich schwer und unter immer größerer Mühe. Für einige hielt es dann jäh an und kam nicht mehr in Gang – still, totenstill lag plötzlich mitten in der Rübenreihe da, was ein Mensch gewesen war. Nur das Schweigen, das gefrierende Erstaunen. Und mitten in alldem nimmt er eigenartig zusammenhanglos den Geruch der feuchten, ungewaschenen Kleider all der anderen wahr, mitten im schweigenden tropfenden Nebel der Gestank dieser nie trocknenden Arbeitskleider, ekelerregend. – Und es ist also die Mutter, die dort in der Furche liegt, das Gesicht plötzlich weiß wie der weiße Schatten eines Menschen, den es fast nicht mehr gibt. War da Zeit gewesen, ihr mehr als zehn Worte zu sagen, seit er erwachsen und mit den anderen in die Rüben gekommen war? Viel mehr waren es jedenfalls nicht. Und jetzt ist dieses Leben zu Ende und fort.

Als kannten sie einander nicht mehr, sobald die Schule abgeschlossen war und die Skuruper Rüben begannen. An trocknen Werktagen wurde der Lehm zu einer steifen Maske aus Staub, versteckt und wunderlich die Gesichter – Dürre oder Regen, der Lehmschmutz saß dort in Gesichtsfalten und Augenritzen und veränderte das Gesicht oder, besser gesagt, wurde das Gesicht, das sie trugen. So wurden sie von den Leuten gesehen, so sprach man mit ihnen. Ein ungefüger Schleier aus Lehmigkeit und Erdigkeit lag stets über ihnen: daß sie hierher gehörten und nirgendwo anders hin. Sogar saubergescheuert und in Sonntagskleidern auf der Reise nach Eslöv, zum Fotografieren beispielsweise, blieben ihnen die ungefügen Fingerabdrücke des Lehms fest eingeprägt.

Die augenlosen Reihen, die sie im Mai hackten und im Juni jäteten und im Juli verzogen: im Oktober-November war die Ernte. Es ging sozusagen niemals zu Ende, es hatte keinen Anfang und keinen Schluß, die Rübenreihen bestimmten, die lehmigen Felder herrschten. Die Körper arbeiteten: gegen den arbeitenden Körper trieben wie Nebel und Rauch die Träume, die Vorspiegelungen – dort gab es nicht Tag, nicht Nacht, so wie die Arbeitskleider während der Ernte nie trocken wurden, konnte der Traum sich in der Nacht nicht zerstreuen, sondern blieb tagsüber wie ein Dunstschleier vor den schlafschmerzenden Augen liegen, es flimmerten Tageslicht, Lehmgeruch, auch Blutgeschmack. Und abwesend gleichsam und ohne Protest gingen die Körper wieder in den Lehm: so wie die riesigen Armeepferde fügsam ihre Hufe hoben und zogen, zogen, so watete schwer, schwer in ihrem Lehm kniehoch, taillenhoch die Seele durch ihre Traumreste.

Der Alptraum vom saugenden Lehm: ein Loch, ein saugender Wirbel – Stiefel, Kleider, das Fleisch des Körpers, nur ein sonderbar tonloses Brüllen blieb. Der Nebel tropfte. Im Nebel verliefen sich die Reihen. Dort stürzte die Welt ins Unkenntliche.

Und er wollte nicht dort hinab.

Es saugte. Aber er wollte nicht.

Er saß in der Ecke auf dem Fußboden und sah hinauf zum Tisch, wo der Körper lag, der seine Mutter gewesen war, die Füße dieses Körpers ragten senkrecht in die Höhe wie selbständige Dinge, voller Adern, graurunzlig, voller Schmutzrisse. Er saß dort und sagte sich: ich bin frei. Ich bin ein freier Mann. Bin ich nicht ein freier Mann? Ich bin frei, ich tue, was ich will.

Und er stand auf und ging in die Kammer und holte die

Tasche aus Lederimitat. Hinein packte er seinen Sonntagsanzug und das Rasiermesser und was er sonst noch an Besitztümern hatte, viel war es nicht.

Mit der Tasche in der Hand ging er hinaus in das überfüllte Totenzimmer und geradewegs hindurch, er sah weder links noch rechts, es wurde still, als er sich plötzlich zwischen den Leuten hindurchzwängte. Nicht, daß vorher jemand geredet hätte, sie hatten schweigend dagestanden, einige seiner Schwestern weinten: nun aber war es, als ob das Schweigen dort, wo er ging, wie ein Messer diese lebendige Menschenmasse in diesem überfüllten Zimmer durchschnitten hätte.

– Ich bin ein freier Mann, sagte er und trat über die Schwelle, hinaus in den Herbstlehm. Es war der letzte Tag im Oktober, er zählte zwanzig Jahre – einen allzu großen Teil des Lebens hatte er hier auf die Skuruper Rüben verwandt. Die Mutter hatten sie voll und ganz geholt. Ihn sollten sie nicht bekommen.

Laß die Toten ihre Toten begraben.

Und so ging er.

– Ich bin frei, ich gehe weg, sagte er zum Nebel.

– Sie, sie hat es jetzt gut.

Er ging und weinte über die Mutter, die niemals Zeit oder Energie gehabt hatte, ihm zwei freundliche Worte zu sagen (jetzt gegen Ende, nachdem einige der Geschwister das Haus verlassen hatten und es etwas leerer geworden war, nicht doch irgendeines?) – er war weder der Älteste noch der Jüngste, war irgendeiner inmitten der großen Geschwisterschar, als er kleiner gewesen war, hatte er sich manchmal gefragt, ob sie sich wohl erinnerte, wie er gerade hieß, er war einer von denen in der Mitte, die mit dem Ältesten nach oben oder mit dem Jüngsten nach unten geschubst wurden, aber gleichsam keinen eigenen Platz oder keine eigenen Namen besaßen.

– Ich bin ein freier Mann, sagte er. Und er ging in Nebel und Lehm: als bewege er sich überhaupt nicht vorwärts, derselbe Nebel und dieselbe kaum sichtbare Linie eines Lehmackers, die in diesem weißen Tropfen verschwand, und manchmal eine Weidenhecke mit spärlichen, feuchten Herbstblättern: er ging und er ging, und es waren dieselben Weidenbäume, derselbe Nebel, derselbe Lehm: wohin ging er eigentlich? Er war zwanzig Jahre alt, er hatte sozusagen überhaupt noch nicht gelebt: alles, woran er sich erinnerte, war von ihm getrennt wie durch einen dumpfen, grauen Halbschlaf, er erinnerte sich nicht an Sommer oder Winter, er erinnerte sich nur an die Hacke und die Rübenreihe und den feuchten muffigen Geruch, den die anderen und auch er selbst ausströmten.

Er ging.

Und wo kam er an? Ja doch in den Rüben.

In anderen Rüben zwar – es war oben, in der Gegend von Simrishamn. Andere Arbeit war jedoch nicht zu haben, die Rüben waren eben die einzige Beschäftigung zu dieser Jahreszeit. – Und nach vier Tagen auf der Straße, ohne anderes Essen als ein einziges, durch einen Kücheneingang gereichtes belegtes Brot, und drei Nächten auf der feuchten Erde (er wußte überhaupt nicht, wie ein Nichtseßhafter sich einzurichten hatte) stand er spätnachmittags sehr durcheinander in einer Schlange in einem Gutskontor, wo man Aushilfskräfte für den Ernteendspurt anstellte. Es regnete und wurde schon dunkel. Gerade in jenem Augenblick empfand er nur Erleichterung und Dankbarkeit (größere Dankbarkeit, mußte er zugeben, als je zuvor in seinem Leben), weil er jetzt warmes Essen und einen trockenen Schlafplatz unter einem Dach bekam, eine allzu große wirre aufgelöste Dankbarkeit, die wie Tränen die Kehle umklammerte (wenn auch ein kleines Stück von ihm sich noch immer tobend wehrte: nein, das nicht! nein, das nicht!), er konnte nicht denken, alles verströmte in lauen Tränen. Der Verwalter lächelte nachsichtig und schlug ihm auf die Schulter. – Aber die kalte Dämmerung am nächsten Morgen, als er zusammengedrängt unter den anderen Rübenpflückern (alle möglichen Menschen, Frauen, Landstreicher, Deutsche, Kinder mit zu großen, über die Augen gezogenen Mützen) auf einem lehmigen Wagen stand und hinausschaukelte durch Rübenfelder und wieder Rübenfelder, Wogen und Meere von Lehm und Rüben, da fühlte er, wie ein anderes Weinen tief unten in der Brust einsetzte, ein Haß sich um den Brustkorb legte, so daß er die Augen schließen mußte, der kalte Schweiß sprang auf, und es war, als solle er ersticken. – Doch einen Augenblick später war es fort, er war nur völlig kalt und leer – er konnte nicht begreifen wie er gerade noch gehaßt hatte, er konnte nicht begreifen, wie man hassen oder überhaupt etwas fühlen konnte. Doch um die Brust lag noch dieses Ersticken, es ließ nicht nach, er war völlig ruhig und leer, aber der Griff um die Brust ließ nicht nach: Rüben und Lehm und Lehm und Rüben sah er, Lehm, der sich bewegte und saugte, saugte, sah er.

Nebel und Lehm und Weidendämme. Auf dem Weg schon Schneematsch, der Herbst war schon Winter, Atemzüge aus Eis auf den dunklen Mergelgruben, vom Meer kam manchmal eine Wolke aus dünnem Schnee, ein Wirbel. Ja, das Graue wirbelte. Nach dem Ende der Rübenernte wurde es schwieriger, Arbeit zu bekommen: gelegentlich übernahm er Tagwerk. Gelegentlich, weil es nicht nur wenig Arbeit gab: sondern weil es ihn fast unfehlbar mitten dabei überfiel, etwas, das er nicht in seiner Gewalt hatte – wenn er ganz oben auf einer Mistfuhre stand und die leichte Schneekälte auf dem Gesicht sich plötzlich in eine Maske aus Eis verwandelte, die brannte und schnitt. Das Erstickungsgefühl um die Brust: wohin sollte er gehen? Der dünne Schnee wirbelte und wirbelte. Warum bin ich nicht frei? – Ich bin doch frei! Frei! schrie es in ihm. – Und dann mußte er weggehen, es kam sogar vor, daß er mitten an einem normalen Arbeitstag gehen mußte, der Vorarbeiter drohte mit dem Landpolizeikommissar, er aber ging weg, ohne daß er versuchte, zu bekommen, was er guthatte, und diesmal wurde es nichts mit dem Landpolizeikommissar, nur wurde sein Dasein noch einige Schritte weiter hinausgestoßen in die Unsicherheit, die Gejagtheit. Es kamen Tage, an denen der Schnee dicht wirbelte, sich unter den Kragen schob: frieren und hungrig sein war der unveränderliche Untergrund, auf ihm stolperte er betäubt vorwärts. Der Schnee wirbelte. Und alles war eine immer dunklere Wirrheit, in der es kein Oben Unten, Hoch Niedrig, Jetzt und Vorher gab – als seien selbst Nacht und Tag aufgelöst in ein zusammenhangloses Zurückweichen. Auch in seinem Inneren wirbelte es: ein unaufhörlicher Schneefall, Flimmern. Schwierig, sich aufrecht zu halten, schwierig, herauszufinden, wohin er im Weichen den Fuß setzen konnte, alles wich allzu willig zurück.

Mitten in der Trübheit sah er manchmal den toten Körper, schwebend wie von sich selbst getragen, die Füße geradewegs in der Luft. Verfaulte Fetzen hingen von ihm herab.

Er konnte sich nicht überwinden, an einem Ort zu bleiben. Ein paar Wochen hintereinander waren das höchste. Dann war es, als werfe ihn eine Hand hinaus. Er mußte hinaus auf die Straße.

Immer wieder spürte er plötzlich in einem Würgegriff, daß die Straßen Fesseln waren, sie kamen von irgendwoher, sie reichten von einem Platz mit einem Namen zu einem anderen, der ebenfalls einen Namen trug, von dort und dorthin und nirgendwo anders; es dauerte immer eine gewisse Zeit, damals eher kürzer als länger: auch die Straßen waren Fesseln, bewegliche Fußketten, die hinterherschleiften und sich strafften, je nach den Straßen.

Es verging ein Jahr. Oder es verging nicht, es sprang, es floß, es stand still, es war und es war nicht: es war undurchdringlich. Im nächsten Dezember geschah ihm indessen das folgende, das sich ihm später stets so darstellte, als sei er durch ein Tor gegangen (es war abschüssig), hier gab es Grund, hier setzte das unheilbare, das besondere Dunkel ein:

mitten in der kalten Dezembernacht stand er vor einem verschlossenen Gebäude, einem verschlossenen Tor auf einem Hof. Eine Reihe von Rollwagen, die Deichseln von sich gestreckt wie dunkle Arme auf der blassen frostleuchtenden nackten Erde. Er zitterte und brach das Tor auf (so lautlos er konnte, mit ständigen Blicken über die Schulter nach dem Nachtwächter oder nur einem Vorüberkommenden). An Händen und Füßen fühlte es sich an, als solle die Haut vom Frost wie mit einem Brandeisen abgerissen werden. Was ihn so angriff, war die Knäckebrotfabrik in Kristianstad: als die eine Torhälfte schließlich nachgab und aufging, schlug ihm aus der Dunkelheit warmer Brotgeruch entgegen. Es roch nach Mehl und Brot, als befände er sich im Magen eines großen Brotes. Wände und Gegenstände, die er zufällig berührte, als er sich vortastete, waren von einem Staub weich und trocken, sicherlich Mehl. Im Nachtlicht der hochsitzenden Fenster sah man undeutlich weiße Säcke und Kartons. Er füllte seine Hände mit Brotschwund und aß, essend schlief er ein – sank und sank, und die Kiefer mahlten und kauten ihn still hinab in ein ruhiges bodenloses dunkles, nach Brot riechendes Paradies, sank und sank.

Kaum einen Augenblick, er hatte den Boden noch überhaupt nicht erreicht, als er den Druck empfand, mit dem ihn jemand beobachtete.

Er riß die Augen weit auf. Und begegnete vielen Augen. Augen anderer.

Ein Schwarm von Engeln stand über ihm. Eine undurchdringliche Mauer weißer Männer. Die Knäckebrotarbeiter, die eingetroffen waren; es war Morgen. Über ihren weißen Schultern sah man den roten Dämmerungsschein. Die Gesichter waren dunkel.

Sie arbeiteten hier. – Und daß er ein Eindringling war, einer, der nicht arbeitete, das sah man schon von weitem – sagten die vielen Augen.

Die Gesichter bildeten eine dunkle Mauer. Er verstand mit aller Deutlichkeit, daß er, wollte er um etwas sehr Unangenehmes herumkommen, rasch genug aus dem Weg mußte – und er versuchte aufzustehen (er war auf dem Rükken liegend in der denkbar ungeschütztesten Position aufgewacht), während er fühlte, wie sich sein Gesicht zu einem widerlichen, fügsamen Lächeln verzog. Er haßte sich selbst wegen dieses Lächelns. Doch er konnte das Gesicht nicht beherrschen. Es saß auf ihm selbst und lächelte und lächelte bloß. – Trotzdem war er noch nicht auf die Füße gekommen, als er spürte, daß er von vielen Händen getragen schwebte. Die Türöffnung eilte vorüber. Bäuchlings landete er draußen auf dem Hof, mit einem Aufstoßen flog der Atem aus ihm heraus. Und dort lag er.

Noch aber war es nicht zu Ende. Denn vor dem Hof, auf der anderen Straßenseite, lag der Kanal.

Es war die rote frostkalte Morgendämmerung im Dezember, still und dunkel stand der Kanal unter der Eishaut. Über den Hof schleppten weißgekleidete Männer ein zappelndes Etwas in einem schmutzigen verschlissenen schwarzen Sonntagsanzug – man hörte, wie das Futter knirschte – hin zu dem gefrorenen grasbedeckten Uferrand über dem Kanal. Und eins-und zwei-und drei-und! – und wie erhoben durch den Jubel der weißgekleideten Gruppe schwebte er mit den Füßen hinaus über den Kanal. Wie es bei denen, die von den Rübenfeldern stammten, üblich war, konnte er nicht schwimmen und war wasserscheu. Einen Augenblick lang schien es, als werde er genau in den Himmel weiterfliegen, oder zumindest auf dem Dach der Wollfabrik auf der anderen Kanalseite landen. Flüchtig sah er die eisige Wasserfläche unter sich und dachte, jetzt – JETZT – sei der letzte Augenblick des Lebens.

Eine rote eiskalte Morgendämmerung: unendlich. Vom Ufer hallten Lachsalven. Er dachte, das ist nicht möglich, das ist doch nicht möglich – dann war er im Unglaublichen, der eisigen Nässe, Augen und Mund stechend voll von eiskaltem, schleimigem Wasser, er heulte wie ein Ferkel. – Es dauerte lange, bis er begriff, daß das Wasser kaum knietief war und er, wie sehr er sich in dem Morast auch wand und kämpfte, die ganze Zeit wenigstens den Kopf über Wasser hatte, denn die schwarzen Schwälle rührte er selbst mit seinem Entsetzen auf. Dann gelang es ihm hochzukommen: mit Schleim in den Haaren und schleimig Unbestimmbarem auf Gesicht und Schultern hängend, watete er auf die am Ufer zu. Im roten Licht glänzte der nasse Anzug. Die Augen waren so hell, daß sie ausgelöscht schienen. Der Körper zitterte vor Kälte, von Schluchzen und Schnauben. So watete er dort aus dem Eiswasser, völlig verwirrt. Er weinte jetzt wie ein kleines Kind, hicksend in der Art kleiner Kinder. – Mit einmal erstarb das Lachen. Einen Augenblick lang war alles völlig still: sogar die Bäume hielten den Atem an. Nur der durch das Wasser watende Mann. Sein schweres schnüffelndes Schluchzen. Jeder für sich gingen die Weißgekleideten jetzt rasch an ihre Plätze in der Fabrik. Als er hinkam, war das Kanalufer menschenleer. Da warf er sich längelang mit dem Gesicht nach unten auf das gefrorene Gras. Der Lehmdeich kühlte wie Tod. Die schwache Wintersonne stand genau über dem Dach der Wollfabrik. Eine so schwache und kalte Sonne. – Und ihm wurde klar, es ging wirklich ums Leben, die Kleider mußten trocken werden.

Es war der Beginn des wirklich Falschen, der großen Verwirrung.

Er wußte also, daß er Ausschuß war, Abfall.

Und das Leben des Abfalls war Zersetzung. Um ihn herum roch es nach Verfaultem. Die Kleider konnten nicht trokken werden. Er sollte in jenem ganzen Winter nicht mehr unter einem Dach schlafen, und die völlig feuchten Kleider verschimmelten an seinem Körper. – Er sollte nicht mehr unter einem Dach schlafen: als habe er einen unüberwindbaren Knacks, sich ein Herz zu nehmen und nach Arbeit zu fragen, und er verdiente also nichts und fand infolgedessen auch kein Nachtlogis. – Er roch nach Morast, der Bart wuchs wie Dickicht. Er schlief unter einem umgekehrten Boot, seine Nahrung holte er in jener Zeit meist aus den Mülltonnen, jede Nacht bis in die frühen Morgenstunden machte er seine Runde durch die Hinterhöfe der Stadt. Wenn man nur glücklich ein Tor gefunden hatte, dessen Schloß sich aufbrechen ließ, lagen die Eingeweide des gesamten Viertels offen da – er lernte leise wie eine Katze über Mauern und Schuppendächer zu klettern und zu springen, er fühlte sich nicht mehr als Mensch, er konnte sich nicht überwinden, sich Menschen zu zeigen. Nein, keinem. Er gehörte nicht mehr zu ihrer Ordnung, er gehörte zu der der Verwirrung – einer anderen Art von Wesen, denen der Verwirrung.

Zwar war es bisweilen vorgekommen, daß sich in seinen Eingeweiden die Mülltonnennahrung und der Hunger zu so etwas Beißendem und Zerrendem zusammenballten, daß er es ganz einfach nicht aushielt: dann tauchte er an den Küchentüren auf – doch das in einem schlafähnlichen Zustand, sehr dunkel, wie durch einen Nebel schaute er in einen Eingang, sah die Kinder, die dort drinnen am Küchentisch Aufgaben machten, aber er erinnerte sich hinterher nicht an sehr vieles, halbe Traumbilder nur, er war außer sich selbst und sah alles nur halb, erinnerte sich an die belegten Brote im Mund und die Sättigung hinterher, das war alles. Dann kehrte er in sein Dunkel zurück. Dort erwachte er, dort war er wirklich.

Wieder vergingen einige Jahre – wo aber blieb auf diese Weise die Zeit? Die Zeit faulte und zerfiel und war nicht vorhanden: mit der Zeit hatte er es an allzu vielen Orten ausprobiert – zu viele Arbeiten, zu viele verschiedene Nachtlogis, zu oft im Freien geschlafen. Auf diese Weise geriet schließlich alles in ihm in Unordnung, er glitt zusammenhanglos hin und her zwischen Kartoffellese und Aussaat, zwischen Rübenkampanie und Heuernte – die Monate, in denen es Arbeit gab, überdeckten halb die Monate, die völlig leer, erfroren und tot waren, doch sie gingen schief ineinander über, schräg und schief war das Ganze, die Arbeit wurde Leere, die Leere wurde schwerer als Rüben im Novemberregen, so kam immer mehr Unordnung in das Ganze, die Zeit hörte einfach auf, rutschend wurde er vor- und zurückgeworfen, er war sozusagen in einem unaufhörlich falschen Anfang. Falsch – denn die Zeit gab es in Wirklichkeit, es war die ganze Zeit vorhanden, nicht eine Sekunde verlor sie, keine einzige, die nicht leicht wie ein Vogelfuß ihre Abdrücke in seinem Körper hinterließ (aber Millionen und Millionen Vogelfüße werden zur Folter). Er wurde verbraucht, abgenutzt. Er erkannte an seinem Körper, daß es jetzt ein anderer war als vor einigen Jahren. Zäher, grauer. Älter. Plötzlich lockerten sich schon die Zähne in den Kiefern, er mußte darauf achten, wie er kaute. Zwischen vor und zurück, oben und unten, zwischen dem, was gewesen war, und dem, was kommen sollte, gab es keinen Unterschied, alles glitt und irrte.

Und sein ganzer Körper schmerzte nach Ordnung, als wolle er verbunden werden. – Er wollte hineinkommen in die Zeit, hinein in sich selbst, er wollte, daß sein Leben von einem Anfang zu einem Ende verlief, so wie das Leben aller anderen, wie das Leben richtiger Menschen. Was außer der Zeit lag, war Abfall. Er wollte hinein in die Zeit.

Denn es wirbelte so. Der Wirbel. Jetzt nahmen die Füße einen Weg, den er nicht wollte, gegen den sich alles in ihm sträubte – aber so wie man träumt, war er gelähmt, die Füße führten ihn, wohin er nicht wollte. Es war jetzt nur ein schwaches lahmes Jammern in ihm, das wimmerte: frei! ich bin frei! – doch er kam noch nicht einmal so weit, es zu fühlen, es war so weit entfernt, so weit innen. Vor allem, es war alles nur ein Witz. Wenn der bald zahnlose Mund des Nichtseßhaften wiederkäute: ein freier Mann, ein freier Mann, ich tue, was ich will – dann war das ein großer Witz, alles in allem.

Nein, er hatte nicht die Kraft, irgend etwas zu wollen. Die Kälte wollte. Der Hunger wollte. Er aber nicht.

Es war jetzt spät im Jahr. Die Nächte hatten schon den scharfen Winterbiß. In Fingergelenken und Knien saß die Lehmkälte, die Rübenkälte und biß – dieses Jahr ließ sie langsamer nach als im Jahr zuvor, von Jahr zu Jahr langsamer und langsamer. Jetzt, als der Herbst zum wievielten Mal hintereinander im Begriff stand, in den Winter überzugehen (wie das ewige Ende war es: das allgemeine und das besondere Aufhören), konnte er sich eine geregelte Arbeit ziemlich gut vorstellen. Ja, er konnte es ernstlich. – Außerdem dachte er, ich selbst bestimme ja über mich, ich bin ein freier Mann, ich tue, was ich will. Denn er hatte einfach keine Kraft mehr. Er wollte jetzt Ordnung in seinem Leben haben, wie alle anderen wollte er Teil einer Ordnung sein, in der die Dinge zusammenhingen. Er konnte sich einfach nicht vorstellen, noch einen Winter im Freien zu schlafen, er war so müde, ihm war, als stünde er kurz davor, alles aus dem Griff zu verlieren, das Leben selbst – käme er nicht jetzt in das richtige Leben hinein, wäre es zu spät. Es war ein Loch. Es saugte. Der Körper war ein schmerzendes Nichts, ein zerbrechliches Mitten-dazwischen, zwischen Durchtreten und Stürzen, Sturz. Was also sollte er tun? Ja, was konnte er anderes als eben das, was er tat?

Doch es hatte seinen Preis, seinen ganz bestimmten Preis.

Denn wo landete er? Ja, im Lehm. Einer anderen Art von Lehm zwar als dem der Rüben. Aber dennoch. Im Lehm.

Und am Montag, dem 3. Dezember 1912, zwei Jahre bevor der große Krieg beginnen sollte, sah er zum ersten Mal die riesige Zwischenwerkstatt der Schamottfabrik, den Ort, wo der Preis entrichtet werden sollte: ein über hundert Meter tiefes kalkstaubwirbelndes Dunkel, ein Gewimmel von grauweißen, gleichsam ermatteten Menschenschatten, ganz oben unter dem Dach ein Riesenberg zerbrochener Gipsformen, Rohr- und Knieformen wie große, abgeschlagene Glieder. Dieser Ort, an dem man Atemzug für Atemzug den Preis für das Leben entrichtete (nach zehn Jahren war das Atmen oft recht schwer), wurde zum größten Teil von Galiziern bevölkert, diesen höchst speziellen, selten lesekundigen Arbeitskräften, die der Gutsbesitzer

Kennedy auf Råbelöv einmal bei einer unvergeßlichen Gelegenheit als Streikbrecher eingestellt hatte und denen dann Gelegenheit geboten worden war, im Lande zu bleiben – später kamen mehr und mehr, es wechselte je nachdem, wie dort unten im südlichen Polen die Lage in den Gruben war. – Sie hatten keine Ansprüche: so, wie es ihnen dort ergangen war, von wo sie kamen, freuten sie sich über alles, was sie erhielten, wie über unaufhörliche Weihnachtsgeschenke, der Gedanke, mehr zu verlangen, streifte sie nie, sie lebten in ihrer Welt, die grau war und gleichsam betäubt, gleichsam unwirklich, als verblute sie in dem lebensfressenden Kalkstaub. Dorthin, bis zu ihnen hinein, richteten sich von außerhalb keine Worte, dort waren sie unter sich, eingesperrt in ihre Ausländerschaft: das dunkle Haar und die grobe Haut: aber ebensosehr war es die Ausländerschaft der Schlechtbezahlten und Besitzlosen und ständig von Schulden Gejagten. Haare, Haut, Geruch nach Kohlsuppe: es waren die Haare, die Haut, der Geruch der Armen. In gewisser Weise wurden die aus Galizien Stammenden ärmer, als es irgendeinem Einheimischen gelang: die Schwarzhaarigen, sie waren für die anderen das Bild der Armut höchstpersönlich. Außerdem die Läuse, es war allgemein bekannt, daß galizische Kinder schon im Mutterleib Läuse hatten, sie *hatten* Läuse, während normale Kinder sie bekamen. – In der großen Zwischenwerkstatt: die grauweißen Gestalten mit den erloschenen Gesichtern, sie bewegten sich im Kalknebel, der Ton wurde vermischt und geschlagen, der Staub bedeckte die Gesichter, so daß sie zu unkenntlichen Masken wurden. Viele husteten. Es war der Ort, wo der Preis entrichtet werden sollte. – Er wurde als Mischer angestellt (um den Ton zu schlagen, damit jede Luftblase, die das Material im Ofen sprengen konnte, getilgt wurde), gegen eine Bezahlung von Öre in der Stunde, später wurde er versetzt zur und verdiente Öre in der Stunde, was in der Woche ausmachte – dort blieb ihm erspart, nur mit Galiziern zusammenzuarbeiten.

Es war der Preis, der entrichtet werden sollte. Aber er wollte ja auch bezahlen, er war dankbar, daß er bezahlen durfte. Denn er war jetzt in einer Ordnung. Sie begann um sechs Uhr morgens und endete um sechs Uhr abends. Aber es war eine Ordnung. Und jeden Freitag bekam er seinen Lohn: und er war so dankbar, daß er dabeisein durfte, so dankbar: er konnte nicht verstehen, daß es welche gab, die immer streiten und jammern wollten (jenes Gefühl, das er gehabt hatte, als sie über der Hacke zusammenbrach, war sozusagen außer Reichweite verschwunden), er dachte, daß es vielleicht so sein mußte und es immer Unzufriedene gab. Es war ihre Art, unzufrieden zu sein. Vielleicht wäre es auch seine Art gewesen. Aber das Leben reißt auch anderen Dingen in unserem Inneren die Haut herunter – entblößt so vieles. Darüber gab es nicht viel zu grübeln. Oder besser: es gab zuviel, als daß man zum Grübeln überhaupt Kraft fand. Jedenfalls war alles, wie es war. Was ihn betraf, konnte er sich zumindest jeden Tag beweisen, daß er sich richtig entschieden hatte, daß er Grund hatte, dankbar zu sein, und nicht das Gegenteil. Wie auch immer. Er bewies sich selbst, daß es besser war, dankbar zu sein. – Wie auch immer. War ja auch nichts zu ändern. Wo endete die Empörung wenn nicht im Lehm, es gab ohnehin nur den schweren, zähen unüberwindlich saugenden Lehm, besser, sich in Dankbarkeit zu hüllen wie in einen Tarnmantel, dann schonte man seine Kräfte, dann wurde man auch für sich selbst unsichtbar, einem wurde die Bürde genommen, man mußte sich nicht mehr selbst sehen.

Nirgends hörte man das Weinen eines Lebenden. Hier konnte keiner mehr weinen.

Und es waren nicht viele, die an diesem Ort ihre Kraft für nur schon normales Weinen oder Unzufriedenheit vergeudeten. Alles schritt in ziemlich großem Frieden fort: es war, wie es immer gewesen war, und gerade so, wie es vermutlich weitergehen würde. Als ob der Ort und die Arbeit die Fähigkeit beseitigt hätten, den Unterschied zwischen sich und den Dingen wahrzunehmen. Man war, weiter nichts. Nur die Dinge traten heraus und über das hinweg, was man vielleicht selbst gewesen war. Was es nun aber eigentlich nicht gab – nur etwas wie festgestampften Boden, über den die Arbeit und die Jahre hinwegstampften. Worte und Sprache wurden überflüssig. Man war, weiter nichts. Alle waren auf ihre Weise sprachlos wie die Galizier, konnten sich kaum verständlich machen und noch seltener etwas verstehen, was hätten sie also begreifen sollen, worüber hätte gestritten werden können? Wie ihnen erging es ihm hier besser als dort, von woher er gekommen war, sie aßen ihre Kohlsuppe, er aß seinen Salzhering, alle arbeiteten sie und waren froh, überleben zu können, das war alles.

Darum fand er, das Beste, was sich aus diesem Zustand der Dinge machen ließ, sei, dankbar zu sein und mit seinem Los zufrieden. Selbst wenn es Dinge geben sollte, die es wert waren, daß man an sie Unzufriedenheit vergeudete. Hauptsache aber war, daß jetzt Ordnung und Überschaubarkeit in sein Leben gekommen war, er gehörte zu den anderen.

Wenn auch eine besonders unerträgliche Arbeit der Preis war, schlimmer, als er es in den Rüben erlebt hatte. Auf teuflische Weise verband sie die Unannehmlichkeit der Arbeit im Freien mit der in der Fabrik, das Ätzen des trokkenen Kalkstaubs in Nase und Hals mit der Schwere und Kälte des Lehms, aus allen Richtungen zog es in den halboffenen Raum, Feuchtigkeit und Kälte drangen ein, aber von dem Steinstaub wurde davon nichts hinausgesogen, und ständig schmerzten die Hände von der Umklammerung des lehmkalten Mischstocks – diese Arbeit, sie war tatsächlich eine Kombination böser Dinge. – Doch er wollte ja den Preis bezahlen, gleichgültig welchen, wenn er nur aus dem herauskam, was weder ein Oben noch ein Unten hatte. – Und jetzt befand er sich ja in einer Ordnung. – Obwohl er sich manchmal fragte, in welcher Art von Ordnung: von sechs bis sechs und die ganze Zeit die schwere saugende Lehmmasse – die ganze Zeit – den Mischstock als Mittelpunkt in einem saugend träge dahinwalzenden schlimmen schlimmen Traum.

Aber eine Ordnung war es doch. Eine Art von Ordnung.

Und viele teilten sie.

Obwohl nicht so viele von jenen, die ihm wirklich das Gefühl hätten geben können, hier ginge es tatsächlich um Ordnung – und nicht nur um eine andere Art des Im-Leben-Taumelns. Nur wenige ordentliche Leute, die sozusagen Garantie übernehmen konnten. Hier gab es nur alles mögliche loses und unzulängliches Volk, unordentlich dahintreibende halbe Menschen (will man ehrlich sein, solche wie er selbst). Die Galizier – die hier in der Zwischenwerkstatt seine Hauptpartner waren.

Ja – dieser – Ort, an dem der Preis entrichtet werden

sollte, war so seltsam, graurauchig fremd; keine der Gestalten gab ein vertrautes Wort von sich, ein Wort des Wiedererkennens, alle Worte waren gebrochen und zerbrochen in stockendem fehlerhaftem fremdem Tonfall, alles zusammen war seltsam und erschreckend wie *der Wirbel*. Ja: *der Wirbel*. – Er aber sagte sich, er sehe es falsch, er sagte sich, das hier ist Ordnung. Und jeden Freitag erhielt er schließlich seinen Lohn.

Blieb also, daß man dankbar und zufrieden war mit seinem Los, die Hauptsache war, daß jetzt Ordnung und Überschaubarkeit in seinem Leben herrschte; zumindest eine Art von Ordnung und Überschaubarkeit, er war jetzt Teil der Ordnung, wenigstens in einer Art Ordnung, er gehörte dazu, in gewisser Weise gehörte er dazu.

Aber er stand in der Dunkelheit auf, stand schwankend in der dunklen rauhfeuchten Barackenküche, die Wände waren an manchen Stellen verfault und äußerst provisorisch mit Brettern und Blechstücken geflickt, er sah, wie der Widerschein des Feuers über diese Wände wanderte: und er fragte sich.

Die Treibenden. All die Treibenden. Als rieche es nach Tod, wohin man sich auch wendet. Nichts war sicher.

Wenn es wenigstens ordentliche Menschen gewesen wären.

Aber sie waren wie Reste, an denen der Tod genagt, sie gezeichnet und für eine Weile zur Seite gelegt hatte. Die Vorratskammer des Todes.

Ein dunkler Menschenstrom wanderte durch die großen Gittertore in den Feuerschein hinein. Grau wandernde Gesichter. Wieder und wieder zerriß das Heulen der großen

Sirene die Winternacht, das Feuer-Dunkel. Grau: sie besaßen nichts Eigenes. Das Dunkel im Feuerschein besaß sie, die Gesichter farblos vom Müdigkeitsschweiß, in der Finsternis der dichte feuchte Armengeruch der Kleider.

Hier stand man am Rand. Eine Bewegung, und man stürzte. Fort, nur fort. Keiner erinnerte sich an einen Namen im Dunkel, das strömte und strömte. Die Öfen rauchten und loderten. Was war hier ein Mensch?

Und die Müdigkeit hörte nicht auf.

Sie ging nach innen. Es kostete viel Kraft, sich ständig zu sagen: ich bin frei, ich tue, was ich will – wenn Tag und Nacht eine riesige Macht auf einem liegt wie eine Maschine, deren Bewegungen sämtlich darauf hinauslaufen zu beweisen, daß es sich nicht so verhält. Bestimmt nicht.

Wie ein Gebet sagte sein Mund zu ihm: ich habe es selbst gewollt.

Aber er erfuhr keineswegs, daß er es selbst gewollt hatte.

Er erlebte, daß er ein Teil ohne Eigenleben war. Die Maschine setzte ihn in Gang, und die Maschine hielt ihn an. Und er sah keine ganzen Menschen mehr. Es war zuviel. Er besaß nicht die Kraft, sich noch sehr viel länger festzuhalten. Er erkannte in ihnen, was brauchbar war: Teile. Stärkere oder schwächere. Teile. Maschinenteile.

Und was er eines Tages sah (Schneeschmelzdämmerung Ende Februar, unter dem dunklen Himmel leuchtete der feuchte Schnee), war kein Gesicht. Nicht einmal eine weibliche Gestalt.

Was er zufällig sah, war eine Armbeuge. Darüber ein hochgerollter grauer Baumwollärmel.

Auf dem Nachhauseweg war er in den Laden getreten.

Er hob fast nicht den Blick, um den Rest zu sehen: eine schmutziggraue plumpe Frau in den Dreißigern. Nach äußeren Zeichen zu schließen – das schwarze Haar, die grobe graue Haut –, gehörte sie zu eben jener galizischen Art von Menschengeschöpfen. Er aber fing einen Augenblick, und dann vorbei: diese Armbeuge, die zwischen dem Ärmel und dem leblosen, die Unterarme bedeckenden Handschuh aus Kalkstaub lag. Eine blaue Ader verlief zitternd und erhaben und verschwand in der Haut wie in einer blassen bräunlichen warmen Erde, diese Erde zitterte und bebte vom unsichtbaren unterirdischen Leben der Ader.

Schließlich gab es hier in der Arbeitersiedlung großen Frauenmangel. Die Schamottfabrik hatte für so viele Arbeiterinnen keine Verwendung. Und er hatte schon lange nicht mehr an so etwas gedacht. Oder richtiger: nicht daran gedacht, daß sich solches in die Tat umsetzen ließ. Träume waren Träume geblieben. Manchmal hart wie heiße Peitschen. Blieben aber zwischen den Küchenwänden, so daß die Feuchtigkeitsflecken im Feuerschein Flecken waren und zugleich ganz andere Bilder vorstellten.

Doch um an dieses Lebendige zu kommen, mußte er schließlich ein Gespräch einleiten. Zu Worten greifen. Und dies mit einer, die aussah, als würden alle Worte, verständliche und unverständliche, an ihr abgleiten: eine abweisende farblose Schwere, die gewiß einen Namen hatte, von irgendwoher kam, irgendwo geboren war – doch das wollte er nicht wissen, sie war so häßlich, er wollte nicht hören, welche Laute aus diesem breiten grauen Mund kamen, beim bloßen Gedanken fühlte er sich gedemütigt, er wollte sie also nicht kennenlernen – wenn man doch nur gekonnt hätte, ohne miteinander bekannt zu sein.

Doch so war es nun einmal nicht, noch nicht einmal in Bromölla unter all den Fremden. Auf die eine oder andere Weise mußte man miteinander bekannt werden, das eine oder andere Gespräch mußte eingeleitet werden, wenn auch nur als ganz unwichtiger Vorwand.

Aber so wie sie aussah, wollte er sie nicht kennenlernen. Er verzichtete also auf all das und verließ rasch den Laden – dennoch hatte er gesehen, wie sie errötete, ein gequältes Rot an Nacken und Hals. Rot- und weißfleckig im Gesicht stampfte sie scheu-nervös auf der Stelle. Nachdem er sie aber einige Minuten lang hartnäckig angestiert hatte – die Arme, bestimmt zum ersten Mal in ihrem Leben betrachtete sie einer so genau –, drehte er sich wie gesagt um und verschwand aus dem Geschäft. Als hätte er Feuer auf den Fersen, fast.

Nein, er wollte wirklich nicht. Was er aber gesehen hatte, lag jetzt in seinem Inneren. Und wuchs. Die Einsamkeit in der Küche war plötzlich auf eine unerwartete Art belebt. Jeden Augenblick konnte durch den schweren Schlaf das Gefühl dieses Zitterns gegen den Mund, gegen die Lippen dringen, ja den ganzen Körper entlang, der ganze Körper brannte und wurde steif und sperrte sich, als zerre er hin und her und zucke, vor Angst auf ein Streckbett gespannt. Als wolle er aus seiner eigenen Haut. Ja aus seinem eigenen dichtverklebten Hautsack (Mund vernäht, Augen verleimt), aus der Erstickungs-Angst dort drinnen.

Lange Tage war nichts zu fühlen. Der Körper war nur wie ein Sack Zement – schlapp, schwerer als alles auf der Welt.

Völlig unerwartet aber (so daß er sich zusammenkrümmte wie bei Milzschmerzen) kamen Augenblicke, in denen die Welt brannte und in einem furchtbaren, unbekannten Schmerz tobte. Wie weit entfernt in der leblosen grauen Frühjahrsdämmerung (jetzt war der Schnee weggeschmolzen, nackt und wartend lag die Erde da) schwelten Glutspuren, Glutreste einer anderen Welt.

So war das. Mit der Zeit aber hatte er sich befreit von ihr und von ihrem Aussehen, weshalb es wirklich unwichtig war, ob es nun mit ihr oder mit einer anderen dazu kam. Wenn es nur dazu kam. Nur ein einziges Mal – einmal –, es gab doch so wenige Mädchen hier in der Fabriksiedlung, die Galizier blieben im allgemeinen streng unter ihresgleichen (es sollte ja auch wirklich in äußerster Not sein – aber in solcher Not befand er sich schließlich), zwanzig Männer konnten um dasselbe Mädchen herumschwänzeln, aber nur einer konnte sie bekommen, die anderen mußten allein nach Hause gehen, in ihre einsamen Verschläge, zu den unterschiedlich geformten Fleckenbildern, nach denen man die Wände absuchen konnte. Er entsann sich fast nicht, wie sie ausgesehen hatte. An irgend etwas Unangenehmes erinnerte er sich – gequält, quälend, zu entblößt. Doch deutlich genug, um sie in der steingrauen Dämmerung des besonders drückend schwülen Juliabends wiederzuerkennen (so weit also war die Zeit in einem einzigen Zug geschliddert), an der Ecke hinter der Fabrik, der letzten Ecke, ehe die Ebene einsetzte – hart, so hart, daß beide einen Schritt zurückstolperten. – Aber die fleckige Röte, die heftig im Gesicht der anderen aufging, brachte ihn zurück, gerade zu jenem Abend im Februar. – Sie hingegen erinnerte sich deutlich. Denn ehe er blinzeln konnte – er hatte schon den Ansatz zu einem Kavalierslächeln in den Mundwinkeln –, war sie unterwegs, fort, besinnungslos, geradewegs hinaus auf die Ebene.

Das hätte sie niemals tun dürfen.

Denn der Verfolger war an diejenige, die er verfolgte, ebenso stark gefesselt, wie Teile der Maschine an das Ganze.

So kam Ström Elje zu seinen Eltern.

Quer durch den Tag, quer durch die Nacht ging die Müdigkeit, immer dieselbe, mächtige, mit schweren Augen.

Die Müdigkeit ging nach innen, sie herrschte und regierte. Ja, es kostete tatsächlich viel Kraft zu wiederholen, wie ein Gebet: ich bin frei – frei bin ich doch.

Ich tue, was ich will.

Manchmal konnte es recht schwer werden, sogar schwerer als alles, was er bis dahin erfahren hatte, das Von-sechs-bis-sechs und die Spätherbstkälte, der eisige schneeschwangere Wind, der in die Werkstatt pfiff und die Finger bis auf die nackten Knöchel frieren ließ. Denn die Zeit war fort und vorbei und befand sich jetzt in einer völlig entfernten Jahreszeit, eine Jahreszeit, in der alles unweigerlich anders war. – Ja, lahme Kälte, äußerlich und innerlich. Aber um sich zu wärmen, mußte er ja jetzt gegen einen anderen Zusammenhang angehen – diesen blinden Tierzusammenhang, die Kröte, die man nicht zum Platzen bringt.

Manchmal, wenn er abends nach Hause in die Barackenküche kam, gab er ihr eine Tracht Prügel. Schwer zu sagen, ob er sich so auf die Kälte und die Feuchtigkeit und die schlechte Grütze als Abendessen stürzte – auf all das Schlechte und Hoffnungslose, aus dem das eigentliche Leben bestand. Gerade an der Grenze zwischen Tageslicht und Anders-Nacht. Dort an der Grenze gab es eine Disharmonie in Haut und Knochen, ja eine Disharmonie im ganzen Ich, so heftig, daß sie sich nicht ertragen ließ. Dieser unnachgiebige graue Kriechtierkopf.

Darum stürzte er sich mit den Fäusten auf ihn – es war um des Kriechtiers selbst willen, um festzustellen, ob es nicht doch bersten und Menschengesicht und Menschenstimme bekommen werde.

Aber die Blutaugen der Kröte sahen ihn nur unbegreiflich an.

Und sie blieb, wie sie war. Grau. Nur immer größer. Auch der Mund schien anzuwachsen, immer breiter. Irgendwas Verständliches drang jedoch nicht aus ihm heraus.

Und der Lehm jubelte jetzt, während er ihm das Fleisch von den Knochen fraß, ihn zusammenpreßte und ihn streckte.

Die graue Arbeit in der Abnahme. Nun aber sah man es ihr wirklich an. Und sie arbeitete schlechter, konnte das Tempo nicht mehr halten. Und eines Tages erklärte ihr der Vorarbeiter, sie brauche nicht mehr zu kommen. Es gab schon eine andere, die auf ihren Platz wartete, eine, die nicht beschwert wurde von einem wachsenden Geschöpf. – Und in ihrem Kopf hatte sie eine fixe Idee: daß sie dem Kind die Nahrung wegaß. Dieser Gedanke saß dort wie eine Zecke und wuchs. So begann sie Essen aufzuheben. Was jeden Tag zum Nötigsten gebraucht wurde, war nicht viel. Doch selbst davon hob sie hier ein Stück Brot, dort ein anderes auf.

Eines Tages sah sie den Mann, mit dem sie zusammengezogen war. Stumm und gierig wie ein Tier verschlang er notgedrungen das Essen.

Es gab dort ein Gewühl von ähnlichen Tieren, die in Gerüsten und Systemen umherjagten. Wie Tiere und Schatten in denselben Werken, in denselben Bewegungen wandernd, wimmeln.

Die Sirene auf dem mittleren Schornstein heulte, und sie strömten zusammen wie ein Durcheinander von Ratten, solchen, die in den dunklen feuchten Gängen zwischen den Streben und Stützen der Kalkbrüche lebten. Manchmal fiel donnernd ein großes feuchtes Stück Kalk herunter. Die Ratte verzehrte das Essen und ließ keinen Krümel übrig. – Als befänden sich zwei Menschen in ihr – einmal zeigte sich der eine, einmal der andere. Einmal dachte sie über sich selbst, sie verbrauche Essen, sie müsse fort. Ein andermal von dem Mann – der da – ißt – verzehrt Essen. Ein Todfeind: einer, der dem Kind in ihrem Inneren das Essen wegißt. Sie konnte es nicht lösen. Sie wußte überhaupt nicht, wer überleben sollte. Oder wer nicht wert war, zu leben.

Über dem Sofa, auf dem sie jetzt in ehelicher Gemeinschaft schliefen, befestigte sie mit Reißzwecken ohne Rahmen oder irgend etwas (woher hätte sie Geld für derartiges nehmen sollen?), direkt auf der rohen Bretterwand, die mit dem Schleier, Tschenstochau, die mit dem schwarzen ausgebrannten ausgelöschten getilgten Gesicht.

Aber die ganze Zeit fühlte sie, wie das Kind sich bewegte und drehte, sie dachte, das Kind werde die Erlösung sein.

Als dann aber der Augenblick kam und die Hebamme wie aus einem Schiffbruch, Dunkelheit, Gebrüll, alles steht dem Tod offen, den kleinen feuchten Körper herauszog und ihn hochhielt – sah sie: daß er das Gesicht des Todes hatte. Blutglänzend, finster grimassierend, geschlossene Augen. – Doch er war recht lebendig: nach nur einem kurzen Moment begann er zu schreien, zischend, tobend, er wollte leben.

Für sie aber war er Gesicht und Zeichen des Todes.

Und am folgenden Tag lag die Mutter da mit dem Kind neben sich und sah hinaus ins Licht. Schneeregen, das graue Wasserlicht erhielt einen immer weißeren Kern. Da sah sie im Schneelicht das Gesicht des Neugeborenen, das schlafende Gesicht. Zwischen den Bretterwänden war es rauh und feucht, der Ofen war erloschen, und sie hatte nicht genug Kraft, um aufzustehen und ihn zu säubern und in Gang zu setzen. Plötzlich sah sie dieses neugeborene Gesicht ganz anders. Es war ein Perlen-Licht. Hierher konnte der Tod nie dringen. Schnee und Schneeregen schimmerten wie Wasser und Wolken. Die Feuchtigkeit hatte einen rohen Geruch von Meer. Manchmal schlugen Feuerflammen aus den Öfen durch die bauchige grauweiße Wasserwand, blitzten, verschwanden. Es war völlig still und der Schneeregen tropfte und sang, das Weiße wechselte und leuchtete. In der rauhen Kälte lebte warm der leichte Atem. Bis an die Knie in Lehm und nassem Schnee standen still die Bäume. Hier gab es eine Wand aus Ruhe. Hier konnte das Blutige sie nicht erreichen. Das Neugeborene war Schutz.

Dann verzog sich das kleine Gesicht, wurde finster, die kleinen Tierhände öffneten und schlossen sich. Und wieder war sie, wo sie begonnen hatte: der Tod selbst war es, der sich in ihren Körper hineinfraß, als das Kind die Brust nahm und zu saugen begann.

Und überall auf der Welt sollte es Krieg geben.

Diese beiden, völlig unterschiedlichen Gesichter.

Und zwei völlig verschiedene Dinge: das weiße Licht, ein Kokon aus Schneestille, lebendiger Wasserstille, hier war Frieden, hier gab es Schutz.

Aber der Tod nagte und fraß und schnitt Grimassen.

Das Kind war da, ja.

Aber das Kind war keine Erlösung.

Das Kind sah viel zu schlecht aus, als daß es etwas mit Erlösung zu tun haben konnte. Nicht weil es an sich schwach war. Sondern wie es aussah – wie der genaue Gegensatz zu allem, was sie sich vorgestellt hatte. Klein, grau, häßlich, übelriechend – dann bekam er plötzlich am Kopf Ausschlag, eine dicke schorfige Masse, die sich zwar als kurzlebig und vorübergehend erwies. Aber immerhin – der Ausschlag war in gewisser Weise so typisch für dieses Kind, alles schlug sich an ihm in Häßlichkeit nieder.

Und wessen Schuld war das?

Die Sprachlose verstand wirklich nicht viel. Richtiger, sie verstand überhaupt nichts. Vielleicht den kleinsten Sinn, die Teilmeinung der Worte. Aber den wirklichen Sinn, den Zusammenhang dahinter, das, was für die Bedeutung der Dinge sorgt (ganz einfach das Leben) – war in Stücke zerborsten, die in alle Richtungen flogen. In ihrem Inneren nur ein flüchtiges Dunkel aus einfach sich zerstreuenden Geborstenheiten – deren Züge sich bisweilen in einer stürmischen Meernacht spiegeln; man weiß, es sind Möwen, doch eigentlich sieht man nur aufblitzendes Weiß ohne Bedeutung, kann man sicher sein, daß es Möwen sind? Es könnte ein beliebiges Weiß sein, seltsame Blitze und Windstöße, was eigentlich ist Weiß, was ist Dunkel, fragt man sich, alles wandert und stürmt und schwindelt, ein Weltall stürmender schwarzer Wogen, eine Meerestiefe aus Himmeln und dahinstürzenden Flügeln, man weiß nicht, in welche Richtung die Wurzeln wachsen, ob sie verankert sind im Frühlingsregensturm oder in Versteinerung. Sie wußte nicht, wo sie war, nein. Alles war Dunkel und Brausen.

Aber was hindurchdrang, so daß sie es begreifen konnte, war, alles sei ihr Fehler. Die Milch versiegte. Und sie begriff, so, wie sie nun einmal war, konnte sie kein Kind ernähren – das war völlig klar.

Und wieder versuchte sie von dem, was sie aß, zu sparen, um ein wenig Geld übrig zu behalten und dem Jungen Sachen kaufen zu können. Aber daraus wollte sozusagen nie etwas werden. Denn meist konnte sie den Hunger nicht bezwingen: sie sah sich um, als sei da einer, der sie überwachte, unaufhörlich überwachte – dann verschlang sie ganz plötzlich das Essen, das sie zur Seite gestellt hatte, kaute und kaute. – Dann begann sie zu weinen. Sie weinte lange und preßte den Säugling an sich und streichelte ihn unbeholfen und heftig, daß er vor Furcht zu schreien begann. Sie drückte ihn an sich und seine Wange an die ihre und suchte Schutz bei ihm. Aber der Säugling verfolgte mit seinen unbegreiflichen Augenkugeln, was in ihrem Gesicht geschah: ein Fremder. Sie hielt seine feuchten kleinen Hände und weinte. Fremd. – Und sie fühlte, daß sie verurteilt war, daß das Leben selbst sie gerichtet hatte.

Ström Albin wußte insgeheim sehr wohl, daß es sein Fehler war.

Und ebensogut, wie er wußte, daß es sein Fehler war, fühlte er, daß nichts helfen würde. Er saß fest. Als er bekommen hatte, was er wollte, und sie gehabt hatte, wollte er sie nur noch loswerden. So war es. Und dagegen war nichts zu machen.

Denn das, was er auf dem Hals hatte und nicht loswurde, war *sie* – so, wie sie einmal war.

(es klebte, klebte wie etwas in einem Traum, man wird es nicht los, klebt an den Fingern, alles löst sich an den Rändern auf, angenagt aufgelöst ineinander – klebt, klebt – gesichtslose Unsauberkeit – und zum Bersten konnte man sie nicht bringen, nein, zäh war sie wie der Tod, der graue Fremde)

– doch diejenige, die er gehabt hatte, das war nicht *sie*, nicht sie selbst. Was er gehabt hatte, war etwas anderes, ein Ding in einer anderen Ordnung, mit einem Menschen überhaupt nicht zu vergleichen.

So wie die lockeren zähen Wurzeln des Todes aufweichten und anfingen alles aufzulösen. Seltsam schwelte das Tageslicht in der Barackenküche. In allem gab es an ihr etwas Wimmerndes, kaltverschwitzt Graues.

Und sie konnte um sich herum nichts sauberhalten. Und das Kind nicht sauberhalten. Er meinte, den scharfen Uringeruch schon von weitem im Frühjahrsnebel wahrnehmen zu können.

Denn jetzt war wieder Frühjahr, graues Frühjahr, Regennebel, Schlüsselblumen am See. Wie lange sollte alles dauern? Er wußte, geschehen war geschehen, ja. Daß es ewig dauern konnte. Wie lange aber würde er durchhalten? – Er wußte, er könnte eine Kraftanstrengung unternehmen, wenn er wollte, und sich selbst und den Jungen hieraus retten. Doch er wußte nicht wie oder wohin, noch kannte er irgendeinen Ausweg.

So verging die Zeit ein Stück. Der Junge Elje schlief in seinem Kasten. Er hatte eine farblose Haut, war klein, die Hände und Füße wirkten jedoch, verglichen mit dem schlaffen mageren kleinen Körper, groß und grob, es waren die Hände des Vaters. – Die Sprachlose bekam wieder Arbeit – wieder bei der Abnahme, schlechter bezahlt, aber schwer war es nicht. Alles schien ein wenig besser zu gehen.

Eines Tages aber kam sie von der Fabrik nicht nach Hause.

Es war im September, auf dem Weg von der Fabrik stoben seltsam heiße Staubwolken, die Sonne leuchtete in ihnen, Menschen, die keine Menschen waren. – Es war Samstagabend, überall Leute unterwegs, sogar Ziehharmonika von einer Bank unter den Bäumen in der Bruksgatan, man sah nicht, wer spielte, sah nur schräge Strahlen durch das Laubwerk. Hunde, Katzen, Kinder hetzten umher.

Die Barackenküche aber lag auf der Schattenseite. Im Inneren wurde es zeitig dunkel. Es war feucht. Der Ofen war erloschen und kalt. Die Nachbarin kam, sie trug den Jungen, er schlief schon auf ihrer Schulter; der Vater legte ihn in seinen Kasten.

Doch es kam kein anderer. Es blieb leer. Der Vater des Jungen lag auf dem Sofa und starrte in die Leere hinaus. Es dunkelte. Er dachte, noch nie hätte er solch eine Stille gehört. Irgendwo tropfte es, ein Tropfen nach dem anderen, der undichte Wasserhahn auf dem Hof ließ seine Stimme ertönen. Knacken in den Wänden. Irgendwo nagte es ganz friedlich. Unter ihm quietschte das Holzsofa. Manchmal hörte es sich an, als sei eine Tür von selbst aufgesprungen. – Alles aber waren nur eigene Stimmen und Laute der Stille. Sie kam nicht. Drüben im Kasten atmete der Junge. Das war alles. Sie kam nicht, nein.

Gegen Morgen begann der Junge zu schreien. Der Vater mußte hoch und ihm Milch geben. Außerdem war er durch und durch naß und roch, wie noch nie, das heißt: er stank. – Der Vater saß da und sah in das häßliche, vom Weinen entflammte kleine Kindergesicht. Und stärker als je zuvor fühlte er: er gehörte mit ihm zusammen. *Sie* war ein böser Zufall. Nicht ihr Fehler, nicht sein Fehler, niemandes Fehler. – Mit dem Jungen aber gehörte er zusammen.

Und das war in ihm wie mit einem Siegel bekräftigt: von nun an unverbrüchlich.

Und es war wirklich unwichtig, völlig gleichgültig, wenn sie nicht zurückkam.

Aber er mußte schließlich dennoch auftreten wie ein Wartender. Wie einer sogar, der der Verzweiflung nahe ist.

Auch wenn er sich im Reich der Gleichgültigkeit befand. Dort würde er leben. Aber mit dem Jungen. Er war nicht einsam. Er hatte einen, mit dem er zusammengehörte. Was bedeutete es also, daß er selbst war wie ein toter Gegenstand und die Welt geschlagen vom Ruß der Gleichgültigkeit, so daß alles tot war und wertlos und Dinge nur, die sich gleichgültig umeinander bewegten, wie Dinge es eben tun – aber den Jungen, dieses übelriechende lebendige Geschöpf, ihn hatte er, und für ihn würde er immer sorgen.

Die tote Welt. Tote Flammen gingen durch sie hindurch. Die einzige Hilfe, der warme übelriechende kleine Körper. Der Junge wimmerte ein wenig in seinen Armen. Das Gesicht häßlich und grauschmutzig, der Kopf verschorft – er mußte gewaschen werden, der Vater hatte das vorher nicht gesehen, nun aber sah er, daß der Junge zuwuchs mit Schmutz und Schorf, er hatte wirklich im letzten Augenblick eingegriffen. Das war in der Morgendämmerung. – Aber die Dämmerung verging, draußen kam allmählich ein warmer schöner Morgen, ein Septembersonntagmorgen. Stimmen erwachender Kinder, von in Gang kommenden Haushalten. Doch selbst in dieser Jahreszeit war das Ofenzimmer feucht und rauh wie eine Grotte, hier saß er geradezu auf der Kehrseite der ansonsten sonnigen lebendigen stimmgewaltigen Welt. Er konnte sich nicht entschließen, den Jungen wieder in den Kasten zu legen. Ein Gefühl: legte er ihn fort, werde der Schatten ihn holen. Solche Einsamkeit. Wie war die Welt so geworden – so unbewohnt?

Er legte die Hand um den dünnen Kinderschädel. Der Puls bebte. Doch das war schließlich keine Antwort – nur eine Art von Wärme, die sich bewegte, es konnte auch ein Tier sein oder irgend etwas, das dort innen träumte.

Er konnte nicht sagen, daß er besonders stark hoffte, sie werde zurückkommen. Er verspürte keine Lust auszugehen und zu suchen. Überhaupt keine Lust, den Jungen zur Nachbarin zu tragen, was er sehr wohl hätte tun können, immerhin war, während die Eltern arbeiteten, dort tagsüber der Junge. Doch er hatte keine besondere Lust, ihrem Blick zu begegnen, nicht gerade in dieser Angelegenheit – die Baracke war hellhörig, und was es über ihn und die Mutter des Jungen zu wissen gab, wußte sie.

So begann ein neues Leben. Er wusch den Jungen und zog ihm saubere Kleider an. Der Junge schlief dann und schrie nicht mehr viel. Als er aufwachte, gab der Vater ihm Milch und Brot, das er in die Milch tauchte, und fütterte ihn damit. Vielleicht ging die Sonne dort draußen ihren Gang. Er aber war hier drinnen mit dem Jungen, und die Zeit war verschwunden mit allem anderen: die beiden *waren* hier.

Plötzlich sah der Vater einen scharfen roten Schein. Daß Tonnen und Schuppen draußen auf dem Hof lange schräge Schatten warfen. Es war also wieder Abend. Wie immer man sich zur Zeit stellte, ob es die Zeit gab oder nicht, sie war jetzt seit vierundzwanzig Stunden verschwunden. Und morgen mußte er, ob er wollte oder nicht, mit dem Jungen zur Nachbarin und also zugeben, wie es sich in Wirklichkeit verhielt. – Er hob den Jungen hoch und wickelte einen Schal um ihn – dort lag der Winterschal der Verschwundenen, sie war also einfach weggegangen, gerade so, wie sie war. Dann nahm er den auf den Arm und ging. Aus dem Schal sahen die Augenkugeln. Ihm war gleichgültig, daß die Leute flüsterten Da kommt Ström und trägt sein Balg selbst.

Er machte einen Pflichtrundgang, um pflichtgetreu nach ihr zu suchen. Was immer er auch zufällig finden mochte, das Kind war gleichsam ein Schutz – er hielt den Jungen vor sich, der Kleine schaute und sah für ihn. Aber der Junge schlief rasch an seiner Achsel ein, und er legte einen Zipfel des Schals über sein Gesicht. Dann mußte er einsam weitergehen, vorwärts, worauf immer er stoßen mochte.

Aber er fand nichts. Das eben war es: nichts.

Er ging auf die Fabrik zu. Nach der Kälte im Haus empfand er den Abend als stickig. Er begann zu schwitzen (auch vor Angst). Im Sonnenuntergang streckten sich die großen Fabrikgebäude unter den Schornsteinen. Hinter ihm lag schon verloschen und dunkel der See. Es war leer und still. Nur: es war völlig leer und still. Leer und zehrend brannte das rote Licht. Hände und Finger darin gleichsam aufgefressen.

Es konnte Sonnenaufgang oder Sonnenuntergang sein, das war völlig gleichgültig; es war leer.

Jetzt rief er. Der Junge schreckte hoch, ein langgezogenes, gequältes Zittern durchlief ihn – die Augenlider begannen zu flattern. Aber er wachte nicht auf – das Kind schlief so fest, daß der Vater sich fragte, ob sie beide nicht eigentlich tief durch Schlaf und Traum vorwärtsstrebten. An sich konnte dies doch nicht die Wirklichkeit sein. Die fensterlosen stummen Fabrikwände stiegen steil auf in den brennenden Himmel. Das war nicht nur ein Schatten des Todes. Nicht nur so, daß die Finger des Todes die Kehle umklammerten. Nein, er befand sich mitten im Tod, wie in einem Land oder an einem Ort: mitten im Zentrum des Nichts-Wirbels.

Das Grund-Auge des Todes sah genau in ihn hinein.

Da kehrte er nach Hause zurück. Warm und grau schlief der Junge auf seinem Arm. Jetzt begann eine ganz andere Ordnung. Denn er befand sich jetzt drüben auf der anderen Seite, voll und ganz auf einer anderen Seite. Dem Festland.

Dem Boden der richtigen ordentlichen Menschen. Er war im Wirbel gewesen. Nun aber befand er sich auf dem festen Land. Mit einmal erschien das Leben bequem und war zu beherrschen.

Trotzdem aber mußte er auftreten wie einer, der wartet.

Und so kam es, daß er wie ein ganz normaler Mensch zum Landpolizeikommissar ging und das Verschwinden meldete. Auch wenn er die Uniform und die Goldknöpfe und das Lächeln dieser Uniform nur *von oben* wahrnahm – für einen Mann mit Selbstgefühl war es fast unerträglich. Ach, die Frau ist ausgerissen? sagte das Lächeln langgezogen und breit. Ach, sie war unzufrieden. Die Frau. Sagte das Lächeln. Noch langgezogener: – ach – dann hat wohl trotzdem etwas nicht gestimmt? Ein klein bißchen irgend etwas – irgendwo?

Verschwitzt ertrug er Lächeln und Verhör der Obrigkeit.

Hatten unverheiratet zusammengelebt. Ach, verheiratet?

Geburtsort und Geburtsname der Lebensgefährtin. Nicht bekannt? Nein, nicht bekannt – denn den Paß und das Papier (er sieht ein gefaltetes, grraurauhes Papier mit vielen Anilinstempeln vor sich, das sie in ihrer Verwirrung der Hebamme bei der Geburt des Jungen vorgezeigt hatte) schien sie mitgenommen zu haben, in der von ihr zurückgelassenen Tasche hatte er derartiges nicht finden können. Im übrigen hatte sie das ja angegeben, als sie den Jungen auf dem Pfarramt angemeldet hatten, aber ihr Geburtsort und -name, wie sollte er sich an solche Dinge, noch dazu in solch einer Schreibung, erinnern könnten? – über dem Uniformkragen lächelte die Obrigkeit noch immer. Jetzt entsann

Ström sich, und kam sich nun doppelt lächerlich vor, daß dies alles natürlich im Register der Polizei über Ausländer und im Ausland Geborene stand, welches sich im Schrank hinter dem Kopf des Uniformieren befand, man brauchte es dort also nur nachzuschlagen – das ganze Verhör ging um nichts, es war nur eines von jenen Spielen, mit denen sich die Obrigkeit gern beschäftigt.

Er wurde dunkelrot und fühlte für einen kurzen Augenblick, jetzt werde er vor ohnmächtigem Zorn wirklich bewußtlos. Daß es übrigens eine Erleichterung wäre, wenn er genau ins Dunkel fallen könne, einfach gerade hinein.

Doch so leicht fällt man schließlich nicht in Ohnmacht. Und er tat es auch nicht.

Das Verhör ging also weiter. Es mußte weitergehen, das begriff auch er. Außerdem ging es immerhin darum, daß er ein bestätigendes und auf diese Weise ein ihn freisprechendes Verhör bekam, schließlich war er hierher gekommen. Dies überstanden, hätte er das Recht, nachzufühlen, wie leicht sein Herz tatsächlich war. – Das Verhör ging also weiter. Es stellte sich heraus, daß es eigentlich nicht der Vermißten galt – vielmehr handelte es sich um eine Kontrolle, daß die Angelegenheit (zu denen der Name der Vermißten als ein sehr kleiner Teil gehörte) im großen und ganzen stimmte, daß das System selbst stimmte, daß es bis ins kleinste funktionierte, alles stets wachsam registriert war und alles übereinstimmte – daß die Teile nicht auseinandergeglitten waren in Unverifizierbares, sondern zusammenhingen mit dem Aufklärungssystem in seiner Gesamtheit.

Gab es Gründe zu der Vermutung, daß die Betreffende sich selbst entleibt hatte?

Hier lief das Verhör auf Grund. Einen weißen Grund: das Weiße lächelte mit Wolfszähnen. – Nach einer Sekunde, als wolle das Wilde ihn mit sich reißen, fort, weg – sammelte Ström sich, beugte sich über die Schranke zur Obrigkeit und brachte eine andere Art von Lächeln zustande, ein Lächeln von *unten*, feucht kindlich aufgelöst oder zumindest schwachsinnig demütig bettelnd, ergreifend, es hätte eine beliebige Obrigkeit zu Tränen gerührt. Wie ein Kind beugte er sich in einem vertraulichen Bekenntnis zur Obrigkeit.

Welche Schwierigkeiten er gehabt habe, die Schmutz und Nachlässigkeit Ergebene, fast Blöde zu einem gewissen Maß von Reinlichkeit anzuhalten. Von Kinderbetreuung gar nicht zu sprechen.

Landstreicherei, Herumtreiberei, Nachlässigkeit in Sitten und Ordnung. – Ein Blinzeln und ein Seufzer von beiden, Obrigkeit und Untertan.

Selbstverständlich, mit ihrem beschränkten Verstand. Man mußte in gewisser Weise verstehen. Die Ausländerschaft erklärte schließlich viel –

Der weiße Grabstein lächelte.

Obrigkeit und Untertan nickten einvernehmlich. So wurde das Verhör in bester Einhelligkeit beendet. Benachrichtigung werde erfolgen, wenn eine Benachrichtigung eingegangen sei. Falls nicht, erkundigen Sie sich in einem Monat. – Nun nickte die Obrigkeit zum Abschied mit fast warmherziger Teilnahme im Blick und in den freundlichen Gesichtsfalten. Ja, es war schließlich doch eine Art Witwer, mit dem er zu tun hatte. Und als solcher, mit einem gewissen Zittern über der Oberlippe, zog sich Ström aus dem Kontor zurück.

Danach aber wurde das Büro des Landpolizeikommissars fast so etwas wie sein fester Punkt im Dasein. Einmal im Monat begab er sich dorthin. Das waren eine Art von Feststunden. Er wusch sich sorgfältig, rasierte sich eigens für diesen Besuch und zog Sonntagskleidung an – es war immer mitten am Tag, er mußte um Erlaubnis bitten, zu diesem Zweck der Arbeit fernbleiben zu dürfen. Doch mehr als gern büßte er hierfür den Verdienst eines Vormittags ein. – Dann ging er los – auch der Weg dorthin in solchen Kleidern, während ringsherum ganz grauer Alltag herrschte und alle bis zur Nase in der schmutzigsten Arbeit steckten, war eine Feierlichkeit.

So ging er gemessen seinen Weg. Er dachte nur an den Weg. An die Verschwundene vermied er soweit wie möglich zu denken. (Was hätte er getan, wenn sie auf einmal zurückgekommen wäre?)

Obwohl er ja seine Pflicht erfüllen wollte. Das hatte er die ganze Zeit gewollt. Eben darum war er jetzt unterwegs zur Obrigkeit.

Es war wie eine Sicherheit, diesen Weg und diese Pflicht zu haben. Das hielt das Leben zusammen. Er wußte also, was er zu tun hatte. Und brauchte außerhalb dessen nicht zu denken. Die Obrigkeit sprach ihn davon frei. Und er mußte nicht mehr denken – an all das, was außerhalb lag. Er hatte seine Pflicht getan, er mußte nicht mehr denken.

Sogar in der Uniform hinter der Schranke gab es eine Geborgenheit. In der Art, wie die Knöpfe auf der Uniform saßen. Das war das Zeichen dafür, daß es eine Ordnung gab. – Sogar in den derben Scherzen lag eine Geborgenheit. Er lachte ehrfurchtsvoll zustimmend.

Und er hatte ja auch seine Geschichte, die er erzählen

durfte – die Uniform hörte wohlwollend zu. Sie erhielt jeden Monat mehr Einzelheiten. Wie er jetzt hier verlassen dastand, mit einem Kind und allen Schwierigkeiten, die das mit sich brachte: während sie sich dort drüben in Amerika – wo sie sich vermutlich befand – in Gold wälzte – der Landpolizeikommissar persönlich war auf die Idee gekommen, daß sie entweder tot sei (doch hatte man im ganzen Regiegerungsbezirk nicht den Schatten einer Spur einer Leiche gefunden, die hierzu passen konnte) oder vermutlich in Amerika, wohin es solche wie sie zog, es sei wie mit den Motten und dem Licht (es war dort zur Zeit übrigens voller Galizier, sogar die amerikanischen Behörden wüßten sich keinen Rat).

Es war ein sicheres Gefühl, zu wissen, daß jemand eine Weile zuhörte. – Denn es gab nicht wenig Bitterkeit, dem er Worte verleihen mußte, es hätte für mehrere Beschwerdebesuche pro Monat bei einer übergeordneten Behörde gereicht.

Er hätte selbst gern eine Uniform gehabt, dachte er. Und hätte hinter einer Schranke gesessen, im Rücken ein Register über solche wie ihn. So daß sich sichtbar und deutlich, bis in die Anordnung der Knöpfe – in einer geraden glänzenden Reihe –, gezeigt hätte, wer wer war. Wer zur Ordnung gehörte. Und wer zur dahintreibenden Auflösung. Wer ein positives, zusammenhaltendes Glied war. Wer Abfall war.

Das erste und zweite Mal war es also dort, als komme man nach Hause: endlich Unterstützung. Endlich jemand, der mit ihm übereinstimmte, daß er voll und ganz richtig gehandelt hatte. – Doch schon beim dritten Mal schien es, als habe der Uniformierte eigentlich keine Zeit, zuzuhören

– jaja, sagte die Stimme oberhalb der Knöpfe über die Schranke hinweg, aber der Uniformierte hörte nicht mit dem Schreiben auf. Ström erhielt sozusagen keine Gelegenheit, mit dem herauszurücken, was ihn eigentlich bedrängte. Das setzte eine andere Stimmung, einen anderen Empfang voraus – ganz einfach Aufnahme und Erwiderung.

Ja. Er verstand schon, die Welt ging ihren Gang. Sie hatte für ihn getan, was zu tun sie schuldig war – knapp bemessen –, jetzt kümmerte sie sich nicht mehr weiter um ihn.

Und er ging weg. Und kam nicht mehr wieder.

Und die Zeit ging auch. Sie stand still. Oder sie flog. Wie man wollte – aber das war ja dasselbe, dieselbe Maschine, die in ihm vorwärtslief, ohne sich um ihn zu kümmern. Jedenfalls vergingen die Tage und die Wochen und die Monate, und nichts geschah. Man hörte nichts von ihr. Und strenggenommen war alles gut. Die neue Ordnung funktionierte – auf ihre Weise.

Ja, auf ihre Weise. Sie war in gewisser Weise zu glatt. Handlich – aber so, als ob das, was gehandhabt wurde, schlappe tote Gegenstände wären.

Außerdem war es so, daß er sich plötzlich überhaupt nicht mehr erinnern konnte, wie sie ausgesehen hatte.

Und er hätte ein Bild haben wollen – um es an die Wand zu nageln, es anzuklagen, ihm seine Verteidigungsrede entgegenzuhalten.

Wie sehr er aber auch versuchte, sich ein Bild von ihr zu machen, um ihr ordentlich heimzuzahlen, was sie verdiente – es entglitt, nur ein Schattenfleck Leere. – Statt dessen kamen Hautflecken: Körpergeruch, Blutklebrigkeit. –

Das war alles. Sie war jetzt wirklich fort. Nicht die Ahnung einer Spur. Keine Anhaltspunkte. Alles war abgeschnitten. – Und in einer neuen grauen Dämmerung (denn nun war ein Jahr hinzugekommen, wieder graues Frühjahr, Frühlingsmorgen, der über dem See aufstieg, ehe noch ein lebendiger Mensch wach war) stand er aus seinem Bett auf, und stand da und betrachtete den Sohn, der auf dem Sofa auf der anderen Küchenseite schlief (er war dem Holzkasten jetzt entwachsen): Jochbeine, Augenbrauen, dieses grobe Grau, das auf ihm lag. Er wußte, es war die Verschwundene, die dort in ihrem Ursprung lag.

In gewisser Weise lebte er also trotzdem mit ihr. In gewisser Weise war alles eine Last.

Und dann die Sticheleien.

In Wirklichkeit war er schließlich Witwer und hätte danach behandelt werden sollen, meinte er. Eine Art Ehrerbietung gegenüber der Trauer.

Aus irgendeinem Grund faßte aber niemand die Angelegenheit so auf. Statt dessen war er für alle zu einem großen, ständigen Gespött geworden. Als könne man ohne eine mehr oder weniger deutliche Anspielung mit ihm überhaupt nicht mehr sprechen – noch nicht einmal die grauen Untermenschen in der großen Zwischenwerkstatt unterließen Gelächter und Gesten. Und Worte auch. Wenige zwar, aber welche, die man nur allzugut verstand.

Das war nicht auszuhalten. – Immer öfter lag er schlaflos da. Er lag da und hörte die Stimmen wieder und wieder, das Gelächter, die Andeutungen. Es war unmöglich, sich von ihnen zu befreien – er lag da und wand sich. Unmöglich, sie zum Schweigen zu bringen und einzuschlafen. – Und seinen Schlaf hatte er doch mehr als dringend nötig.

Und in der Schlaflosigkeit das murmelnde blubbernde Mahlen der Zwischenwerkstatt, Lachen und Kichern aus der Lehmmasse, die dunklen Münder (»willkommen bei uns hier unten«), die zersetzend befleckte Mischsprache der fremden Münder – er war doch nicht wie einer von denen?

Doch es war, als ob die eigentliche Wurzel in ihm nachzugeben begann. Wer war er – in Wirklichkeit?

Befand er sich in Wirklichkeit vielleicht noch immer mitten im Wirbel?

Und wenn alle es erkannten. Daß er nur einer von ihnen war. Obwohl er sich mehr zutraute.

Wenn alle es sahen. Wie er mit lächerlichen Zuckungen und Bewegungen hierhin und dorthin geschleudert wurde, im Sog. – Nur er selbst, der es nicht erkannte. Der glaubte, alles sei in bester Ordnung.

Während er in Wirklichkeit unveränderlich zum Wirbel gehörte, dem Hinabsaugenden.

Ein andermal (Herbst jetzt) stand er mitten in der Nacht auf und leuchtete auf den Kleinen, der dort lag und schlief: Wangenknochen, Augenbrauen, grau.

Hinabsaugen. Einsam mit dem Schweigen, es tickte und tickte und verschwand. Hinab in die steil abfallende Tiefe. Die Feuerschatten glitten über die Wand. Alles war so furchtbar, wie es eben nur werden konnte.

Jetzt erinnerte er sich, daß es eine Zeit und einen Ort *davor* gab.

Und jetzt reifte die Entscheidung in ihm, seinen Sohn zu nehmen und mit ihm zurückzukehren, von woher er gekommen war, nach Skurup bei Eslöv.

Dort wollte er den Sohn aufziehen. Das war ein anderer Ort als dieser hier, das Gewimmel der Abfallmenschen, der Galizier und anderen Sorten. Nein, mit denen sollte der Sohn nicht aufwachsen. Er erinnerte sich jetzt an Skurup als an einen hellen Ort. Hart vielleicht – aber hell. Dort sollte der Sohn groß werden. Und es sollte werden, als habe es die lange Zeit der Verwirrung und Ansteckung nicht gegeben. Er würde wieder beim Stamm beginnen. Von dort sollte es gerade wachsen.

So kam es, daß mit Beginn des Herbstes 1917 – einige Zeit hatten die so verschiedenen Peripetien des Umzugs und des (mehrmaligen) Arbeitsplatzwechsels in Anspruch genommen – Elje und sein Vater in einem der Häuserblocks für Landarbeiter des Gutes Skurup in Skåne eine Kammer und ein Zimmer fanden, das sie heizen konnten. Diese Häuserblocks lagen nicht ganz unten im Dorf, aber trotzdem ein Stück hinter dem Schloß, die Allee lief in einiger Entfernung vorbei, sie bildeten gleichsam einen Ort für sich – sie waren die Fortsetzung des großen Systems aus Kuhställen und Stallgebäuden. Die Ebene mit den riesig großen Feldern setzte sich in einem baumlosen Horizont fort. Ganz in der Nähe gab es ein Buchenwäldchen mit hohen Bäumen, fast ein Wald – der Weg lief durch es hindurch wie durch eine Schlucht und endete blind in einer Rodung. Das Schloß lag weit entfernt in einem Park versteckt, man sah es nie, es war nicht vorhanden, näher als an den Zaun neben dem Gutskontor konnte man nicht kommen. – Im Ofenzimmer gab es Abendsonne, Westsonne – das war ein großer Vorteil. Die Kammer hingegen war dunkel und von der Sonne abgewandt, dort aber waren sie nie, dort wurde nicht geheizt – der Sonntagsanzug hing dort, Gegenstände wurden hineingestellt, Kartoffelsäcke, die Kiste mit den Winterdecken und ähnliches. – Sie lebten in der Küche. Ihr Fenster ging auf den großen, mit Kopfsteinen gepflasterten Hof hinaus, der sich bis zu Haus Nummer zwei erstreckte, das exakt genauso war wie ihr eigenes – der Hof war groß und leer wie eine Wüste, und die Menschen, die über ihn kamen und gingen, sahen klein und verloren aus, wenn sie ihre unterschiedlichen Wege, ihre Ameisenpfade darüber zogen, auf den Seiten sah man endlos die Felder und die Ebene.

Dort lebten sie jetzt, sie beide.

Der Ältere war lang und still. Weniger ernst als freudlos – er machte den Eindruck, ihm sei die Freude geraubt und er so zurückgelassen worden, wie er jetzt dastand (wann aber sollte man ihm die Freude geraubt haben? er hatte sie schließlich nie kennengelernt). Blaß schwer zahnlos ging er seinen Weg, genau geradeaus, sagte so wenig wie möglich zu so wenigen wie möglich, arbeitete wie ein Pferd, bezog seinen Lohn, sorgte für den Jungen – flickte seine Kleider, so fein, mit winzigen Stichen, keiner, der seine großen Würgerhände sah, wollte es glauben.

Der Jüngere war einstweilen ein etwas langsames graues Kind, ständig erkältet. Hatte Schwierigkeiten, sauber sprechen zu lernen – was nicht so erstaunlich war, denn er fand nicht viel Gelegenheit zum Üben. Der Vater sprach zwar viel mit ihm, gab ihm aber kaum die Chance zu antworten –

mit anderen Erwachsenen kam er fast nicht in Berührung, sie jagten ihn weg, sobald sie ihn sahen, was nicht so sehr am Jungen selbst lag, als an der Abneigung gegenüber dem Vater, der rasch genug im Ruf stand, ein hochfertiger Kerl zu sein; er unterhielt sich nur mit denen, mit denen er sich auch wirklich unterhalten wollte, jenen, die seiner Meinung nach als richtige Menschen durchgehen konnten, viele waren das nicht. – Noch seltener war er mit den Kindern aus den anderen Häusern (es wimmelte von ihnen) zusammen – der Vater nahm ihn überallhin mit, ihn kümmerte nicht, was die Leute sagten, er wollte den Jungen im Auge behalten, er wollte nicht riskieren, daß dieses Gotteswerk auf irgendeine Weise zerstört wurde, die Schwäche, die die Natur darin selbst angelegt hatte, reichte aus. Der Junge war also unter seiner Aufsicht, ständig – er spielte am Feldrand, oder beim Kartoffelkorb, half mit, ihn ein Stück vorwärtszuziehen, oder saß mit oben auf dem Wagen. – Dies aber hatte zur Folge, daß Elje an andere Kinder überhaupt nicht gewöhnt war. Und wenn er einmal plötzlich mitten unter ihnen stand, wußte er nicht, wie er sich anstellen sollte, sondern begann steif und verwirrt zu lachen, um zu zeigen, wie gern er wollte – doch brachte er nicht ein Wort heraus. Die anderen, diese kläräugigen Kinder, entdeckten schnell genug, wie man sich die Zeit mit ihm vertreiben konnte. – Darum hielt er sich auch aus reinem Notzwang an den Vater – konnte der ihn wirklich nicht mitnehmen, blieb er zu Hause. Dort fiel ihm selten etwas Besonderes ein, um sich zu beschäftigen, er saß ganz einfach da und tat nichts und wartete, bis der Vater nach Hause kam. All dies trug dazu bei, daß ihm das Sprechenlernen wirklich schwerfiel.

Ja, daß die Natur diese Menschenbegabung wirklich schwieriger und schwerzugänglicher gemacht hatte, als die Not dies forderte, gab der Vater ganz tief in seiner stillsten Seele selbst zu.

Daß aber der Sohn mit dem Prophetennamen – Elje, Elje Jesaja – wirklich eine Begabung dar, darauf bestand er – vielmehr, darauf wollte er bestehen. Er hätte gern sein Leben gegeben, falls das etwas genutzt hätte, denn dieser kleine hilflose langsame Graue mußte um etwas ergänzt werden, etwas, das unleugbar – unleugbar – fehlte (denn der Vater konnte sich nicht selbst davon abbringen, sich innerlich gegen diese unendliche Langsamkeit, die zum Wahnsinn treibende aufreizende Begriffsstutzigkeit dieses hilflosen und ständig verstummten und rotzigen und lächerlichen Kindes zu sperren).

Was ihn jedoch nicht hinderte, mit dem Jungen große Pläne zu haben (– er wußte im stillen fast selbst, daß das in gewisser Weise Trotz war). Er sollte aufs Gymnasium. Er sollte studieren. Er sollte etwas werden. Er war eine Begabung.

Nachdem es aber völlig unmöglich war, sich eine Vorstellung von der Art dieser Begabung zu verschaffen – davon abgesehen, daß sie zumindest mit bloßem Auge nicht zu erkennen war (was bei kleinen Kindern jedoch so sein mußte, wie er sich sagte) –, waren das in gewisser Hinsicht Pläne ohne jede Basis. Jenen, mit denen er überhaupt sprach (der Großknecht, der in der gegenüberliegenden Giebelwohnung wohnte, und vielleicht noch einer), erzählte er von diesen Plänen: sie nickten wohlmeinend und gewährten ihm alle Zustimmung, die er sich wünschen konnte. Diese Zustimmung aber, sie war wie ein Sumpf. Sie mochte so groß erscheinen, wie sie wollte. Berührte man sie jedoch, um sich in schweren Augenblicken daran zu halten, schien sie einfach zu schrumpfen und zu verschwinden – dann konnte sie beliebig klein werden. Einfach nichts. Eine Handvoll bitterer Luft.

Und je größer die Pläne wurden, um so weniger paßten sie, wenn er zurückkam, zu dem Geschöpf, an das sie geknüpft werden sollten – das ihn über den Tisch hinweg mit einem so blassen Blick ansah –, weder das eine noch das andere konnte man in ihn hineinlegen. Nein, mochte der Junge auch Jesaja heißen – in manchen Augenblicken sah der Vater mit völliger Klarheit ein, daß er sich selbst lächerlich machte, das war alles. Immer lächerlicher, mit jedem Mal. Der Junge – er war wie niemand. Er war defekt. Und mit dem flüchtigsten unvoreingenommenen Blick konnte jeder feststellen, daß er niemand war und nichts werden würde, es gab in diesem kleinen Grauen, das sein Körper war, keinen Kern, er hatte die großen Hände des Vaters, dies war das einzige, das womöglich auf irgend etwas hindeutete.

Wie tief die seltsamen Augenblicke der *Klarsicht* (oder der Blickverzerrung?) aber auch schmerzten. Es nutzte nichts. Der Junge war das einzig Wirkliche für ihn, er konnte es nicht ändern, es war einfach so. Weiter als bis zur Sonne konnte er nicht sehen, außerhalb des Jungen war das Wirkliche zu Ende, fremdes und feindliches Gebiet begann. Der Sohn war seine ganze Welt, für ihn lebte und atmete und arbeitete er. Und nichts konnte ihn hindern, Pläne zu wälzen. Mit der Zeit aber kam Schwererträgliches.

Erstens kam der Tag, an dem der Junge mit der Schule begann.

Und es zeigte sich, daß es keine sonderlich breite Grundlage für die Pläne des Vaters bezüglich Ausbildung und Aufstieg in die Gesellschaft gab – Elje war von dem, was man als Studienbegabung bezeichnen konnte, fast so weit entfernt, wie nur möglich. Das aber konnte sich doch mit der Zeit bessern, meinte der Vater. Er war ja noch so klein – würde ohnehin noch warten müssen. Als der Lehrer bei der Abschlußprüfung der ersten Klasse ihm ohne sonderlich viel Rücksicht sagte, was er über den Sohn dachte (grau versteckte Elje sich hinter den Beinen des Vaters), verstummte Ström Albin und bekam etwas streng Verkniffenes ins Gesicht und antwortete nichts – ging einfach weg und dachte beharrlich weiter das seine.

Schlimmer war etwas anderes.

Es war so, daß der Junge, schon als er klein war, häufig plötzlich mitten in der Nacht aufwachte, gellend schrie und gleichsam nicht wiederzuerkennen war.

Ström Albin sagte sich: das geht vorüber. Mit der Zeit. Das geht vorüber.

Aber die Zeit verging. Und es ging nicht vorüber. Mittlerweile war es ein recht großer Körper, den Ström Albin nachts hochhob, eng an sich hielt, wiegte – viel zu groß jedenfalls, daß man ihn hochhob und wiegte. Doch genau wie einst der Säugling – in dieser Hinsicht stand die Zeit jedenfalls still – blieb der Junge abwesend, hart, nur ein starrer Körper mit einem fremden Schrei im Mund. Als habe ein Feind sich in den wohlbekannten Körper geschlichen. Zuckungen wie eine Schlange, die man gefangenhält. Es war sinnlos, der Vater mochte wiegen, so sehr er konnte. Der Fremde blieb fremd. Wie etwas Gefangenes, das aber stärker ist und fast dabei, die Macht zu übernehmen. Der Vater spürte, wie der Junge glitt, ihm aus den Händen glitt. Bewußtlos war, zu einem anderen wurde. Die Hände des Vaters hielten und hielten. Aber er fühlte, wie lahm sie wurden, schwach – wie er nichts tun konnte, um den Jungen vor dieser sonderbaren Starrheit zu retten, die in ihm die Macht übernehmen wollte. Aber es nutzte nichts, wie sehr er ihn auch an sich preßte, wie sehr er auch wiegte und sang – außerdem konnte er doch nur zwei oder drei Lieder, die er, immer dieselben, falsch und monoton leierte. Der Körper des Jungen, ein fremdes Ding. Ein unbegreiflicher Gegenstand nur. – Und er fühlte, wie auch er immer fremder wurde, wie die Kälte der Machtlosigkeit aufstieg und in seinem Inneren die Herrschaft übernahm. Wie fremd alles wurde. Und wie der Junge glitt, und ihm entglitt. Bewußtlos war, ein anderer wurde. Mit Jochbeinen und Augenbrauen: fremd.

Der Vater saß da mit dem grauverschwitzten Jungenkörper im Arm – still, starr, brennend feucht. Unheilbar? Als habe der Junge ihn unter seinen Liebkosungen und Koseworten einfach verlassen. Als sitze er da mit dem Körper eines Toten im Arm – was war geschehen? Was geschah?

Von sich selbst wußte Elje, daß er mutterlos war – das aber hatte keine große Bedeutung für ihn, es war ein Wort, das er von anderen gelernt hatte, es besaß keine Wirklichkeit.

Er fragt.

Dann sagt der Vater: zu Weihnachten vielleicht. Das Gesicht verschließt sich. Oder zu Ostern.

Oder im Sommer.

Der Vater will nicht mehr über die Angelegenheit reden, er schlägt fest auf den Küchentisch und schreit plötzlich: raus mit dir, Jung, raus!

Im Sommer. Zu Weihnachten, zu Ostern.

Langsam wie ein Maulwurf blindlings in das harte dichte Erddunkel gräbt sich das Jahr durch das Dunkel aus totem schweren Warten: jeden Tag ein kleines Stück, in die Dunkelheit, blindlings.

Sie aber ist fort.

Leer ist jedes Blatt. Leer und kalt die Sonne, sie hat scharfe Strahlen. Kalter Tau tropft vom Frühsommergras. Es ist Sommer und niemand kommt.

Darum ist er hohl wie ein Sarg. Im Inneren ist alles dunkel und blind. Den Stein haben sie auf ihn gelegt. Er kann ihn nicht heben. Wie ein Wurm im harten Dunkel der Erde frißt die Zeit sich voran. Blindlings, blindlings. – Sobald ihm der Vater den Rücken kehrte, saß der Junge oben an der großen Straße. Tränenlos saß er dort, Zeit, die sich nicht rechnen ließ. Es war im Winter. Neujahr kam, und der Dreikönigstag verging. Eines Abends spät in der Dämmerung kam der Vater nach Hause, er war mit einer Fuhre den ganzen Tag unterwegs gewesen, und fand den Jungen nicht. Er mußte lange suchen, bis er ihn, steifgefroren, oben an der großen Straße sitzen sah, der Junge konnte oder wollte nicht sprechen, er mußte ihn auf den Arm nehmen und ihn nach Hause tragen und ihn mit vielen warmen Ziegelsteinen und Decken, die er sich von den Nachbarn lieh, ins Bett legen. Zu Ostern, sagen sie. Der Wurm aber frißt, er frißt Erde und verdaut Erde und ist selbst Erde. Zum Sommer, sagen sie – jetzt ist wieder Sommer.

Und dann Herbst. Jetzt werden zwei aus ihm.

Einer außen: er wird geweckt, zur Schule geschickt, ist einer der Allerlangsamsten, fast der Schlechteste, begreift selten, ist wie bewußtlos. Ist wie fühllos – der Zeigestock mag schlagen, so viel er will, das wird nicht gefühlt, alles ist stumm, betäubt.

Im Unbegreiflichen und Hoffnungslosen ist sein Platz.

Denn jeder hat seinen Platz. Der Erste zuerst. Der Letzte zuletzt. Der Niedrigste zuunterst. Woher kam das? Nicht zu erklären. Doch vom ersten Tag an, als das Kind hinaus unter die anderen Kinder kam, war die Rangordnung da: zuerst, am schlechtesten, zuoberst, zuunterst. Wer mit der Jagd begann. Und wer gejagt wurde. Wer schlug. Und wer geschlagen wurde.

Und woher kam es, daß alle über ihn lachten? Es war doch nicht sein Fehler, das Fremde, das seine Klauen in seinen Hals schlug und dort saß und piepste, das war doch nicht er – so daß man auch in jenen Fällen, wenn es dem Vater gelungen war, ihm zu Hause einen Liedvers einzuhämmern, nicht ihn selbst hörte, wenn er ihn aufsagte. Man hörte dieses fremde Piepsen. Das Klassenzimmer jubelte. Und er verstummte erschrocken. – Dann hatte er nur einen Gedanken: nicht weinen. Der andere aber, der nicht er selbst ist, weint. Und die anderen lachen. Und auch das Weinen hat Klauen, es reißt und zerrt ihn hin und her: das Weinen und er werden gemeinsam zu einer Maschine, sind beides Teile derselben Maschine, sie sitzt fest um ihn herum und quer in seinem Inneren, er kann unmöglich entkommen, darum muß er, auch wenn es nicht er selbst ist, weiter piepsen und weinen und zittern, und die anderen müssen weiter brüllen vor Lachen, alles ist eine Maschine, nichts hilft dagegen an.

(Doch der da weint, ist ja nicht er selbst. Die Maschine führt sich so auf. Es ist nicht er selbst. In seinem Inneren ist das Weinen zu Stein erstarrt.

Denn es gibt die Quelle der Tränen. Sie kann sich in Stein verwandeln. Sie kann völlig tot erscheinen. Sie kann ein zu Stein verwandelter Wasserlauf sein. Der Stein kann ein ganzes Leben in Unbeweglichkeit verbringen, zwischen der Himmelsrichtung der Trauer und der des Todes: ein Scheintoter. Eines Tages kann er aufgebrochen werden vom Leben.)

Es gibt also einen, der außen ist – Elje.

Aber auch jenen, der er ihn der Wirklichkeit ist.

Jenen, der innen ist.

Der wartet nur auf sie. Er ist innen und wartet unaufhörlich. Jener, der tatsächlich er ist. Er wohnt im Leeren und ist mit dem Seinen beschäftigt.

Daß jemand fort war. Das also wußte er von sich – genau das fühlte er.

Und darum schien es immer Winter zu sein. Durch und durch wie ein einziger eisbleicher hartgefrorener Wintertag. Nichts veränderte sich. Auch die Nacht war kein Trost, sie war hart und einsam. Er konnte nicht spielen, er konnte nicht lernen, er wußte nicht, wie man das anstellte.

Im Winter hatte der Vater oft keine Arbeit. Sprach er, dann über die Miete. Auch über den Verfall der Zeit: etwas rückte näher. Das Letzte war vielleicht auf dem Weg. In den Schriften Richter Rutherfords hatte er schon etwas gelesen. Noch beschränkte er sich meist aber auf die eine oder andere Nummer der Zeitung »Mellersta Skåne«: es spielte keine Rolle, wie alt sie war, wenigstens schlug das die Zeit tot: er las alles, die Nachrichten, den Leitartikel, die Betrachtungen, die Familiennachrichten, die Anzeigen. Draußen stand der starre Winter. Schon seit langem leuchtete der Hofplatz grau hart eisglänzend. Warme Pferdeäpfel dampften. Nichts veränderte sich.

Der Junge hatte nicht das Gefühl, daß er wuchs. Er war nur. Das war immer so gewesen, nichts konnte geschehen. Das trockene, bis auf den Grund gefrorene tote Winterlicht herrschte. Als sei er niemals entstanden. Er empfand es so.

Es gab ein Ding.

Das Ding war etwas seltsam Unabhängiges. Ganz allein tat es Sachen, nur für sich. Zugleich aber war es eine Maschine – berührte man sie an einem Ende, bewegte sie sich am anderen. Eine Maschine, die, wenn sie aufgezogen wurde, von selbst lief. Dann tat sie, nur für sich allein, merkwürdige Sachen. Sie war wie ein völlig auf sich gestellter Entdeckungsreisender – in einer Welt, die ganz selbstverständlich war, warm sollte dort warm sein, kalt sollte kalt werden, alles war selbstverständlich und entwikkelte sich aus dem Selbstverständlichen, so wie es mußte, warm wurde warm, kalt wurde kalt, sie begegneten sich und kreuzten einander in fast unsichtbaren Kehren, doch es war wie mit Blättern und Blüten einer Pflanze – hatte man den Samen, wußte man wie Blatt und Blüte werden würden, von bestimmten unwesentlichen Mißbildungen vielleicht abgesehen, die aber nicht das Aussehen der Pflanze betrafen, sie würde ein wunderbar eigenartiger Stellvertreter der allgemeinen Gesetze sein, gemäß deren alles in der selbstverständlich gleichen Richtung weiterläuft, wie es muß.

Stellte man etwas, worauf dieses Ding sich richten konnte, in beliebiger Entfernung an den Horizont, wips, wurde es dreimal so groß wie zuvor und stand dort von allein, wips!, hatte es einen Schnurrbart wie ein richtiger Kaiser. Und dann begann es zu marschieren, obwohl es auf der Stelle trat – auf und ab! auf und ab! Obwohl es doch auf der Stelle trat, wohin ging es? So weit wie möglich, es war viel stärker als er. Und es ging seiner Wege und ging seiner Wege.

Aber es war völlig blind.

Es hatte nur ein kleines Auge. Und das Auge war blind. Das Spuckloch der Schlange, es war zugeschwollen und blind und gestorben durch das Gift.

Der Blinde richtete sich auf und ging – auf der Stelle! auf und ab! auf und ab! Der Blinde ermüdete plötzlich und legte sich wie ein kleines feuchtes Tier zum Schlafen in sein Loch. Der Blinde war völlig unberechenbar und hatte seine eigene Meinung, seinen steifen blinden Weg, auf der Stelle marsch in die Raserei, schräg durch alles hindurch, machte alles unkenntlich, stellte das Ganze auf den Kopf. Hinterher kannte man sich nicht wieder, alles war durcheinandergeschüttelt und an die falsche Stelle gerückt – noch ein Stück Hinausrutschen ins hoffnungslos Unbegreifliche, wie sollte man nun je zurückkommen? Das Ufer, das er verlassen hatte, trieb jedesmal unerbittlich weiter fort, hob sich und senkte sich in immer größerer Entfernung im Nebel, im Nebel.

Ansonsten war sein Körper glatt und grau wie die kahlen Felder. Wenn er ihn berührte, konnte er ebensogut aus Holz sein.

Jetzt kam eine Zeit, in der der Vater ihn plötzlich bewachte und wie ein Kleinkind betreute, dem beim kleinsten Schritt Gefahr auflauert, eine Überwachung bis ins kleinste. Wo

Elje sich auch befand, auf dem Hof oder draußen auf den Feldern – binnen eines Augenblicks tauchte dicht neben ihm der Vater auf und nahm seine Hände fort.

Der Vater unterrichtete ihn. Gott läßt die Dinge zu, sagte er. Man weiß nicht, warum. Die Dinge geschehen. So wie eine Maschine einsetzt, dann geschieht, was geschehen muß. Gott tut nichts. Oder vielleicht ist er die Maschine und tut, was er muß. Man weiß es nicht.

Oder man ist in ihn eingebaut, so wie ein Zwinger in einen selbst, so daß man Fleisch ist um einen Zwinger, der quer durch einen hindurchreicht, man ist eingepaßt in den Zwinger, und wenn er sich bewegt, bewegt man sich auch – das heißt, der Zwinger bewegt sich, er besteht aus beweglich miteinander verbundenen Teilen, man bewegt sich mit ihnen und kann sich nicht befreien, kann nichts tun. Ist man an die Teile Gottes angeschlossen wie an ein riesiges Maschinenwesen?

Für Elje waren seine Hände etwas von ihm Unabhängiges. So wie der Rest seines Körpers ebenfalls etwas von ihm Unabhängiges war – Holzbrett, Erdklumpen. Besonders jedoch die Hände. Nur mit Mühe berührte er diese Gegenstände von außen – blaß, grau, mit Erdrissen darin. Sie waren fremd – sie waren nur für sich selbst da. Sie taten Dinge auf eigene Rechnung. Nichts für ihn. Sie hatten ihr eigenes Gewichtsmaß. Stimmte es mit seinem überein, war das eher ein Zufall.

Ebenso mit Füßen, Lippen, Tastsinn, Gehör.

Am betäubtesten von allem war der, der in der Mitte schlief.

Der aber war zugleich jener, der am allermeisten für sich selbst handelte.

Er ging aus und ging allein über die Felder, während Elje selbst schlief. Er selbst, derjenige, der Elje hieß, lag gefesselt und besiegt da – das platte Nichts, tief, tief unten.

Er streifte jetzt über die Felder. Sie waren trocken, grau. Unangenehm hell war es, aber nirgendwoher – in der blauen Haut war die kleinste Falte sichtbar. Das Abscheuliche kam aus allem wie ein viel zu starkes, aber betäubendes Licht.

Seine Seele war von Haut überzogen wie ein Ei. Die Seele wollte sich nicht erholen. Wie eine kalte Last lag sie einfach da. Sie war nur eine Sache für sich: stumm – von ihm abgekehrt. Vielleicht liefen die Dinge in ihr in anderer Richtung. Er aber hatte keine Freude daran. Er war nur besiegt in trägem kaltem Eisen-Dämmer. Darum fiel ihm alles so schwer. Besonders den Händen. Sie waren so kalt und steif und schmerzten und spannten – wenn er sich endlich zusammennehmen und etwas mit ihnen machen wollte, waren sie nur im Weg, mangelhafte, steife Hindernisse. Darum war er selbst für simple Schwerarbeit einigermaßen unbrauchbar. Noch nicht einmal darin machte er dem Vater Ehre. Davon abgesehen war er schwächlich, an manchen Tagen bekam man ihn einfach nicht aus dem Bett – etwas mit dem Blutdruck hatte der Bezirksarzt einmal gesagt, hieran hielt sich Elje und forderte diesen Blutdruck nie heraus.

Als Arbeiter war er also recht unbrauchbar – zerstreut, langsam, unzuverlässig. Indessen war er aber Landarbeiter geworden, und das sollte er sein und nichts sonst: es gab keinen anderen Ausweg. Wenn der Vater Elje in seiner Ungeschicklichkeit und unbrauchbarer Langsamkeit sah – unmöglich, etwas von diesen Händen zu bekommen, die Hände regierten sich selbst, hatten ihren eigenen Willen (oder also: Gegen-Willen) –, dachte er, daß es irgendwo ein Mißverständnis gebe: der Sohn befinde sich nicht an seinem Platz. Nein, überhaupt nicht an seinem Platz. Doch niemand hatte begriffen und niemand würde begreifen. – Und was wäre im übrigen sein Platz gewesen? Elje hatte schließlich seine Chance gehabt, es gab nichts, was der Vater nicht getan hatte, um ihm vorwärts zu helfen. Aber nichts half, es war, wie es war, wie er sich auch wendete und abmühte, alles wurde dennoch falsch.

Also war er vermutlich doch an seinem Platz. Hier im Rübenland von Skurup also war er und sollte er sein – und nirgendwo anders. Es war nun einmal, wie es war.

Alles roch nach Enge. Das Haus mit den dicht – in Zwingern, in Zwingern – zusammengedrängten Menschen stank nach Schweiß und Müdigkeit.

Wenn abends das Lampenlicht eingeschaltet wurde, die Gesichter lehmgrau wie die von Toten. So saßen sie dort. Draußen stand die Nacht. Zu Elje und seinem Vater kam häufig der Großknecht, der in der zweiten Giebelwohnung lebte, und blieb eine Weile. Er litt oft unter Migräne, mochte es aber, wenn das Schlimmste vorüber war, einen Augenblick leise zu plaudern. Er war der einzige der ständig dort Wohnenden, mit dem der Vater Umgang haben wollte – mit dem losen ambulanten Arbeitsvolk wollte er überhaupt nichts zu schaffen haben, für ihn waren sie, auf die eine oder andere dunkle Weise, anstekkend.

Draußen stand die Nacht.

Es mußte sein, wie es war. Das war alles. Es ähnelte einer Kette, ging hin und her und ineinander, ließ sich in verschiedene Richtungen bewegen – war sogar recht beweglich (ein glattes rasselndes Geräusch), jedes Glied war aber mit den anderen verbunden, nirgendwo kam es frei. Oder wie die Hasen im Winter in Kreisen umeinander über die Schneefelder liefen, in Perlenringen, es hatte den Schein spielerischer Freiheit, doch blieben sie in der ewig unlösbaren Kette eisern miteinander verbunden. Die gefrorenen grauen Felder, der gefrorene Himmel, eine ewige Bühne. Blendend fiel die Frühlingssonne auf sie herab. Der Sommersonnenstand brannte. Die Erdschollen aber verliefen in denselben harten Furchen auf die Trennlinie zwischen Himmel und Erde zu, jener gekrümmten falschen Lebenslinie.

So ging das Leben weiter, das heißt, es stand still. Morgens um halb fünf weckte der Vater ihn: ein neuer, immergleicher Tag. Elje fühlte, Arme Beine Rumpf Kopf, gab es nicht irgendwo irgend etwas, das geschont werden mußte, etwas, das einen gefährlichen Bruch verursachen konnte, wenn man es herausforderte. Manchmal fand er die Stelle. Um die Nase weiß lag er dann da und seufzte. Das aber konnte nicht oft geschehen. (Häufig genug, meinte der Vater. Seltene Ausnahme aber, wenn er, Elje zuliebe, den Kampf notgedrungen aufgeben mußte.)

Dies aber war, wie auch immer, nicht das übliche. Normalerweise, so, wie es sich jeden Tag wiederholte, daß es schien wie ein und dasselbe Mal, stand er auf und zog im Schlaf Kleidungsstück um Kleidungsstück über, während der Vater Kaffee kochte. Dann gingen sie zur Arbeit. So ging das Leben vorwärts, in einer trockenen Furche über die leere Ebene, die kein Ende zu nehmen schien, abgesehen von einem dunklen Fleck, der auftauchte und flimmerte, eine Art Verdichtung, an und für sich weit außer Sichtweite, es war – was aber mochte es sein? Der Horizont schwamm und täuschte. Kaffeepause. Und eine träge Unendlichkeit. Und Mittagspause. So ging das Leben voran. Die Furche lief weiter. Alte Pellkartoffeln kamen in den Eimer. Kaffeesatz wurde ausgegossen. Schweinefutter, Kartoffelhacke, hinter der Ecke ausgekippter Kaffeesatz – plötzlich tauchte eine Geisterfigur im Schnee auf, ein Tier mit gespreizten, gefesselten Beinen, Tatzen. Im Winter war es schon dunkel, wenn sie nach Hause kamen: die Lampe über dem Eingang beleuchtete den Hofplatz, der in scharfem Licht lag, während der Korridor mit den Zwingertüren nur staubig von einer einzigen Glühlampe erhellt wurde, in den Winkeln schien ständig jemand zu warten. Zuerst ging der Vater in den Korridor. Dann Elje. Durch die staubigen Flurfenster sah man den erleuchteten, leeren Hofplatz, wie ein von allem Leben scharf abgegrenztes, draußen inmitten der Dunkelheit für sich schwebendes Feld, darum herum war nichts außer dunkler Einsamkeit, abwesend lagen die Sterne in ewigem Dunkel, als sänken und versänken sie verwirrt in einem großen Brunnen, in dem alles, was es gab, verschwinden konnte – sah man die eine oder andere vereinzelte Gestalt schräg über das leere Beleuchtete kommen und um die Hausecke verschwinden, war es, als werde eine flache, leere Spielkartenfigur dorthin geschoben und verschwinde. So ging das Leben voran. Der Vater zündete die Lampe in der Küche an, wusch sich und wechselte das Hemd: dann richtete er das Essen her. Immer war es der

Vater, der das Essen bereitete – Elje trug Abfall und ähnliches hinaus, je nach Anweisung.

Darum war häufig Elje (mit oder ohne Eimer einfach auf dem Weg zum Abtritt hinter dem Haus) die Figur, die über den leeren beleuchteten Platz geschoben wurde. Er kam sich vor, als hebe und senke man ihn, tanzend an einem Faden. Er wußte, daß der Vater dort drinnen wartete und auf die Uhr sah, wenn er trödelte – eine bestimmte, genau bemessene Zeit (sie saß ihm jetzt gleichsam im Rückenmark) hatte er im Dunkeln, beim Abfallhaufen – oder – etwas länger – auf dem Abtritt (wo er völlig geschützt war und nur einige wenige Lichtstrahlen durch die Ritzen stachen). Auf diesen abendlichen Runden hatte er bestimmte Gewohnheiten angenommen. Vom Abfallhaufen starrte er hinauf, ob er ein paar Sterne erkennen konnte, er wußte, sie hatten Namen und fügten sich zu Tieren zusammen, er lernte aber nie, die Namen wiederzuerkennen, die im Horoskop standen; was er sah, waren nur blinde leuchtende unförmige Massen.

Auf dem Abtritt hatte er mehr Zeit, dort sah er innere Sterne. Einmal hervorgerufen, dauerte es, bis sie erloschen. Das war eines seiner Geheimnisse. Wenn es gutging, blieben sie einen ganzen Abend – über das Abendessen und fast bis zum Zubettgehen. Hätten sie doch nur bleiben können bis in die Nacht, damit er mit ihnen allein sein konnte und nicht zugleich noch etwas nach außen sein mußte, einer, der auf die Anweisungen des Vaters hörte und sie beantwortete. Es war schwer und schmerzlich, gleichzeitig zwei zu sein. Oft hatte man am nächsten Tag Kopfschmerzen. Wie auch immer, er hatte schließlich dieses Geheimnis. Eben das, von dem der Vater nichts wußte. Bis hierhin kam er nicht. Man konnte es im übrigen auch nicht mitteilen – noch nicht einmal, wenn der Vater ihn verhört hätte, wäre darüber etwas zu sagen gewesen. Auf jene Art war er tatsächlich zwei. Einer gehörte dem Vater. Der andere dem Geheimnis. Sie hatten fast überhaupt nichts miteinander zu tun – saßen nur ganz innen in einer Schalenhaut zusammen. Nur in der Schale lebten sie miteinander und entfernte sich nicht jeder in seine Himmelsrichtung. Sie lebten dicht aneinandergepreßt. Zwischen ihnen aber war wie mit einem Rasiermesser von oben bis unten Schweigen eingeschnitten, millimeterfein, aber beide Teile völlig voneinander trennend, so daß sie jeden Augenblick ihrer Wege gehen konnten, jeder in seine Richtung, ein sonderbarer Anblick! Ein halber Mensch und ein halber Mensch! – blutig mit quer durchgeschnittenen Eingeweiden und bloßliegenden Herzkammern – stolpern an der völlig verhärteten Schlammspur entlang, schwarz hängen die Fetzen herunter, die Vögel umkreischen den Blutkopf, alle Adern und Windungen liegen nackt und offen in diesem endlosen Frostlicht, das nicht Farbe hat und nicht Morgen.

Oder zwei Insekten von einander fremder Art, jedes auf seiner Spur unterwegs in eine Richtung. Ein Mistkäfer beispielsweise, leicht zu zerquetschen.

Eine Soldatenameise beispielsweise, in Blech, mit Maske, Panzer, Speer, Fühlhorn – völlig verdeckt, lauter Waffen. Erhebt sich verkleidet und unheimlich in diesem weglosen Licht, das weder Farbe noch Morgen hat, aber wie ein Körper durchzogen ist von Nervenstümpfen, unsichtbaren blinden zwingenden Spuren. Auf welchen *geschieht, was geschehen muß*.

So war das Leben. Rückte es vor, stand es still? Etwas

rasch Vorüberwirbelndes, eine Frühjahrsflut, die alles mit sich reißt, über das sie hinwegtobt mit solcher Geschwindigkeit, daß kein Auge Zeit hat zu unterscheiden, woraus diese schwere trübe Masse besteht, Gras, Äste, aufgequollene Wellpappe, tote Mäuse, welkes Laub? Man sah nur eine einzige einförmige grauwirbelnde Wassermasse aus allem zusammen.

Oder eine völlige Unbeweglichkeit, wie ein Globus in einer Glaskugel, in der sachte und geräuschlos – nur manchmal ein überirdisches Klingeln, wie wenn Kristallglas in einer Feuersbrunst zerspringt – Dunkel steigt und steigt?

Eines Tages, er fuhr Dung, sah er von der Wagenkrone – er stand bis zum Stiefelschaft in diesem weichen Warmen, und der Wagen schaukelte und schwankte unter ihm dahin – Ebene und Himmel als ein Ganzes. Eine flache graue Ewigkeit lag unter ihm. Die Armeen waren zum Aufzug bereit (aus Vertiefungen, Wäldchen, Wassersenken). Elje meinte zu sehen, daß die Hälfte blutrote Tschakos trug. Darüber kamen und gingen die Wolken. Auf einen Wink des Behandschuhten zogen sie sich zurück. In den Wolken kamen die Kavallerie die Kanonenwagen mit Schwaden Rädern Staub. In der kalten stillen Spätherbstluft war Eljes Gesicht, als dränge sich ein anderes Gesicht hinter seinem gewohnten hervor.

So ging das Leben voran. Sie standen auf und gingen zur Arbeit und kamen nach Hause und wuschen sich und gingen zu Bett. Der Vater beaufsichtigte den Sohn, soweit es möglich war, gestattete er seiner Aufmerksamkeit kein Nachlassen: was ihn anging, sollte der Junge geschützt werden vor der Verlockung, die mit einem zerstörten Leben und in Unglück endet. Einmal nach dem Essen sammelte er sich zu einer mühsamen Rede über dieses Thema. Was Elje davon hauptsächlich verstand, war, daß er in einem Nichts (einem selten verdorbenen Nichts) seinen Ursprung hatte, alles, was schlecht war an ihm (und das war schließlich viel, der Vater verzichtete nicht, hierauf hinzuweisen), leitete sich auf die eine oder andere Weise direkt von der Schlechtigkeit der Verschwundenen ab. Es wurde ihm völlig klar, daß das Verderben aus diesem Schoß gekommen war; und daß seine Chance zurechtzukommen (man durfte schließlich nicht verzagen) darin bestand, dem Vater zu folgen, dem Rat und den Erfahrungen des Vaters. Im allgemeinen aber sprach der Vater nicht so viel, er sagte nur: tu dies und das, und so geschah es – Widerspruch gab es nicht, es gehörte nicht zum Weltbild des Vaters, daß ein Sohn widersprach, und folglich auch nicht zu dem Eljes. Auch wenn ihm innerlich manchmal etwas sehr sonderbar vorkam. Aber er trug den Eimer hinaus. Und widersprach also nie. – Wenn er wieder hereinkam – der Vater sah auf die Uhr, die vor ihm auf dem Tisch lag, und merkte an, daß Langsamkeit immer Sand im Getriebe ist –, war es Zeit, Richter Rutherfords Schrift über das Urteil und die ausführenden Engel vorzunehmen. Der Vater las ein Stück laut vor und hörte dann den Sohn ab. Dann war der Sohn mit dem Lesen an der Reihe. Wenn er die Seite gelesen hatte, mußte er das Buch zuschlagen und dem Vater berichten, was er von dem Gelesenen verstanden hatte. So war es. Der Tropfen sollte den Stein allmählich formen. Ein kleines Stück jeweils, jeden Tag ein wenig Abnutzung.

Das Ziel war, sich die Welt untertan zu machen. Dieser Lehm sollte *gehorchen*. Er mußte bestraft werden.

Der Vater las langsam. Hörte gründlich ab. Und es gab

noch eine lange Reihe von Schriften, genug für das ganze Leben – die als Baugerüst oder reinweg als innerer Knochenbau dienen konnten. Ein neues starkes Skelett an Stelle des alten, von Gift angegriffenen, verfaulten, aufgeweichten. Das nicht zuließ, daß man aufrecht ging, mit erhobenem Kopf unter einem Strahlenhelm. Sondern kroch wie ein Tier, das an den Unrathaufen Staub frißt.

Jehova ist der Gott der Ordnung, und alles, was er tut, geschieht mit Ordnung und hat zum Ziel die Einführung einer Ordnung, das ist seine universale Organisation.

Eine Organisation ist eine systematische Vorkehrung, die man zum Erreichen einer bestimmten Absicht benutzt. Das Einführen der Jehova-Ordnung in einen anderen Willen, einen, der anders will.

Es mußte für das ganze Leben reichen.

Die Jahreszeiten mochten wechseln, dies aber war ein und dasselbe. Der Vater las im Lampenlicht, draußen stand das endlose Wintersternlicht. Der migränekranke Großknecht kam herein – saß dort, hörte zu, die Hände um die Schläfen seines harten, zerfurchten Migräneschädels geballt. Dann waren es zwei, die Elje abhörten. Die grüne, abblätternde Wand hinter dem Vater stellte eine Drohung dar. Es war nicht schwer zu verstehen, welche Organisation sich in ihr eingenistet hatte, überall ein feines Gewimmel aus filigranen Gängen wie die des Hausbocks – vergrößerte man sie (was sich mit einer besonderen Linse bewerkstelligen ließ, die es drüben in Amerika an der Universität gab), sah man, daß es sich um eine Weltorganisation handelte. Und daß die Welt in Wirklichkeit ein Schein-Gebäude-Gemälde war und über Aufgelöstheit, aufgeweichte Verfaultheit erschien, wie sie zum Beispiel der Hausbock hinterläßt. Äußerlich sieht alles aus wie immer. Sieht aus, als stelle es etwas dar. Bei der leichtesten Berührung jedoch zerfällt es zur Unkenntlichkeit, ist nichts – jedenfalls nichts bisher Bekanntes und Gesehenes.

Denn das Ziel und Streben dieser Macht ist die Verwandlung der universellen Ordnung, so daß sich Jehovas Organisation in nicht wiederzuerkennende Auflösung verwandelt, den verlassenen, zerfallenden Haut-Leichnam der Schlange.

So das Verhör. Der Vater:

– Bekennst du, Elje Jesaja Ström, dich als in Schuld geborener Sünder? Elje, ächzend, sich windend, den Mund in der Schmiere, während das versteckte Hohngrinsen des Großknechts schräg von oben kommt, von sehr hoch oben, wie von einem Marmorsockel:

– ich ich ich – jetzt schluchzt er heftig – ich bin Sünde und Schande Sünde und Schande ja

Der Vater ruft vom Marmorpfeiler: – willst – du – willst du versprechen und schwören, daß du alles tust, um die Sünde zu zertreten – und die Ordnung des Rechtes zu verbreiten mit dem Schwert – Ordnung mit Feuer und Schwert – die ausführenden Scharfrichterengel, vor denen das flammende Schwert schreitet?

Als der Vater dies las, hatte die Jahreszeit sich in ihr Gegenteil verwandelt, nichts war sich gleich. Nach dem Essen herrschte noch immer Dämmerung, draußen über den Feldern zögerte und zögerte der rote Feuerrand. Der Vater las blind in die Dämmerung hinein, als sei dies eine Masse, die sich nach seinem Mund und seiner Rede formen mußte – sie aber sie formte sich nicht, sie floß wie Wasser oder wie die vor dem Wasser geschaffene Materie, die ungeformte, eine merkwürdig treibende rauchfarbene Masse zwischen den undurchsichtigen grünen Wänden. Darin trieben auch die Gesichter des Vaters und des Großknechts – die sich im scharfen Winterlampenlicht als offenbare Richter abgezeichnet hatten, schwimmend wie die weißen Blasen aus halb verfaulten Fischbäuchen.

Denn Satan ist der beste Experte für Falschheit und Betrug. Er hält die meisten Menschen sogar in Unkenntnis über seine Existenz, damit er sie betrügen und völlig irreleiten kann. Deshalb hat er in der Bibel unter anderem den Namen Die Schlange erhalten, was Betrüger bedeutet.

Da er weiß, daß er sein Ziel nicht durch direkte Angriffe auf die Ordnungsliebenden unter den Menschen erreichen kann, bedient er sich Verrat und Betrug.

Von Anbeginn an ist er ein Menschenmörder.

Er besitzt eine mächtige Organisation, von der den Menschen ein Teil sichtbar ist, während ein anderer Teil unsichtbar bleibt.

Im Sommer verwandelte sich das Licht während Abhören und Lesen ein weiteres Mal. Die Lampe brauchte nicht angezündet zu werden. Im Licht des Sonnenuntergangs glühten Gesicht und Hände des Vaters – vor allem seine Hände. Seine ausführenden Hände. Glühten wie Kupferstücke. Wie bei einem Engel. Während des Lesens wurde das Licht immer roter. Einen Augenblick lang, bei schönem und klarem Wetter kam stets ein solcher Augenblick, war alles so rot, daß man glauben konnte, die Welt werde gerade in diesem Augenblick zusammenstürzen und im allgemeinen Weltenbrand untergehen. Auf irgendeine Weise überlebte man den Augenblick.

Aber als sei man über eine Sense geschritten.

Und manchmal war das Wetter schlecht, dunkel. Der Vater zündete das Licht dennoch nicht an. Es könnte Gewitter geben, und von der Elektrizität wurde angenommen, sie könne den Blitz auf sich ziehen. Die Stimme las aus der stickigen Dunkelheit. Es war so dunkel, daß das Erkennen der einzelnen Buchstaben unmöglich war – der Vater aber las trotzdem – konnte er in Wirklichkeit alles auswendig? – So war es bei Gewitter: ein unheimliches Wissen im Dunkel. – Bei klarem Wetter aber lag noch der Abendbrand auf den Feldern, wenn Abhören und Lesen vorüber waren. Dann machten sie, Vater und Sohn, einen Spaziergang die Straße hinunter. Sie gingen bis zur Kreuzung der großen Straße nach Lund und wieder zurück. Immer mehr erlosch das Sonnenfeuerlicht, alles wurde leichter. Sie gingen bis zur Kreuzung, niemals zum Buchenwald hinauf – an dieser Richtung hatte der Vater kein Interesse. An Samstag- und Sonntagabenden trugen sie beide, Vater und Sohn, gleiche saubere weiße Hemden. Sie blieben einen Augenblick lang stehen und sahen die große Straße entlang, die nach Westen verrann, in den Abendglanz hinein. Dann kehrten sie um. Trotz allem kam es vor, daß der Vater auf dem Hof stehenblieb und mit jemandem plauderte – meist jedenfalls mit dem Großknecht. Elje stand daneben und hörte zu; gingen sie, dann folgte er – was hätte er sich sonst vornehmen sollen? Die nach Jahren Gleichaltrigen und seine Genossen waren ihm nur allzugut bekannt, irgendwo in seiner Erinnerung war immer der Schulhof, und er konnte sich selbst nicht davor bewahren, zu verschwinden wie die Maus in ihrem Loch, wenn einer dieser Gleichaltrigen in die Nähe kam. Er kannte sie jetzt zwar nicht mehr: aber äußerlich waren sie noch immer allzu wohlbekannt, und es kam auch vor, daß der eine oder andere von diesen mittlerweile völlig Unbekannten ihm irgendeine alte Stichelei aus der glücklich verschwundenen und mit Vergessenheit begrabenen Welt zuwarf, die sie gemeinsam besessen hatten. Andererseits kam es auch vor, daß irgendeiner der Verfolger, in zerstreuten Augenblikken vermutlich, ihn in weder besonders schlimmer noch besonders guter Absicht grüßte, vielmehr ebenso wie jeden anderen; Elje aber konnte dies Wunder niemals begreifen – ein Gruß dauert schließlich auch nicht so lang, ein Nicken und vorbei –, er wurde ganz starr, verstand nicht, konnte nicht rechtzeitig zurückgrüßen; wußte nicht, wie er sich verhalten mußte, um einen gewöhnlichen Gruß zustande zu bringen, wie ihn die gewöhnlichen richtigen Menschen in der gewöhnlichen richtigen Welt ausführen. Hätte nachdenken müssen. Dafür aber war schließlich keine Zeit. Blieb also dunkelrot und erstarrt auf dem Weg stehen, furchtbar klopfendes Herz – der Normal-Grüßende, der einzige, der ihn hätte retten können, war dann schon lange weg.

Abgesehen davon, daß keiner von denen, die sich in Eljes Alter befanden, in den Augen des Vaters Gnade fand. Er kritisierte lang und breit – er fand sie alle gleich unordentlich und redete viel darüber, welches Glück es war, daß sein Sohn, so wenig geglückt er auch war, zumindest nicht diesen gewöhnlichen katerartigen Herumtreibern glich.

So ging das Leben voran. Oder stand still. Und etwas anderes, etwas Großes ging und ging und kam näher. So also war es. So also mußte es sein. Und immer weiter und weiter. Bis zu jenem Tag, an dem alles ins Feuer mußte.

Elje aber hatte ein Geheimnis.

Und hatte er nichts anderes, so hatte er wenigstens dies als Besitz.

Es war geheim und niemandem sonst zugänglich. Aus ihm entwickelten sich die Dinge wie in einem Traum.

Wie zum Beispiel:

eines Tages sah Elje (Tieraugen sah er zuerst, weiche Augen, die nichts sahen) – sah er eine weiche bebende wärmeausstrahlende dunkle Spalte. Ein kleines Mädchen hatte sie.

Das war ein großer Tag. Er leuchtete wie von Blumen.

Die Spalte ging in eine Wolke. An den Rändern tropfte es wenig wie umgestülpte Lippen. Innen gab es eine feuchte stechende Mandel. Dann war Luft, Luft trampeln. Während man trampelte, stieg ein betäubter blinder Schmerz auf. Je mehr man trampelte, um so mehr schlief man ein. Die Knie wurden weich und steif. Wie weit konnte man hinein kommen? – doch es gab nur immer mehr Luft, leer, leer der Kopf, leer und inwendig glatt wie eine Kugel.

Ganz innen fühlte er eine suchende Nadel – mit schwindelerregender Geschwindigkeit, aufwärts durch die Luft, fort durch die Luft, hinein in die Luft, die Leere wurde immer leerer, Luft, süße, leere Luft, hohles Dröhnen von allem möglichen, nichts aber wollte in den Kopf kommen und sich zeigen, es ging nur immer wilder hinein in die Leere, schneller und schneller wie eine Maschine.

Und nicht nur ein Geheimnis. Auch einen geheimen Ort.

Vor allem im Sommer. Dann hatte er auch sozusagen stillschweigend die Erlaubnis, nach der Arbeit ein wenig auszubleiben (er bekam keinen Platz auf dem Wagen zurück oder so). Aber auch zu anderen Jahreszeiten. Eine Pause auf dem Acker, um ohne nähere Erklärung abseits in den Wald zu gehen, braucht ja jeder Mensch.

Im Sommer, dem brennenden, hatte er jedenfalls das Innerste, ein heimliches Loch – ganz hoch oben im Wald und versteckt, ein Loch, wo er sich bis zur Mitte in fast verfaultes Vorjahrslaub eingraben konnte. Die Laubmasse kühlte den brennenden Schmerz. Wenn er seine Zehen bewegte, roch es nach Schlamm. Über dem Kopf kam und ging das Licht durch die grüne Kühle.

Und dann – dann?

Ja, der Vater würde ihn mit seinen bloßen Händen erwürgt haben. Stellte er sich vor.

Dieses Geheimnis war ein Geheimnis. Nur daß es sich jetzt zu groß auswuchs für die Leder-Haut, die es umschloß. Es bog sich und wogte eigenartig. Das Geheimnis verschlossen zu halten, wurde Zwang und erstickte. Es drückte und schabte.

Eine Wunde entstand.

Indessen war es so, daß er vor dem Vater nicht nur ein Geheimnis hatte. Er hatte auch ein anderes Leben als der Vater. Etwas tauchte auf, wie Land durch Nebelstreifen, bog sich, war kurz zu sehen, zog sich aber zurück. Und wieder war es totenstill.

Dinge geschahen mit ihm. Er konnte nicht genau sagen, was. Aber die Wachsamkeit des Vaters war geschärft.

Und das Häßlich-Rote-Wunde wurde niedergedrückt. Wie weh das tat. In dieser Zeit tat alles weh, es schmerzte. Was er auch betrachtete, es war, als werde ein aufgeschwollenes schweres Geschwür in seinem Inneren berührt. Schließlich aber ließ es nach. Alles wurde wieder glatt und leicht. Er begann traumlos zu schlafen, weder zu leicht noch zu tief. Erst blieben die Angstträume aus. Dann auch die normalen. Alles wurde leicht und so wie nichts. Es war weder warm noch kalt, es hatte keine Farbe, es gab keinen Grund, es war, als trete man Luft; dort endete die Zeit.

Denn es war zwar so, daß die Zeit verging. Sagte man. Elje, der war jetzt ein erwachsener Mann (hieß es). Von Rechts wegen hätte er nun das Militär machen müssen. Plötzlich aber sah er sich freigestellt. – Nicht daß er sich das Militär als ein Paradies vorgestellt hätte. Plötzlich aber außerhalb zu sein – das war wie in der Schule, mit einem Mal war es einfach so, daß er sich außerhalb befand, er von allen, er und kein anderer. Und der Musterungsarzt sah ihn nur an, er konnte nicht begreifen, warum er ihn überhaupt untersuchte, dann wurde niedergeschrieben, freigestellt auf Grund von – – –, dann konnte er nach Hause gehen, dort hatte er nichts mehr zu tun. Noch nicht einmal vor die Kommission kam er. Dieser Fehler – – –, er war doch vorher weder gesehen noch gefühlt worden. Plötzlich aber war er wie gesagt einfach ausgestoßen und außerhalb. Die anderen sollten hinaus in die Welt, nach Ystad und Hälsingborg. Für ihn aber sollte alles gleich bleiben.

Nun hatte Elje zwar stets gewußt, daß er zu einem anderen Geschlecht gehörte als die anderen, die normalen. Er wußte doch, daß er außerhalb stand. Also fand er sich ab. – Doch den Vater traf die Angelegenheit wirklich hart. Dieses Verdammungsurteil (denn wie eine Verdammung im Ganzen mußte man es auffassen, dieser Herzfehler, was war denn das? er hatte früher schließlich nie gestört – darüber und über den Blutdruck hatte Elje allerdings eine ganz andere Meinung), das fuhr ihm ins Mark. Was hatte er gehofft? Wahrscheinlich hatte er nichts Besonderes gehofft, jedenfalls hatte er sich nie erdreistet, den Sohn als Stammsoldat, vielleicht als Korporal, vielleicht eines Tages geradezu als Fahnenjunker zu sehen. Wahrscheinlich hatte er nichts direkt erhofft. Wie auch immer, hatte er jetzt das endgültige Urteil erhalten, daß es ausgeschlossen und unmöglich war.

Und verdammt hatte man sein Fleisch und Blut, das war, als sei er es selbst.

Er schrieb an die Musterungskommission und legte Widerspruch ein. Elje mußte seinen Namen darunter setzen.

Doch Bescheid traf ein, daß der auf der medizinischen Expertise beruhende Beschluß der Kommission feststehe (im übrigen sei doch bereits ein solcher Einfall wie die Einlegung des Widerspruchs ein hinreichendes Anzeichen dafür, daß ernstlich etwas nicht stimme). Und diese Verdammung saß dem Vater im Rückenmark. Sie war zu spüren, wenn er sich drehte, ununterbrochen war sie da, sobald er sich bewegte, war sie da und stach – bis hinein, ganz hinein. Er mußte tief Atem holen und sich wirklich ermannen, wenn er morgens hinaus mußte (jeden Morgen jeden Morgen, früher hatte er nie so sehr daran gedacht, wie oft es wieder Morgen ist – doch, es hatte einmal eine Zeit gegeben, da er das getan hatte, wirklich, daran aber wollte er jetzt nicht so gern denken, auch wenn jene Zeit damals einen gewissen Zusammenhang mit heute hatte). Und wieder Leuten begegnen müssen und Leuten ins Gesicht blicken müssen. Und sich nichts anmerken lassen. Und sein wie immer. Auch wenn es schien, als ob das Verdammungsurteil sich im Gesicht jedes einzelnen wiederholte, mit dem er zu tun hatte. Nicht nur, daß es alle wußten. Es war auf all diesen Gesichtern aus Skurup auch geschrieben und eingeritzt, dieser Meinung seien sie immer gewesen – nur daß sie es ihm nie mitten ins Gesicht gesagt hatten.

So ging die Zeit.

Doch gab es die Zeit?

Es gab sie vielleicht für andere. Für ihn, für Elje aber gab es sie nicht. Ein Glas-Meer umgab ihn. Wasser möglicherweise – totenstill jedoch, bewegungslos, allzu durchsichtig. Das einzige, von dem man meinen konnte, es erinnere an Bewegung, war dies, das Drohende – das anstieg und anstieg.

Gab es die Zeit?

Es gab sie für andere. Nicht für ihn. Er hatte keine Geschichte. Der Sohn, der beim Vater war, dachte Elje nun, der war ewig Kind, nur der verlorene Sohn hatte eine Geschichte. Außerdem las er im »Sämann«, glückliche Menschen hätten keine Geschichte. Er war also ein glücklicher Mensch, auf ewig Kind. Auf ewig Kind sein, war das Glück? Er sah, daß er das so hätte empfinden sollen. Der Vater wollte das so. Es anders zu empfinden war undankbar. Was konnte ein größeres Glück sein, als an der Hand des Vaters, alle Tage und auf seinen Rat gestützt, seine Arbeit von Sonnenaufgang bis Sonnenuntergang verrichten zu dürfen und obendrein bezahlt zu werden, auch wenn der Vater den Lohn an sich nahm und sich weigerte, mehr auszuhändigen als äußerst karge Beiträge zu Kautabak und anderen weltlichen Verlockungen? Wohnung hatte er, nie mußte er sich Sorgen machen, daß er nachts kein Dach über dem Kopf hatte. Und jeden Abend ernährte der Vater ihn mit leiblicher und geistiger Speise.

Nein, es war wirklich, als präge der Vater ihm jeden Abend ein glückliches Los ein. Und war er nicht dankbar? Er wollte es sein. Er tat sein Bestes, um es zu sein.

Doch etwas war gestorben – getötet worden.

Und die Zeit gab es nicht.

Er war nur.

Immer war es so gewesen, nichts konnte geschehen.

Er verrichtete, was ihm aufgetragen wurde – im allgemeinen, es gab Ausnahmen, aber die fielen so heraus, daß sie ihr eigenes Gefühl hatten und zu einer anderen Ordnung gehörten. Doch waren nicht tausend Mal enthalten in einem Mal oder ein Mal gleich tausend Mal? Ein einziges schließlich geschah. Draußen in der Welt brach die Zeit in tausend Stücke und Körper. Aber dort war er ja nicht. Er war hier drinnen, wo es ruhig war und nur eines vor sich ging, es war nicht aufgebrochen in viele, hier gab es keine Wunden.

Nur diese Wunde – das Häßliche, das wurde niedergeschlagen. Wie weh. Alles tat weh.

Plötzlich aber war es fort. Und alles ein einziger langer Wintertag: ruhig kalt windstill gefroren, bis auf den Grund. In allen Richtungen farblose Schneeweite. Wohin er sich auch wandte: Unveränderlichkeit. Es war auch wie ein Zimmer ohne Fenster und Ausgang, absolut keine Möglichkeiten hinauszukommen, nur glatte Wände ohne irgend etwas, es vermittelte eine sonderbare Lust zu schreien, gellend zu schreien. Er spürte keine Veränderung. Er war nur. Auf der Meldebescheinigung gab es keine Veränderung. Das war immer so gewesen, nichts konnte geschehen: das tote Licht, ein unerschütterliches Winterlicht herrschte. Als sei er niemals entstanden. Die Welt war, wie sie war. Sie konnte nicht verwandelt werden. Er konnte niemanden erreichen. Es war aber deutlich zu fühlen, daß der, der ihn umgab, ein anderer war als er selbst, eine fremde Haut, die ihn einschloß – inmitten des toten Äußeren und des Unbekannten lag eine Welt im Inneren, sie hatte keine eigene Temperatur, sondern paßte sich Hitze oder Kälte aller anderen an und war trotzdem eigentlich leblos.

Das Jahreszeitenrad drehte sich: Sommer Herbst Winter Frühjahr. Man stand, wo man stand, wie eine Puppe auf einem Bleifuß, schwankte etwas im Zug des Vorübersausenden. Draußen stürzten und wirbelten die Jahreszeiten der anderen wie vom Tod geschwungene Fackeln. Jetzt war Sommer. Jetzt war wieder Herbst.

Im grauen Humus bereitete sich Veränderung vor. Feuchter Stoppelacker. Oben im Wäldchen die kniehohe Schicht gefallenen Birkenlaubs. In dringender Angelegenheit vom Stoppelacker in den Wald. Kniete unter den Buchen (so tief wie möglich, damit er durch das dünnlaubige Unterholz nicht gesehen wurde) und grub mit den Händen in der Verwandlung von allem, wie stark es nach Tod roch und nach der Lebensflüssigkeit der Auferstehung und Todessaft, Laub, Laub, es mußte schnell gehen, ehe man zurückgerufen wurde, und schnell schnell schmierte er sich ein mit Erde und feuchtem Schmutz und mußte auch nasse Erde in den Mund nehmen – doch als zerreise man sich, nur sich selbst fand er trocken und unverändert wieder. Und wie er ausgelacht wurde, als er zurückkam, er hatte sich das

Gesicht auf gut Glück abgewischt und den Schmutz nur noch ärger verrieben – hast du die Scheiße gegessen, Elje, wurde gerufen. Hat dein Dreck geschmeckt?

Das mußte er ertragen. Und er ertrug es, er war es seit langem gewöhnt. Mit einem Lächeln, ein wenig schief, ertrug er es. Und sie riefen ihn »den Dreckfresser«.

Und alles war er selbst. Er selbst bedeckte die Welt. Anderes gab es nicht. Er bewegte sich in sich selbst, Furche um Furche, Allee um Allee, als sei es die Welt. Treppe zum Dachboden, Treppe von der Kellerluke in das dunkle Haus. Weiter hinten die Reihe verschlossener Türen, Zwingertüren, zu den Wohnungen der anderen.

Plötzlich wurde alles von der Lampe beleuchtet. Die Treppe, die leere Ebene, die herbstentlaubten Alleen. Durch das Fenster, nackt im Schein – blendendem Schein, abschneidend, auslöschend. Außerhalb des scharfen falschen Scheins konnte er überhaupt nichts sehen. Dort bewegte er sich. Außerhalb war es nur dunkel: die Welt ausgelöscht – war ins Dunkel gestürzt. Alles blendend verstummend, er selbst stumm.

So ging das Leben voran: so stand es still.

So kam in diesem Jahr, wie in allen vorhergehenden, die Rübenernte.

Alles war wie immer. Das Kraut schleimgefroren, gelb und grünfleckig, glitschig in den Händen. Der Regennebel dicht bis in die Furchen. Lehm, wohin man sah. Die Rüben unverändert – wie immer unerschütterlich widerspenstig, bösartig festgegossen im zähen kalten Lehm. Es war die Zeit des Lehms. Der Lehm herrschte. Von irgendwoher hefteten sich die Augen des Vaters an seinen Rücken. Sie bohrten wie zwei sondierende Nadeln. Im Rückenmark zu spüren. Dort saßen sie und regierten.

Er liebte seinen Vater, dem er für alles zu danken hatte, aber sollten die Augen immer dort sitzen, sollte er nie freikommen? Mittlerweile – besonders im Herbst war das zu bemerken gewesen – war es, als führten die Augen-im-Rücken ein eigenes Leben, als hätten sie fast nichts mehr mit dem Vater zu schaffen. Der Vater mußte gar nicht in der Nähe sein. Trotzdem befanden die Augen sich dort an ihrem Platz.

Als seien aus ihnen Wurzeln getrieben, vom Rücken ausgehend und die Rippen entlang bis zur Brust, und bedrohten das Herz.

Der Nebel tropfte. Er war dicht und stumm, wie das, was auf eine Art er selbst war, auf andere Art nicht.

Doch eines Tages, als er dort lag wie immer – die schmerzenden Finger eiskalt, wie immer.

Sah er weit entfernt in der Rübenfurche, weit, weit hinter den Reihen gebeugter Rücken, jemanden, der sich umdrehte.

Jemanden, der ganz anders war als er selbst.

Sie durchbrach die Welt und den Nebel. – Das Gesicht war dunkel. Die Augen blau, wie blendend und schwimmend. Ihr Kopf war umwickelt mit grauen Lumpen. War sie vorher dagewesen? Längere Zeit konnte es jedenfalls nicht gewesen sein. Auf alle Fälle hatte er sie nie zuvor gesehen.

Jetzt jedenfalls war der Augenblick, in dem er sie sah – jener eine Augenblick unter allen Augenblicken.

Sie war breit, im Gesicht schmutzig wie ein Schulkind, lehmige Gummistiefel, lehmige Schürze, lehmige Wolljacke. Den Kopf wie gesagt umwickelt, geradezu bandagiert mit einem graublaßkarierten Lumpen. Die Hüften schwer und hilflos. Sie arbeitete linkisch und langsam. Sonst war stets er derjenige, der nicht mitkam – nicht, weil er nicht ebenso stark gewesen wäre wie die anderen, sondern weil er sich sozusagen vergaß, und plötzlich waren die anderen in ihren Reihen weit entfernt, und er selbst noch immer auf demselben Fleck. – Die mit dem grauen Kopftuch aber blieb noch ärger zurück, und plötzlich saß sie dort in ihrer Reihe, eben so, mit ausgestreckten Beinen, hilflos und plump wie die einer Puppe. – Unmöglich aber herauszufinden, wie sie *eigentlich* aussah: entweder drehte sie den Kopf in eine andere Richtung, oder sie nahm, vielleicht unvermittelt, einen Ausdruck an, der alles verschob (im übrigen war auch dieser Ausdruck im Begriff, sich aufzulösen) – unter dem grauen Tuch war das Gesicht dunkel-verschattet, war mit einmal nur ein schwimmender dunkler Fleck. Die Augen wirkten gerade noch wie Löcher in irgend etwas, das *etwas war.* Lichtdunst über dem Wasser. Oder steigend sinkende Luftspiegelungen im starken Licht draußen auf See. Nacktes zitterndes Licht. Ein nacktes brennendes helles Meer.

Wenn man es ansah, kam es sacht ins Gleiten. Als werde man hochgehoben – oder besser gesagt: als habe sich der Boden unter den Füßen bewegt. Etwas Derartiges hatte er noch nie erlebt. Als wenn man, beispielsweise, die Hände auf einen großen Stein legte – ein Stein ist ein Stein – und es sich plötzlich hinter der groben Steinhaut bewegt, ein Herzschlag oder ein Fötus, erschreckend lebendig, wunderlich. – Und das Helle, es saugt und saugt aus dem Inneren. Alles nackt jetzt und neu. Ein Augenblick, als gehe man nackt hinaus in laues Wasser, ohne den Blick in der Sonnenflut an etwas heften zu können – er konnte nicht schwimmen, darum hieß es sogar Furcht, in den flachen Skege-Fluß zu gehen, Sonne im Kopf und Laichkraut an der Taille kitzelnd –, warm bebend, im Inneren ein Krümmen, als sehe man das Beben des Ungeborenen im aufgeblähten Bauch der Stute, das Warme sog und zog wie Stromwirbel um Körper und Beine, als wolle der Körper aus sich selbst herauskriechen. Ein Augenblick – ein weiterer Augenblick nur – und alles würde entzweigehen – und er würde ein anderer sein als jener (Ström Elje, Sohn von Ström Albin), in dem er jetzt wohnte.

Doch von hinten die Augen.

Sie saßen, wo sie saßen. Im Rückenmark. Durch das Rückenmark regierten sie. Ein festes Gewebe – Augenwurzeln, Blick – umgab den Brustkorb. Unmöglich, diesen Panzer loszuwerden. Er war ins Fleisch gewachsen. Als werde er von ihm zusammengehalten – was würde geschehen, wenn man ihn abnahm, würde es nicht entsetzlich bluten, würde er nicht einfach zusammensacken und verrinnen?

Der Vater wachte über ihm und verhinderte, daß er verrann wie irgendeine Verunreinigung. Hätte der Vater nicht gewacht, es wäre nicht viel von ihm übriggeblieben.

Er aber war schließlich in seiner Furche im Lehm. Sie hatte begonnen weiterzuarbeiten und bewegte sich in ihrer schon weiter vorne. Es gab keine Verbindung zwischen ihnen.

In der Kaffeepause sah er sie ganz von fern, durch die am Ackerrand sitzende Menschengruppe hindurch, da, wo es trocken genug war, um sich hinzusetzen. Der Nebel tropfte. Die lehmgraue Hand hielt eine Tasse. Die Hand bestand aus lebendiger, derber, mit Lehm überzogener Haut. Naß glänzte die Haut im Regendunst. Sie hatte wunde, rotgeschwollene Nagelbetten. Sie beugte das Gesicht über den Dampf aus der Tasse. Sie probierte und trank mit großen geschwollenen Lippen.

Sie saß weit fort, im Verhältnis zu den anderen abseits. Als gehöre sie nicht dazu. Weil sie nicht reden konnte, wie er nach einer Weile begriff. Das eine oder andere Wort – »jaja« »dankedanke« –, aber immer nur eins, unsicher, stoßweise, als wage sie eigentlich nicht zu antworten, traue sich aber auch nicht, es seinzulassen. Es schien, als sei sie Ausländerin.

Er spürte, der Vater hatte die Augen auf ihm. Und er sah rasch in eine andere Richtung.

Während einer langen Reihe von Tagen sah er dann, wie sie schräg vor ihm, ziemlich entfernt, auf der Erde vorankroch und den Korb hinter sich herzog. Der Nebel hob sich nicht. Milchweiß, eiskalt hing er bis in die Furchen. Das Knie in dem nassen grauen Rock streckte sich. Das Gesicht unter dem Tuch war unscharf, verdunkelt. Starr und weiß stieg aus dem warmen Mund der Atem. Die Hand, deren entzündete Nagelhäutchen durch den Lehm leuchteten, streckte sich nach hinten zum Korb. Sie war völlig sichtbar, alles an ihr war zu erkennen, so daß er sie mit seinem ganzen Ich schaute und es von oben bis unten zu spüren war, wie sie dort mit einem völlig anderen Körper, einer völlig anderen Seele als seiner kroch.

Bis dahin aber, sich ihr in irgendeiner Weise zu nähern, war ein großer Schritt. Ein Abgrund, besser gesagt. (Wie das Loch im Flußgrund, das wirklich gefährlich war, wenn man nicht schwimmen konnte.) War es überhaupt vorstellbar, daß er hinüberkam? Wie sollte das zugehen?

Die Augen waren auf ihn geheftet.

Er war an den Augen befestigt, mit Wurzeln. Die Rüstung bewegte sich von allein. Er selbst aber konnte sich nicht bewegen.

Also spukte und verstellte, mit anderen Worten, äußerst viel die Sicht – und WIE sollte er mit ihr bekannt werden?

Er überdachte dieses Thema unter den Sternen beim Kehrichthaufen. Es war schwer genug.

Sie nur ganz normal zu sehen, blieb weiterhin fast unmöglich. Die Ernte ging ihrem Ende entgegen, und noch immer wollte es ihm um alles in der Welt nicht gelingen, sich ihr Gesicht vor Augen zu rufen, so, wie sie *eigentlich* aussah. Es war auf die eine oder andere Weise unmöglich, sie voll und ganz zu sehen. Ständig hielt sie den Kopf abgewandt, ständig kam ein anderer Ausdruck, sogar jetzt im November brach endlich noch die Sonne durch, und gerade wenn er meinte sie zu sehen, kniff sie die Augen im Licht zu einer Grimasse zusammen und war unkenntlich. – Oder Wolken. – Oder ein boshafter Regenwindschauer. – Überall, Tag und Nacht hätte er mit ihr zusammensein müssen, um zu erfahren, wie sie eigentlich aussah.

Zwar gab es Gelegenheiten – unaufhörlich, tatsächlich –, bei denen es möglich schien. Doch – unaufhörlich – erwiesen sie sich als zuschnappende Fallen, er saß fest und konnte sich nicht befreien, und sie war weiter entfernt denn je.

Wie beispielsweise nach der Arbeit, wenn diejenigen, die Platz bekamen auf dem Wagen, nach Hause fuhren, viele hatten Platz, wenn man sich zusammendrängte und fast alle konnten in eine Richtung mitfahren. Sie natürlich ausgenommen. Sie schien immer zu spät hinzuzukommen. Und da stand sie mit ihrem grauumwickelten Kopf. Außerhalb. Keiner schien sie sehen zu wollen – nicht gerade jetzt (vielleicht in anderen Situationen und Sachlagen).

Elje fuchtelte und winkte vom Wagen herunter: aber es ist ja klar, er saß mitten unter allen anderen und wurde im übrigen doch stets selbst niedergedrückt, das war sein Los, und er konnte nirgendwohin gelangen, eingesperrt zwischen Wänden verschlossener Rücken. Er erhob sich, wedelte und gab ihr Zeichen und schrie. Aber viele Hände zogen ihn hinab, Schreien und Lachen: Aber Elje! Du hast ja Einfälle, also Elje!

Um das Kopftuch Regendämmerung, man sah darum das Gesicht nur wie eine graue Mandel im Grau-umwickelten. Manchmal schienen sich die Augäpfel schräg nach oben zu verdrehen.

Du Elje! Mach's mit der Hündin, du!

Mit einem Ruck fuhr der Wagen los. Sie blieb allein am Ackerrand stehen. Dann folgte sie ihm, allein.

Ihr unterer Teil wanderte vorwärts, man sah nicht, was er verbarg. Doch irgendwo dort unter den grauen Stoffalten konnte man die entsetzliche Geburts-Maschine in Gang setzen, dort irgendwo konnte man bestimmen, ob alles weiterlaufen oder ob es angehalten werden und Totenstille eintreten sollte.

Dicht um ihn herum auf dem schaukelnden Wagen schwankten ihm grobe Rücken entgegen: Arme und Schenkel in Arbeitskleidern, eine Mauer aus derben Fleischästen, wie sollte er es anstellen, durch diese lebendige Wand hindurchzukommen, um *sie* zu ergreifen? – In seinem Innern gab an ihr alles einen fremden, äußerst sonderbaren Geruch von sich. Einige Male hatte er schon davon geträumt. Man konnte nicht herausfinden, woher er kam. Er war nur in ihm.

In bestimmter Weise war sie also schon in ihm.

Gleichzeitig aber ging sie ja dort auf dem Weg hinter dem Wagen. Einsam. Der Wagen schaukelte. Sie blieb immer weiter zurück. Es war immer weniger zu erkennen, wie sie dort mitten auf der Ebene am Ackerrand entlangstolperte, der Weg selbst war nur eine unbegehbare Lehmspur – die Ebene lief leer, und dunkel werdend, feucht rötlich rauchig umfloß sie die Dämmerung, im roten Lichtflackern war das Gesicht abwechselnd zu sehen, dann wieder nicht, die feuchte Schummeratmung glänzte und flimmerte, das Gesicht war, und es war nicht. Der Wagen schaukelte. Er saß mitten im gesichtslosen Ring aus Körpern und fragte sich, wie sie war? Wie war es in ihr? Er mußte sie bekommen, Wohl und Weh hingen davon ab, das fühlte er.

Nachts war ihre Bleibe im zweiten Haus quer über dem Hof. Das heißt, er mußte überhaupt erst einmal untersuchen, hinter welcher Tür sie sich befand – ob in einem der Giebelräume oder auf der Längsseite mit den ihm abgewandten Fenstern (wichtig: denn wenn es sich so verhielt, konnten doch niemals im Leben Signale gegeben und empfangen werden, nie würde sie entdecken, daß es ihn gab, er würde dort weit draußen über den Hof balancieren, auf das andere Haus zu, und die Ungnade des Vaters riskieren und außerdem vielleicht zum öffentlichen Gespött werden, und alles wäre umsonst). Oder auf dem Dachboden – das glücklichste, denn dann konnte sie doch alles, was unten auf dem Hof geschah, sehen und alle Zeichen, die von dort kamen.

Und was konnte sie von ihrer Seite aus erkennen? Aus dem unbekannten seltsamen Weglosen? Wie er auch sein Gehirn abmühte und an all seinen Gedanken drehte und zerrte, er konnte sich nicht vorstellen, wie die Dinge *von ihrer Seite aus aussahen*. Was sah sie? Wie war alles für sie? Abends, wenn sie das Licht gelöscht und den Kopf aufs Kissen gelegt hatte – wer war sie dann? Vielleicht ein dunkler Spiegel? – Ein Spiegel, der durch seine Flecken und Schwärzungen und Unregelmäßigkeiten die Gegenstände des Tages wie hinter einer Art von Dunst durch große dunkle Löcher wiedergibt? Stuhl, Tisch, Kleiderkiste. Wie sie sich nachts verwandeln in große Felder, in Seen des dunklen Nichts, die leise mit großen stummen dunklen Mündern rufen. Körper hinaus ins Nichts. Die saugenden Löcher. Wurde sie dazu – zu Löchern, die nur Flecken in der Oberfläche waren, Spiegelflecken, Spiegel-Glimmern, Oberflächen-Grind, die trockenen Flecken nach unten treibender Löcher, Moorboden?

Noch nicht einmal das Knochengerüst war fest. Das – dort innen –, das alles zusammenhielt – war Morast. Löcher, die es nicht gibt. Mergelgrubenaugen – ohne Glanz –, Augen die es nicht gibt. Erloschen, im Erlöschen lebend. Wie sah sie aus, wer war sie eigentlich? – Wie die feste Ebene tagsüber eine Scheibe, auf der Menschen Karren Maschinen Tiere deutlich sichtbar ihre Bewegungen ausführen, so wie Würfel auf eine Tischplatte fallen – hinter den Fenstern anderer hatte Elje so etwas gesehen, für den Vater waren Spiel und Hasard schwere Sünde. Jene Seite des Würfels, die oben liegt, ist diejenige, die sie ist, und keine andere. Nichts Doppelzüngiges, nichts Fließendes. Entweder das eine. Oder das andere. Die Regeln des Spiels liegen fest und führen die Spieler auf ihren vorherbestimmten Bahnen.

Doch in der Wirklichkeit – der Wirklichkeit. – Die Festigkeit ist Schein, der wie alte Haut aufplatzt und abblättert. So wie die deutliche Scheibe der Ebene in der Nacht, bei schwachem Sternenlicht, hinter der Hausecke gesehen oder im selbstleuchtenden Dunkel-Nacht-Licht, nichts anderes ist als Auflösung, treibende Täler und Löcher wie Abdrücke kämpfender Körper. Mergelgrubenaugen aus dem Erloschenen. Wie sah sie in der Nacht aus, wer war sie dann?

Elje glaubte, ihren Schatten zu sehen. Bewegte sich auf einem Kissen, der Kopf schwang hin und her wie Seenot, jedenfalls in schwerer Krankheit. Wer war sie jetzt?

Da fiel ihm ein, der schriftliche Weg sei zweifellos der beste.

Schon am folgenden Morgen schrieb er einen kleinen Zettel in Druckschrift. Dort stand: »Vielleicht schmeckt ein Spaziergang?«

Und er unterschrieb: Elje J. Ström.

Und schlich sich hinüber zum nächsten Haus. Der Nebel war zwar dicht. Einen Augenblick lang fühlte er sich völlig sicher. Sie war dort drüben, sie wartete auf ihn. Noch war nichts schwierig. Es gab sie.

Plötzlich aber war der Nebel zu dicht. Oder mehr als dicht: zu leise. Er tropfte still. Er umgab ihn von allen Seiten.

Das andere Haus war jetzt nicht weit entfernt. Zwar war der Nebel dicht. Aber nicht so dicht, daß er das Haus nicht schräg über den Hof, der sie trennte, undeutlich erkennen konnte.

Dennoch war es viel zu still.

Der Nebel tropfte und perlte. Plötzlich konnte er sich nicht an sie erinnern. Er begriff überhaupt nicht, warum er hier stand, einen toten lächerlichen Zettel in der Hand.

Und so war es viele Male. Plötzlich begriff er nicht, was er vorhatte, warum er dort war. Plötzlich – wie ein Erdrutsch – war das Normale fort. Verschluckt. Schweigen herrschte. Das Schweigen umgab ihn auf allen Seiten, Weite um Weite, eine erstreckte sich lebloser als die andere, wie er auch drauflosmarschierte, er kam nirgendwo an. Der Sonnenaufgang – der Sonnenuntergang spiegelte sich wie eine riesige Feuersbrunst in den leeren Feldern, stand denn nicht die ganze Welt in Brand? Er fragte sich wirklich, wo er war.

Nichts zu fühlen. Geruch und Geschmack und alles Derartige waren fort. Ein eingefrorenes Lehm-Gefühl, Erd-Eis-Gefühl. Alles leblos, Frost.

Nur etwas als Spur, ein einziges: wie ein warmes quillierendes Beben. Der Geruch. Eine einzige Sache bewegte sich. Er sah etwas, das an den Kopf und das Gesicht auf dem Kissen erinnerte. Das undeutlich verdunkelte Gesicht auf dem Leinen (im Wellental zwischen den Bewegungen lag es nun still wie ein Grabbild), hier ruhte das heilige unsterbliche Leben.

Sie zu fassen zu bekommen war eine wirklich brennende Frage. In seinem Inneren verbreitete sich die Lähmung, welches Gift war eigentlich in ihn gekommen und breitete sich immer weiter aus? Heilung war eine Frage der Zeit. Sonst gehörte er bald dem Tod.

Sie, die ihm helfen konnte. Warum war es so unmöglich, sie zu fassen? – Wo sie doch nur fünfzig Meter entfernt war.

Aber natürlich waren es die Augen. Wegen der Augen konnte auch sie nicht anders.

Die schrecklichen Augen, da saßen sie. Keiner konnte ihrem Bereich entkommen, gefangen war man und wurde zurückgehalten.

Etwas aber mußte geschehen, so unmöglich es auch schien. Schließlich ging es um Leben und Tod. Und jetzt fing Elje an, sie ernstlich aufzuspüren und zu verfolgen.

Eines Abends – wieder Nebel, obwohl dieses Mal kalter fester Nebel, es war jetzt Januar – traute er sich hinaus über den Hof. Das heißt, er folgte dem Streifen dort draußen, wohin weder der Schein der Eingangslampe des ersten noch des zweiten Hauses drang und nur Nebel lag, Katzen, Menschen, Ratten, alle wurden dort gleich, etwas halbwegs unten im Acker vorsichtig Fortschlüpfendes. Doch kein anderer war unterwegs, es war spät. – Den Körper gekrümmt wie ein Wurm und die Hände vor dem Bauch, war er zur Tür geeilt und hatte dem Vater die Notwendigkeit eines längeren Besuchs auf jenem besonders abgelegenen Ort bezeichnet – er hatte also einige Zeit zur Verfügung. Glücklich angekommen am Eingang des anderen Hauses, stellte er fest, daß dieser genau so aussah, wie er ihn sich vorgestellt haben mochte, genau wie der ihres eigenen Hauses – seit er klein war, war er nicht mehr hier gewesen, hatte kein Grund bestanden, hierhin zu gehen, hier wohnten nur die Aushilfen. Und wußte also, daß wie in ihrem eigenen Haus die oberste Stufe der Bodentreppe der beste Ausguck war, um diejenigen, die in das Haus kamen und gingen, unter Aufsicht zu haben, kein Korridorlicht drang bis dort hinauf, und man konnte dort sitzen und selbst ungesehen bleiben.

Trotz allem aber blieb ihm nicht soviel Zeit, bis er zurückmußte über den Hof zum Vater. – Und es sollte viele Abende kosten, hier eine Weile und da eine Weile, bis es einen Fang gab.

Doch der Hartnäckige gewinnt!

Und eines Abends zwischen Januar und Februar sah er sie plötzlich schräg von oben in der Dunkelheit, schief ragte die Nase unter dem Kopftuch hervor, die Bluse war verschossen, voller Falten, stellenweise mit blauem Zwirn geflickt. Jetzt springe ich! dachte Elje. Da aber kam jemand.

Zumindest konnte er sehen, welche der Zwingertüren sie aufschloß und öffnete. Jemand ging mit ihr hinein.

Er selbst lief über den Hof zurück. Jetzt wußte er Bescheid. In welchem Zwinger sie zu bekommen war. Jetzt war es nur eine Frage der Zeit und der Geduld. Die eisblanken Hofsteine dampften vor feuchter Kälte. Als er über sie rutschte, war sein Blick gerade hinaus in die Dunkelheit gerichtet, wo die kaum schneeverbrämten Ackerfurchen auftauchten wie Brecher, dort im Inneren der Dunkelheit bewegte es sich – weiß! Selig selig taumelte er dahin. Als er schließlich beim Vater eintrat, war sein Gesicht so verändert, daß dieser halb aufstand und starrte. Offensichtlich wollte er fragen. Ihm fiel aber nichts ein, wonach er fragen konnte, und setzte sich schwer wieder auf das Sofa und reichte Elje seine Schrift, er war an der Reihe zu lesen.

Die grauenhafte Bildsäule. Babylon.

Die Bildsäule zeichnete sich in seinem Inneren ab. Befreite sich aus Häuten. Die Säule. Sie stand.

Es stellte sich heraus, daß nun zwar etwas gewonnen war. Die Linien vorgeschoben – ein wenig. – Abend für Abend aber starrte er auf die verschlossene Zwingertür. Manchmal leuchtete es durch die Ritzen. Oft war es dunkel. Oft aber hörte man auch Geräusche – Stimmen und *Geräusche*. Er war an die oberste Bodentreppe gefesselt, von dort oben konnte er nicht genau hören, worum es sich handelte, auch nicht wiedererkennen, ob die Stimmen bekannt oder unbekannt waren. In gewisser Weise hörten sie sich an wie wohlbekannte, die (sich plötzlich zeigend) fremd geworden waren.

Zeit verstrich.

Der Frost wich aus der Erde. Die Tage wurden länger. Die Dämmerung, blau, rauchig, zog sich hin – ein Zustand bläulich kühler Unsicherheit, der sich dehnte und bis ins Unendliche erstreckte. Er bewachte die Zwingertür. Er hatte Geduld wie eine Katze, das hatte er von sich selbst nicht gewußt. Nun aber war die oberste Treppenstufe als Versteck nicht mehr so sicher, der Dachboden darüber lag nicht mehr in tröstender Dunkelheit. Durch die Dachluke über der Bodentreppe kam blaugrünes klares Frühlingsabendlicht, und man konnte an jeder Strähne des Haarschopfs und jedem Knopf des Rocks ganz ausgezeichnet erkennen, wer dort oben denn auf der Bodentreppe kauerte. –

Es wurde auch bekannt. Anderes war ja nicht zu erhoffen. – Außerdem hatte er es womöglich erhofft – daß einfach irgend etwas geschah. Ganz egal was. Sonst würde sie es doch nie erfahren, alle Signale würden platt zu Boden sinken.

Vielleicht also hatte er in Wirklichkeit gehofft, daß geschehen werde, was an einem schönen Märzabend tatsächlich eintrat. Er saß wie üblich auf seinem Posten (man muß erwähnen, daß seine Wache, ohne daß es ihm aufgefallen war, sich zeitlich immer mehr verlängert hatte, so daß sie wirklich jetzt überhaupt nicht mehr unter die Rubrik Besuch auf diesem entlegenen Ort paßte, aber der Vater sagte nichts; manchmal freilich meinte Elje, das Gesicht des Vaters trage einen allzu sonderbar aufmerksamen Ausdruck; aber der Vater befand sich immer mitten in einem Kapitel, und wie Elje es verstanden hatte, war das Kapitel für den Vater die Hauptsache am Abend, wie überhaupt im Leben – er dachte nicht daran, daß der Vater ebenso wie er selbst bemerkt hatte, daß man die Lampe nicht mehr anzünden mußte, um zu lesen, die Buchstaben über Babylon zeichneten sich dennoch klar und deutlich ab in diesem neuen blauen Frühlingslicht, das hereinfiel von der großen Ebene, schweigend lag sie da und gedieh im verborgenen).

Als Elje an einem ungewöhnlich klaren blaugrünen Abend im März also wieder dort an seinem üblichen Platz saß, von dem er alles Kommen und Gehen im anderen Haus überblickte – trat einer ein, den er mehr als gut kannte. So gut, daß ihm das Herz in die bloßen Fußsohlen rutschte (die Holzpantoffeln hatte er neben sich auf die Treppe gestellt, um sie beim geringsten Vorfall in die Hand zu nehmen und das Feld zu räumen). Das Herz – es lag dort unten und klopfte und klopfte. Man hätte das Schweigen mit dem Messer zerschneiden können.

Dieser eintretende jemand ging weder nach rechts noch nach links, sondern blieb mitten im Hausflur stehen und hob langsam den Blick, Treppenstufe für Treppenstufe, hinauf zu dem, der zusammengekauert und zusammengesunken jetzt dort saß und sich unter dem Treppenstufe für Treppenstufe steigenden Blick immer unsichtbarer machen wollte – nicht zu atmen, sondern sich in absolute Stille zu hüllen versuchte, so wie ein Stein, der nur durch ein ganz tiefes Fallen sein völlig totenstilles verkrochenes eingesunkenes eigentliches Steindasein erreicht. Dort hielt der Blick auf Elje an.

Hielt an und stand.

Nicht der Vater stand dort unten im Hausflur und starrte zu ihm ganz oben auf der Bodentreppe hinauf. Es war der Großknecht. Dies aber war genauso schlimm: oder richtiger: es war genau dasselbe. Der Blick – blau und in den Augenwinkeln etwas blutunterlaufen – war schon lange ausgewandert und zu einer eigenständigen Macht geworden. Es war mit dem Großknecht genau dasselbe. Oder mit jedem beliebigen, der Hosen trug – eine bestimmte Art rauher Hosen – und der eine bestimmte Größe hatte und eine bestimmte Schwere und ein bestimmtes Alter.

Und der Blick war nun also eine voll und ganz eigenständige Macht, er hatte nicht einmal mehr viel mit dem Vater zu tun – jedenfalls nicht mit der Person Ström Albin.

Die Stimme des Großknechts (die im übrigen auch eine eigenständige Sache war) rief ihn jetzt herunter – ohne Erbarmen oder Sanftheit.

Eins!

Zwei!

Drei!

Und so mußte er aufstehen und die Holzschuhe in die Hand nehmen und – macht er, so sehr zitterten seine Beine, vielleicht fast in die Hosen? – hinunterrutschen.

Dort packte ihn die Hand des Großknechts (eine weitere selbständige Sache, die für sich selbst handelte) am Kragen und schüttelte und schüttelte. Und war eine nicht wiederzuerkennende Stimme zu hören: jetzt wirst du sehn, ja, jetzt kannst du mal ordentlich gucken!

Der Großknecht zerrte ihn hoch und hielt ihn, wenn nicht am ausgestreckten Arm, so doch geradewegs in die Höhe. Und dieser kalte, in den Höhlungen ein wenig blutunterlaufene Blick ging von oben nach unten, von unten nach oben, alles sah er, nichts entging ihm, nicht der kleinste feuchte Fleck. Und dort war ein feuchter Fleck.

– Pißt du dir in die Hosen, Kerl! gab der Großknecht mit einem lauten eiskalten Lachen von sich. Elje hing schlaff in seinem Griff wie ein Kaninchen, das man an den Ohren festhält. Als hänge er nackt dort, ein nacktes Tier in einer Schlinge an einem Haken. Unter einem seiner Hosenbeine hatte sich eine kleine Pfütze gebildet. Er betete zu Gott, daß der Großknecht sie nicht gesehen hatte, im Hauskorridor war es schließlich recht dämmerig. – Doch der Blick sah ja alles. – Er wiederholte im stillen, wie ein Handgriff, an dem er sich festhielt, sein amtlich beglaubigtes Alter, daß er nach Papieren und Taufschein vierundzwanzig Jahre zählte, aber alles verschwand und verrann, er konnte es nicht festhalten, er hing nur da und war ganz elend und völlig null und nichts – er fühlte, jetzt war es endgültig absolut unmöglich (noch unmöglicher als nach der Verdammung durch die Musterungskommission), das wirkliche Alter festzuhalten und alles, was davon an Welt und Zeitrechnung abhängt, davon, daß man zählt wie einer in der Wirklichkeit. Er hing hier wie nichts, und er wußte, er war ein Nichts und daß dagegen nichts zu tun war. Und wie ein Nichts fühlte er, daß er mitgeschleppt und sein Gesicht gegen eine Tür gepreßt wurde, eine Türritze leuchtete ihm in die Augen, und die starke Hand des Großknechts hielt ihn im Nacken fest, es war unmöglich, nicht hinzuschauen. Sonst wäre ihm selbstverständlich eingefallen, die Augen zu schließen, dies aber fiel ihm nicht ein: alles in ihm war aufgerissen und nackt und auch die Augen, sie starrten offen, als hätten sie nie die Fähigkeit besessen, sich zu schließen. – Er sah sehr deutlich. Aber er verstand nicht, was er sah. Es war eines, aber es war doppelt. Zwei Sachen, die eines waren. Sie bewegten sich wie eines. Aber sie waren zwei. Das, was man doppelt nennt. Eins ist zwei, zwei ist eins, wer kann also bestimmen, was was ist.

Er sah und er sah nicht. Und plötzlich ließ auch die Umklammerung des Großknechts nach, schließlich konnte der den Griff nicht beliebig lange halten. Elje taumelte rückwärts gegen die Korridorwand. Sah überhaupt nichts mehr. Es war zwar noch nicht vorbei, denn er mußte hinter sich aufwischen – doch alles war wie verschwunden, man hätte ihm alles befehlen können, seinen eigenen Kot zu essen, und er hätte es getan, ohne es zu bemerken. Alles war vorüber und unwichtig.

Aber das, wovon er in der Nacht träumte, war es keineswegs. Er träumte zum ersten, aber nicht zum letzten Mal, daß er die zerschmetterten Augen des Vaters sah – hell blutig schwimmend stierend flehentlich.

Am darauffolgenden Tag aber war es genauso wie immer – als sei nichts gewesen. Der Vater war wie gewöhnlich. Alles andere war auch wie gewöhnlich. Kein Zucken und keine Miene im Gesicht des Großknechts deuteten auf etwas vom vergangenen Abend. Es war ganz einfach, als sei nichts geschehen.

Von hier bis zu dem Schluß, daß nichts geschehen war. – Vielleicht hatte er alles geträumt?

In diesem Fall aber begann der Traum schon weit drinnen im Normalen. Und wer konnte also sagen, was das war?

Und was konnte er tun?

Alles war eingeebnet, ohne Sprache, völlig unbegreiflich. – Das einzige, was er verstand (dies hingegen begriff er bis in die Fußzehen), war, daß irgend etwas an ihr sog und zog, das alles andere in ihm betäubte. So daß er bei allem, was er fühlte, nur empfand, sie gehöre nicht dazu. Oder sie stecke darin wie ein blendender Keil – wie die Sonne aufgeht – zum Beispiel, wenn sie oben stand am östlichen Eck des Feldes. Oder schräg über das hintere Hofende gehend auftauchte. – Doch war er nie sicher. Es war wie gesagt, als bekomme er sie nie richtig zu Gesicht. Und darum folgte er jeder Fährte, die er aufnehmen konnte, so dicht wie möglich. Um ernstlich zu versuchen, sie zu Gesicht zu bekommen.

Immer aber war es die falsche Spur. Sackgasse, man kam nicht weiter.

So verging das Frühjahr. Pfingsten eilte vorüber mit Blütenstaub. Es war Mai und wurde Juni, und die Felder dufteten, und der Buchenwald grünte und wurde dicht und feucht und dunkel. Fast jeden Tag nach der Arbeit ging er in den Wald. Was hätte er sonst unternehmen sollen? Dort im Feuchten:

die Verwirrung zog sich in brennenden Wellen zusammen, ein harter Muskelknoten, dann lockerer, in lauen Wellen. Dann wurde alles für eine kurze Minute seltsam klar und rein, er sah jeden Ritz in der seidenglatten Buchenborke, die Adern und Zeichnung jedes einzelnen Blattes. Nach einer kleinen Weile aber begann wieder alles zu flimmern und zu sieden – die Seidendurchsichtigkeit zog sich vor Windstößen zusammen, wurde von Beben durchzogen. Brach dann plötzlich wie die Wasserfläche am Siedepunkt in trüben, weißkochenden Aufruhr auf, splitterte.

Am Samstagabend der zweiten Juniwoche dieses Jahres

war es still und klar und warm. Man sah die Ebene meilenweit in dem stummen, milde glühenden Licht. Man hörte die Stimme jeden Vogels. Elje ging seinen üblichen Weg durch den Buchenwald.

Da sah er plötzlich, vielleicht hundert Meter vor sich, eine graue Gestalt, die ging und ging, auch sie fast durchsichtig verzehrt von der Sonnenglut, unterwegs zum hohen grünen Wald.

Er traute seinen Augen nicht. Aber es war sie. Es war so. Es war wirklich sie.

Sie ging barfuß und hielt die Holzpantoffeln in der Hand. Die nackten Füße wirbelten eine Wolke aus Staub auf, um die grauen Fersen stand eine kleine glühende Wolke.

Noch immer konnte er seinen Augen nicht glauben. Er hob die Hand, kniff die Augen zusammen und spähte.

Aber es war wirklich so. Das Wunder hatte stattgefunden. Dort ging sie hundert Meter vor ihm auf den Buchenwald zu. Nach all den Monaten ging sie dort plötzlich vor ihm, als sei daran nichts Besonderes.

Er konnte es nicht ändern, aber er stieß einen Ruf aus, während er gleichzeitig schneller ging, um sie zu erreichen. Jetzt drehte sie sich um. Dann ging sie schneller – er sah ein, er würde sie verjagen, wenn er weiterginge. Also verringerte er die Geschwindigkeit und ging wie immer und gab sich den Anschein, die Blumen am Grabenrand zu betrachten. Seine Brust jedoch hob und senkte sich wie ein Balg, das Herz schlug, als sei er mehrere Meilen gelaufen. Er ging so langsam, wie er konnte. Sie hingegen ging offensichtlich so schnell sie konnte. Sie drehte sich nicht um. Den Kopf im grauen Tuch steif und hoch erhoben, die Hände hingen fest geballt seitlich herunter. Auf alle Fälle holte er sie langsam ein.

Kurze Zeit danach schloß er an ihrer Seite auf. Er konnte nichts sagen. Darum packte er sie am Arm und lächelte ihr zu. Er fühlte wie sein ganzes Ich zu einem Lächeln wurde. Die Sonne glühte. In der Sonne waren ihre Augen wie Bäche, hell oder dunkel weiß man nicht, Schreck tauchte auf und ab in das Finstere, das glomm wie Fischglimmer und Sonnen-Glimmer, Tier und Licht abwechselnd – hatte sie denn Angst vor ihm? Wie konnte er jemanden erschrecken?

Er ging also weiter dort neben ihr und hielt sie am Arm, sie mußte doch verstehen, daß er nichts Schlimmes wollte, er wollte nur – ja, er wußte eigentlich nicht, was er wollte. Aber er wollte sie doch schützen, auch darum mußte er sie am Arm halten. Durch den Stoff fühlte sich ihr Arm warm an.

Er spürte den Geruch des Buchenwalds. Er spürte auch ihre Angst – doch war es wirklich Angst? Plötzlich schien ihm (jetzt fühlte *er* Angst), als sei es genau das Gegenteil. Eher eine Art furchtbarer Freude. Wie sie durch ihre Haut kroch, wie sie hinauswollte, hinaus, wie sie Macht wollte. Sie schlug mit starkem Pulsen durch seinen ganzen Körper. Bis in die Fußsohlen war es zu spüren, schwere, harte Schläge. Die Angst wollte die Macht. Der sonnenglühende Weg tauchte jetzt ein in schlammgrünen Schatten, wie in ein Brunnenloch. Neben dem Weg glitt unter großen Huflattichblättern eine Ringelnatter. Die weißen Flecken waren blinde Augen. Keine Augen. Aber sie wollten etwas von ihm. Das war eine Warnung. Er fühlte den warmen, fremden Atem. Er konnte kein Wort herausbringen, er kniff sie nur immer fester in den Arm. Ihre Pupille sprang aus dem Augenwinkel wie ein Waldtier auf ihn zu und glitt versteckt und unbeweglich sofort wieder zurück unter das geschlossene Lid. Ihre Wange sah feucht aus, hatte einen dunklen rosa Fleck. Grünes Licht und Schatten glitten auf ihr hin und her. Von ihrem unteren Teil, jenem undurchdringlich schweren rockbekleideten Teil, stieg ein saurer heißer Dunst auf. Er drang in seinen Kopf, er war stärker als er. Alles war wirr. In Wirklichkeit war sie viel stärker als er, begriff er mit einem Mal: eher brauchte er Schutz vor ihr als umgekehrt. – Er wußte doch, wo sein Laub-Schlamm-Platz war. Oben auf dem Hügel sah er eine grüne Linie davon. Der Platz leuchtete. Er leuchtete Angst. Er mußte den Platz vor ihr schützen. Vor dieser Stärke, die von ihr ausging. Aber durch die Umklammerung des Arms wurden seine Finger kalt, wurden gefühllos, schutzlos. Die Hand erstarrte und war voll kaltem Schweiß. In seinem Inneren wurde der Baumschatten zur Eiskühle. Sie jedoch, die da neben ihm ging, war entsetzlich lebendig.

Und er ging da neben ihr. Von wo kam das Lahme?

Plötzlich senkte sich eine Wolke aus Feuer herab. Der Wald flimmerte, die Blätter knisterten. Aus allem, was bloßlag von der Haut des Mädchens und nicht verdeckt war mit Kleidern – Gesicht, Hals Arme, nackte Fersen –, stiegen feuchte Flammen. In ihrem stillen Feuer sagte jemand: – Niemand werden.

Plötzlich geschah das, was künftig und für immer dazu führte, daß alles in zwei geteilt war: zwei Hälften, zwei Leben – Tod und Leben.

Es geschah nichts Seltsameres, als daß sie jetzt stehenblieb und sich jäh zu ihm wandte. Eine Art von Lächeln öffnete ihren Mund zu einem dunklen feuchten Loch. Er bekam Angst vor diesem Lächeln. Es glich nicht dem, was er sich vorgestellt hatte. Er begriff überhaupt nichts. Dann hob sie den Rock. – Sie hatte nichts unter diesem hochgezogenen Rock. Überhaupt nichts. Oder richtiger: etwas hatte sie.

Er stierte auf das, was sich zeigte. Das stierte von dort unten zurück.

Lang wie Jahre standen die Sekunden. Stand er einfach da. Das einzige, wovon er wußte, war dieses entsetzliche, völlig unbegreifliche Lächeln, das Lächeln, das fraß und fraß. Dann war er plötzlich überhaupt nicht mehr da: fand sich in wilder Flucht hinaus aus dem Grünen, hinaus auf den Weg. Die Felder wirbelten in rotem Staub vorüber, rote Sonne rote Wirbel, wie Ritter glänzende Staubwolken, er trampelte Luft in verzehrender Hitze, sie folgten ihm, in brennenden Schichten stiegen und sanken die Felder, auf glutverlöschende Ebene, leer riesenhaft nackt allem beraubt. Die Zunge klebte am Gaumen, die Füße stampften im Leeren, in schwimmendem schabendem Schweiß, wie Eisen klapperten die Holzpantoffeln an den heißen Füßen, er weinte weinte, der Mund füllte sich mit warmem Weinen, er rannte, rannte, Vater! schrie er, während er noch rannte: Vater! Vater!

In ihm jedoch, während er rannte, daß die Welt an ihm vorbeizurasen schien, wie ein einziges verlöschendes Stürzen in Glut und Staub, saß etwas (unbeweglich und mit riesigen Augen wie ein Embryo) und stierte genau in das Furchtbare und konnte sich nicht sattsehen daran.

Und er rannte: was hätte er gegeben, um wie früher, vor sehr langer Zeit zwar, am Ende seines Laufs, den Vater zu finden und sich in seine Arme zu stürzen und dort getröstet zu werden. Aber es war doch schon so lange her, schon lange, lange, seit er erwachsen war: hier rannte er jetzt, und die Ebene und die Felder, die er kannte wie seine eigene Hosentasche, lagen verloschen und unkenntlich, als seien sie niedergetrampelt worden von Horden fremder Verwüstungsreiter.

Mit einmal aber –

In einem Augenblick kämpfte er im Inneren der Feuerwolken

– im nächsten – hatte sich alles verwandelt. Es gab nur einen Sonnenuntergangsrand am Horizont. Gewöhnliche Dämmerung, gewöhnliche Felder. Alles blaues und frisches Dunkel. Auf den Feldrainen leuchtete der Wiesenkerbel. Elje hielt inne, und was fand er unter den Füßen? O ja, den normalen Weg im Sommerabendlicht. Warum war er gerannt? Warum brannte der Mund so trocken und war der Atem fast aus dem Körper gewichen? Warum war das Gesicht fremd wie erstarrter Lehm? Was war geschehen? Schließlich konnte man nicht sagen, daß etwas Besonderes vorgefallen war. Alles war wie immer.

Doch dieses seltsame Lächeln schwebte in der Luft wie eine deutliche Spiegelung – unbegreiflich, unbegreiflich.

Er fror und dachte, hieran dürfe er ja nicht denken, denn dann kamen Träume.

Und trotzdem war es an sich ein völlig normaler Abend in einem völlig normalen Jahr, nichts war in irgendeiner Weise wunderlich, überhaupt nichts.

Und als er nach Hause kam, saß der Vater wartend am Küchentisch, es roch nach Essen, und der Kaffee stand auf dem Herd und wurde gewärmt, alles war wie immer und roch wie immer. Elje brauchte an jenem Abend nur einen ganz kurzen Augenblick, um mit dem Kehrichteimer hinauszugehen, er fand es plötzlich so schön bei ihnen zu Hause, wie er jemals hatte anders empfinden können, verstand er nicht. – Jetzt saßen sie da, und alles war wie immer, wie schön war es, der Vater las laut, es war im Widerschein der Nacht von der Ebene draußen so hell, daß er zum Lesen genug Licht hatte, der Richter Rutherford behandelte an jenem Abend das Thema, wie Gottes Organisation den rechtschaffenen Scharfrichtern anvertraut worden sei, um das Zeitliche unter ihre Kontrolle zu bringen. Der Tisch, das Wachstuch, die Hand des Vaters, die das Buch weit von sich weg hochhielt – er war in den letzten Jahren weitsichtig geworden –, alles war so still und unbeweglich und unveränderlich, wie es immer gewesen war. Zumindest hier beim Vater waren die Dinge eins und in sich unerschütterlich gleich, war es unvorstellbar, daß sie plötzlich entzweigingen und etwas Unbekanntes und Furchtbares zeigten. Nein, hier war alles eins und bestimmt

– zwar wechselte das Licht, daß nun anstelle des festen erleuchteten Lichtzwingers, der Zuflucht im Winterdunkel, ein treibendes, alle Grenzen auflösendes, draußen wie drinnen gleiches Blau trat. Doch in dieser endlosen Unbestimmtheit in der Nähe des Weinens (ein einziger langgezogener, aber endlos vibrierender Ton, der schließlich alles zwang, in ihn einzustimmen, er schrie schrie) – stand der Tisch. Und drei Stühle, an jeder Seite einer. Und die beiden Klappsofas. Und der Herd. Und der Wassereimer. Und die Wände. Solide. Man konnte den Fuß fest auf den Boden setzen, er war wirklich. Planken und ein Flickenteppich. Kein weit offenstehender Brunnen. Auch kein Treibsand (und in einem schwindelnden Blinzeln bis zur Taille einsinken, und dann festgegossen Versandung Versteinerung bis zur Taille, während das Wasser immer näher sickert, immer näher immer höher steigt es – doch er war in seinem ganzen Leben noch nie am Meer gewesen, obwohl der Sund nur zwanzig Kilometer entfernt war, der Vater war kein Mann, der unnötig umherreiste, eine seiner Richtschnüre war mittlerweile, daß einem bestimmt war zu sitzen, wo man saß – früher einmal war er ganz anderer Ansicht gewesen).

Und Elje ging ins Bett und schlief in dieser besonderen Nacht schwer wie ein Stein. Schwer auf eine besondere Weise und träumte überhaupt nicht, ein fast zu tiefer und zu ruhiger Schlaf.

Und wachte auch auf, als habe er einen Stein an den Kopf bekommen, alles kniff und schmerzte.

Schon so früh am Morgen ein strahlender wolkenloser Himmel. Viel zu strahlend, kein menschliches Auge konnte das ertragen. Es war einer dieser Tage, an dem es wirklich zu weh tat, der Kopf voll übler Flüssigkeit, ein schweres schmerzendes Geschwür – nein, jetzt zog er die Decke über den Kopf und regte sich nicht, Elje bewegte sich nicht, er lag da wie ein Stock, es war einer dieser Tage.

Es stimmte also, daß sie zwei miteinander überhaupt nicht verwandte Gesichter hatte. Eines dort oben. – Und dann das andere, das, was versteckt sein sollte. Das, dem nichts glich.

Wie das dort oben. Es schwebte wie ein dunkles Ei im Erinnerungsdunst, woher kam die Feuersbrunst? Es sagte: Nimm es fort. Nimm fort, was sich da festgesetzt hat, es ist so furchtbar, es saugt mich aus.

Er wußte also, sie mußte fleckenlos übergeben werden, das Tier weggeschnitten, wegoperiert.

So war die Welt also doppelt.

Das eine war hier beim Vater.

Das andere mußte fort.

Auf die eine oder andere Weise. Doch fort.

Und wie weh es im Kopf tat. Als wolle er aufplatzen – in zwei Hälften. Die eine bleich und tot.

Die andere wunderlich blutig.

Solch ein Dunkel.

Und draußen war viel zu schönes Wetter, als daß er zum Existieren Kraft gefunden hätte.

Und nun stand die Sonne hoch am Himmel, plötzlich (hatte er geschlafen, wo war er gewesen?) waren der Vater und alle (sie auch, die Zweigeteilte?) schon viele Stunden draußen bei der Arbeit.

Es war der Sommer 1938, ein außergewöhnlich schöner Sommer – der erste von zwei aufeinanderfolgenden schönen warmen, zuletzt viel zu schönen Sommern. Es sollte in völliger Regenlosigkeit und Trockenheit enden – als habe sich etwas verhakt. – Der Sommer 1938 aber war nur der erste jener beiden allzu schönen goldenen Sommer. Und jetzt im Juni war er nur noch schön – schön und frisch, fast jede Nacht fiel ein Schauer, so daß morgens das Grün klar und glitzernd neu leuchtete, während die reine Morgensonne am unverändert wolkenlos reinen tiefblauen Himmel aufstieg. Die Kamille duftete, und die Lerchen jubelten, und Elje begleitete den Vater wieder hinaus zur Arbeit: niemals zuvor hatte er ein solches Wohlbehagen an allem empfunden, als sei das ganze Leben plötzlich zum ersten Mal ins richtige Gleis geraten – er stand vergnügt auf, ging vergnügt zur Arbeit und schuftete mit allem, was er wert war, auch das war Freude, vergnügt kam er nach Hause und half dem Vater. Alles ging mit einer besonderen zufriedenen Leichtigkeit. Und fast jeden Abend brachte er frischgepflückte Blumen mit und stellte sie in Gläser, überall in der Wohnung standen Blumen. Dem Vater gefiel das nicht sonderlich, bemerkte Elje. Aber es war doch unmöglich, es seinzulassen: in diesem Sommer war auch an den Blumen etwas Besonderes – sie lebten auf eine völlig andere Art als sonst, hatten Fleisch und bebten wie Schmetterlinge oder eine andere Art wunderlicher Tiere, und die Farben waren tief und nackt, gleichsam wie feuchte Augen; durch die Farben, die zu Gefühl geworden waren, starrten sie mit all ihren Wurzeln und Saugfühlern genau auf all die nackten Stellen in seinem Kopf. So war er fast mit allem verwachsen. Oder: alles wuchs zusammen mit ihm, fühlte und atmete. So standen der Mohn, die Kamille, die dunkle und die weiße Kleeblüte in ihren Gläsern und sahen in sein Inneres.

Es war fast zu schön. Es war, als sollte es entzweigehen. Es war, als sollte der blaue Himmel bersten wie dünnes Glas, wenn die Sonne zu heiß wurde. Er sah besorgt hinauf zur Sonne. Die aber strahlte freundlich zu ihm hinab und streichelte Nacken und Hals.

Er hätte gern die Hand des Vaters gehalten und sie getätschelt, das aber ging schließlich nicht.

Und noch etwas war leer. Die Sonne strahlte, das Gras duftete, unter den Messern fiel das Heu. Sie war aber nicht da. Er bekam sie nicht mehr zu sehen. Er sah nur den Vater und die Festung seines Rückens, und auf dem Nacken lag ein Taschentuch, er fuhr die Mähmaschine mit vier Pferden. Wo aber war sie? Wohin war sie verschwunden?

Sie hatten sie entfernt. Ohne zu sagen, wohin.

Alles war so schön. Dennoch aber war alles Trauer und Leere.

Ist die Welt halb, geht auch die andere Hälfte zugrunde. Alles fällt entzwei. Im Inneren summt es von stummem Geheul. Das Blutige geht auf die Jagd. Wer hatte sie geraubt?

Guter Gott, laß alles so sein, wie es aussieht.

Herr komm

Herr Jesus erbarme komm Nichts ist wie es aussieht Niemand ist was er zu sein scheint Niemand ist was er vorgibt

Alles ist halb

Alles ist doppelt

Alles ist anders als es scheint

Oh aus den Tiefen Oh welche Tiefen Alles in mir ist anders als es ist Ich bin ein anderer als der, der ich bin

Aber die Sonne strahlte so gelb und sicher Vom Fahnenmast winkte die Flagge Die Katze saß auf den Eingangsstufen und leckte die rosa Pfote Der Vater rechte Samstagsgras

Mit Nadeln.

Wo war sie?

Unveränderlich strahlend rollte Woche für Woche über die Himmelskugel.

Erst im August begann es, grau zu werden. Wurde stikkig und schwer, die Stoppelfelder gelb, das farblose stikkige Wolkengrau kam tief herab. Jeder Morgen draußen auf dem Feld war gleich leer.

Er konnte doch niemanden nach ihr fragen.

Er kannte doch eigentlich keinen Menschen außer dem Vater. Der Vater war alles für ihn. Jetzt entdeckte er, daß der Vater praktisch die ganze Welt vor ihm versteckte, alles, was er sah, war das Gesicht des Vaters, groß und leer. Und daran war etwas Unheimliches.

Wie es unheimlich ist, wenn jemand Macht besitzt über einen.

Dann erscheint einem dieser eine wie tot. Denn wer Macht hat, ist für einen doch der Tod. Wer sich anmaßt, über einen zu bestimmen, und einen an die Wand drängt und einen bindet und einen dorthin führt, wohin man nicht will, und einen von sich selbst entfernt, das ist doch der Tod. Bekommt einer Macht über einen anderen, dann ist auch auf dem liebsten Gesicht eine starre Maske. Dann erkennt man auch im Liebsten nur die Macht des Todes. Alles Leben wird entleert. Furchtbare Maschinen nur, die sich bewegen. Das große tote Gesicht, sonst sieht man nichts in der Graudämmerung. Das Todesangesicht ist Herr. Die Welt verwüstet. Kein Laut. Nur totes Knirschen dringt dort wie eine Heerschar Insekten ein, wo die ausführenden Armeen der Todesmacht durchziehen.

Doch mitten darin war sie so plötzlich aufgetaucht. Auf ihr ruhte das heilige Leben. Auch er würde Leben von ihr bekommen können. Wohin aber war sie verschwunden?

Vielleicht wußte es der Vater. Aber er konnte doch wie gesagt den Vater nicht nach so etwas fragen.

Der Fetzen der Fleck die Galizierschande. Nein, er

konnte die Frage nicht in den Mund nehmen. Er wußte schließlich, vor allem anderen mußte man *rein und heil* sein. Das war die Eintrittskarte.

Er fühlte, daß etwas dahintersteckte: daß es sich um etwas Ausgedachtes handelte. Einen Plan, den man irgendwo aufgestellt hatte. Wer hatte eigentlich dafür gesorgt, daß sie wegkam?

Er mußte sie bekommen. Das war alles, dann würde alles ins Lot rücken. Auf die eine oder andere Weise würde er sie zu fassen bekommen. Wenn er sie nur bekäme, dann würde alles ins Lot rücken.

Die Ebene grau und verloschen und dunkel. Abends suchte er. Grau und stickig und leer und schwer, wie der August ist, wenn alles zu Ende geht.

Er suchte auf dem Kirchhof. Die Füße gehen über Erinnerungen. Er erinnert sich aber doch an nichts.

Mutter und Mutter

Das Gras riecht scharf nach Gras

Mutter in der Erde

Das Gras duftet Hoch im warmen grauen Abendhimmel wogen und biegen sich die hohen schwankenden dunklen Bäume Vergangenes Laub unter den Grabsträuchern.

Er sieht Mutter und Gras Er sieht nicht sie

Wer weint weint? Als weine die Erde selbst

In Erde unter Leinen wie unter einem Brautkleid Schwarze Eingesunkenheit der gebrochenen Augen in der Erde

Hohe Mutter und niedere leicht schwer wie der Kirchturm mit dem Eingeweide Erde im Mund kriechend wie Würmer und Wurzeln ohne Körper Begrenzungslinien aufgelöst gespuckt auf klagende heulende Hündin in größter Erniedrigung verloren verloren

Allein selbst bis auf den Namen beraubt

Nachtmutter verloschenes zerstörtes Gesicht du leuchtendes

– wie die Lippen des Holunderbusches leicht herb duftend bewegt sich hin und her über dem Loch das Schattengesicht die eingesunkene längliche Hohlform in der Erde von der das Gras verrät wo einer lag und wieder aufstand und seiner Wege ging

Der-Anstelle-Von war unterwegs.

Das Laub wirbelte Glimmer über alles, was er sah, er wußte wirklich nicht, wohin er gehörte.

Eines Morgens aber war Grau und Frieden. Oktober war jetzt. Im Bauch ein Steinklumpen, schwierig zu essen, aber man mußte sich schließlich zwingen. Felder und Wege und Gräben aschgrau. Der Wind blies monoton. Immer stummer schwiegen die Felder in das Grau hinein, als fresse Todesasche sich durch die einmal lebendige Erde empor. Sacht fiel dann der Schnee und bedeckte alles. Von den Vögeln gab es nur noch Strichvögel, Dohlen und Krähen, Todes-Spur-Vögel. Alles war so still.

Es war die verkehrte Welt, weshalb das Nicht-Wirkliche am wirklichsten schien, das Wirkliche hingegen weit entfernt wirkte – unerreichbar, unberührbar.

Der andere – Der-Anstelle-Von – war Herr. Der Falschwender herrschte. Überall Weiß. Die Schnee-Ebene fest wie Stein. Wie der Meeresgrund unendlich und flach. Der Himmel dunkelnd wie bis auf den Grund gefrorenes graues

Meerwasser. Finster und eingesunken lagen die Arbeiterhäuser da.

Licht stieg herab, im Spiegel des Eises wuchs und sank Luftwahn. Das Licht schimmerte in aufsteigendem Schneerauch, der flimmernde Zerfall legte sich wieder zur Ruhe auf dem harten Toten. Der Andere, Der-Anstelle-Von, führte den Befehl, und kein anderer war zu sehen, nichts sonst in Sichtweite, nur der Schein, das Schimmern, der Schreck-Den-Man-Nicht-Fühlt.

Weihnachten kam und ging. Der Schnee, schon im Advent gefallen, war festgefroren, unverändert einige Grad unter Null. – Mehr Schnee kam nicht. – Mit dem Schnee begann eine seltsame Zeit. Elje schlief meist, daß er zur Arbeit zu gehen hatte, wurde nicht einmal erwähnt – das aber fiel nicht so sehr auf, es war eine Jahreszeit, in der fast alles darniederlag. Sogar der Vater blieb ab und zu einen Tag zu Hause, wenn man ihn ganz einfach nicht brauchte. Es waren keine guten Tage. Auch der Vater lag auf dem Sofa: mit eigenartigem Gesicht freilich – als erinnerten diese einzelnen Tage allzu sehr an etwas, woran er nicht gern dachte, das ihm jedoch hier in der Untätigkeit ins Gesicht starrte. Nämlich, daß man auch ihn eines Tages nicht mehr brauchen werde. Daß auch er eines Tages etwas Benutztes war, daß weggeworfen wurde. Eines Tages. Dem war er jetzt nähergekommen als an jenem Oktobermorgen vor langer Zeit, da man die Mutter auf den Küchentisch gelegt hatte. Und an solchen Tagen mitten im Winter befand er sich gleichsam unvermittelt dicht vor jenem Tag, an dem man ihn nicht mehr brauchen würde auf immer. – Er sah zum Sohn hinüber. Obwohl schon zwölf Uhr mittags, war von Elje unter der Decke nur das graublonde Haar zu sehen.

Dort lag einer, den man nicht einen einzigen Augenblick lang auf der Welt gebraucht hatte. Der Vater mochte arbeiten und sich abmühen. In Wirklichkeit aber war er schon von Beginn an verurteilt und ausgesondert.

Ström Albin schloß die Augen – so geradewegs vermochte er das alles nicht zu sehen. – Elje, unter der Decke, sah ihn heimlich an. Genau in diesem Augenblick fiel die Wintersonne durch das dünne Haar des Vaters und ließ die Schädeldecke hervortreten, dort auf dem Kissenbezug lag der nackte glänzende zerfurchte Schädel und leuchtete wie von selbst. Dann breitete der Vater die Zeitung »Mellersta Skåne« über sein Gesicht. Blieb eine Weile so liegen. Versuchte nicht zu denken. Schlief Elje? Konnte man sie Schlaf nennen, diese Seltsamkeit, in der er sich befand? – besser, es so zu nennen, als zu schlimmeren Bezeichnungen gezwungen sein. Solange es ging. – Doch eine Sorge trieb den Vater in die Höhe, er umkreiste den Sohn, wärmte Kaffee und brachte Tasse und Safranbrot, fragte, wie es ihm gehe, ob er noch etwas brauche – mit kleinen unvollständigen Bewegungen umkreiste er ihn, er konnte es nicht seinlassen, als wollten der ganze Körper und alle seine Glieder von selbst so dicht an den Sohn heran wie nur möglich. So dicht er an diese seltsam hoffnungslose Grenze nur herankommen konnte, die sie jetzt trennte, beidseits der jeder nun lebte wie in seinem eigenen Land. Er war hier. Der Sohn dort.

Seit wann? Wann war das geschehen?

Einmal an solch einem Tag (in der blassen Wintersonnenwärme tickte die Uhr, tickte, tickte und ging, näher und näher wem?) setzte sich plötzlich der Vater neben diesen gewissermaßen schlafenden, gewissermaßen von allem abgeschnittenen Körper, der wie eine dicke graue Puppe dort lag, eingehüllt und versteckt in der grauen Steppdecke, den Rücken zum Zimmer. Und er zog den Kopf des Sohns dicht an seine Brust. Doch es blieb ein fremder Kopf, nur ein harter Knochenklumpen mit etwas Unbekanntem im Inneren.

Der Abgeschnittene im Inneren der Puppe hörte in seinem Kopf das Herz des anderen schwer und stark schlagen, Lebensuhr, die ging und ging, sie wollte, sie wollte in seinen Kopf, eine fremde starke Maschine wollte sich einnisten in seiner Schädelschale. – An seiner Brust fühlte Ström Albin warm und schwer den Kopf seines Sohnes. Ström Elje empfand den Druck von Arm und Brust des Vaters fremd, uneinnehmbar, wo war der Vater? Einmal hatten sie einander doch gekannt. Dann war der Vater aber verschwunden, wohin? Nur diesen Fremden, der befahl, gab es noch.

Er riß den Kopf los und krümmte sich wieder zur Wand.

Elje lag in der Steppdecke in seinem eigenen lauen, glatten Geruch. Der war eine weiche Mauer, mit Mühe und Not konnte er gerade noch atmen, aber weder sprechen noch schreien. Warum sollte er auch schreien? Alles war weich eben glatt still weiß stumm, das Schneelicht von der Ebene war eine Kugel: er steckte darin, doch kein Ausweg: aber das Schlimmste war, daß er trotzdem nicht den mindesten Grund finden konnte, Radau zu machen. Hätte man doch einen gehabt, um schreien und brüllen zu können. Aber das Weiße war überall. Gestattete nicht mehr Bewegung als die eigene und tilgte alle Geräusche. Kein Ausgang. Weiß überall: Himmel, Ebene, Schneerauch, Lichtrauch. Und ebenso weiß in der Küche beim Vater. Das weiße dichte Licht von Schnee und nur Schnee. Weit draußen auf den Eis-Dunst-Ebenen spielten die Hasen so schön. Mit unendlichen Zwischenräumen schwammen dort draußen die einzelnen Höfe im selbstleuchtenden Toten. Wie Schatten von Schiffen fuhren sie dunkel treibend in diesem Weißen: wurden im Weißen verzehrt, verschwanden aufgefressen.

Jetzt kamen die Augen. Die Augen des Vaters. Doch sie sahen sich nicht ähnlich. Es waren jene feuchten zerschmetterten hellen entsetzlichen Augen: unheimliche suchende ertrinkende Augen. Einmal waren sie mächtig gewesen, hatten alle Macht besessen. Nun waren sie entthront, schreckgelähmt, würden sterben.

Elje war wach, als er die Augen sah. Denn wach lag er dort in der Steppuppe.

Dann verschwanden sie langsam außer Sichtweite. Das Weiße fraß sie auf, wie es schon alles andere Sichtbare aufgefressen hatte. Dann träumte er sehr lange nicht mehr, weder wach noch schlafend.

Im Februar wiederholte sich in umgekehrter Reihenfolge das Ende des Herbstes. Im weißen winterstarren Dunst begann es still zu flimmern. Wirbel und Veränderung. Zum ersten Mal seit sehr langer Zeit schneite es wieder. Der graue Schneedunst krümmte sich wie Wasserblasen. Die Welt wurde zu einer großen Blase. Jetzt tropfte alles, war feucht. Auf dem Vorplatz Schneematsch. Alles war plötzlich nur Schmelze, Nässe, Verwirrung. Es erinnerte an nichts und ließ sich mit nichts bezeichnen. Es war nicht der Winter, wie er Winter gewesen war. Auch nichts anderes – noch. Nur daß irgendwo ein undeutlicher Schmerz weh tat, man konnte nicht zeigen, wo, und auch die Art, wie er sich anfühlte, ließ sich im übrigen gar nicht bezeichnen.

In ihr Leben war nun eine große Veränderung, um nicht zu sagen Umwälzung, getreten. Eines Tages zog eine Haushälterin ein. Bis auf weiteres schlief sie in der Kammer, die geheizt wurde und einem normalen Zimmer zu gleichen begann – der Kartoffelsack mußte auf den Vorplatz umziehen. Sie putzte und wusch und bereitete alle möglichen Mahlzeiten, Brot und Safranbrot, letztgenanntes war vielleicht die wichtigste ihrer Funktionen. Wie und wovon sie entlohnt wurde, blieb im dunkeln. Elje verstand es so, als habe sich ihrem Blick irgendwo ein Brautkleid gezeigt (sie war ein graues schweres Wesen in mittleren Jahren, niemals verheiratet, und mochte ganz tief innen noch von Schleier und Myrte träumen). Er ging nach wie vor nicht zur Arbeit (natürlich, es war ja tote Saison), hatte aber nichts dagegen, aufzustehen und gewisse Erledigungen auszuführen, er fand sich gut mit ihrer Anwesenheit ab, er konnte nur nicht begreifen, wie und wann der Vater mit ihr Bekanntschaft geschlossen hatte. Es war wie ein Verrat. Oder jedenfalls: ein *anderes* Leben kam ans Licht. Und es sollte doch nicht der Vater sein, der etwas für sich behielte. Das war doch Eljes Angelegenheit, seine, und nicht die des Vaters.

Alles war jetzt so unruhig. – Gegen Abend kam es vor, daß Elje hinausging und an der Wand neben der Treppe lehnte. In der feuchten Frühlingsdämmerung spielten im schmelznassen Sand Jungen mit Messern. Sie waren dort. Er war hier. Die Messer schimmerten. Das nasse rohe Sonnenuntergangsdunkel keuchte dunstig. – Jetzt entdeckte er, daß die Messerspieler im Alter von vierzehn–fünfzehn waren, was heißt: nicht wirklich gleichaltrig mit ihm. Lange war es her, daß er dagestanden und Gleichaltrigen zugesehen, sie beneidet hatte. Er war in der Zeitrechnung wirklich zurückgeblieben, war ja keineswegs mehr fünfzehn, die Zeit war verronnen, seine Gleichaltrigen hatten schon eigene Kinder, er war immerhin ein erwachsener Mann – fünfundzwanzig bald –, was war aus all dem geworden?

Er hatte überhaupt nichts gegen die neue Haushaltsordnung, im Gegenteil, er aß das Safranbrot mit Begeisterung. Währenddessen überlegte er sich vieles. Mit ihr sprach er nicht – überhaupt sagte er nie viel, in den verschwundenen Jahren waren die Worte zu einer gefährlichen Sache geworden, wollte er etwas sagen, war es, als solle er explodieren, lieber schluckte er sie hinunter und blieb am Leben. – Er aß also das Safranbrot und schwieg, wenn auch verzückt lächelnd. – Doch es gab lange Stunden und Zeiten zwischen dem Safranbrot. Seltsame flekkige geflammte Zeiten. Elje hatte seine eigenen Gedanken über Brautkleid und Brautschleier. Der hartnäckige Frost durchdrang mit Eiseskälte alles wie mit einer Nadel.

Noch immer konnte er nicht träumen.

Eines Nachts aber hörte er, wie der Frost die Erde verließ. Draußen in der Dunkelheit hörte man ringsumher das immer stärkere Murmeln des unterirdischen Schmelzwassers. Wie die Eiskälte gebrochen wurde und das Wasser durch alle Poren der Erde stieg, wie die Erde zu atmen begann, der Frühlingsnachtsturm daherzog, wie alles Leben gelöst wurde in der brausenden nassen Dunkelheit –

alles lebt in Stimmen und Brausen und Flüstern der ansteigenden lebendigen Nässe draußen in der Nacht

– in der stürmischen Schmelznacht. Der Wind bläst, wohin er will, er kommt aus der Dunkelheit und verschwindet wieder in ihr. Die nasse Dunkelheit ist ein lebendiger Atem. Weit im unsichtbaren Grau bricht mit einem Dröhnen das Meer auf. Es knackt und seufzt und murmelt in der durchweichten Erde wie das wandernde Sausen des Bluts und des Herzens und die Geräusche im Inneren eines unüberschaubar dunklen Körpers, der sich zugleich im Dunkel befindet und das Dunkel ist, atmet, sich bewegt, lebt: ein endloser Körper eine Wildnis aus formlos lebender

Erde, Schlamm, Wasser, Wurzeln, keimendem Abfall, lebenstragendes keimendes Dunkel.

Der Heilige kommt aus der Tiefe, vom Lebenden und noch nicht Unterschiedenen. Der Heilige unterscheidet nicht. Alles ist und es lebt. Der Tod ist sein eigenes Urteil. Das Lebende ist eine Sprache. Das Lebende ist die Sprache des Alls. Was lebt, ist das Vorzeichen. Die Türe steht offen.

Mit eigenen Augen sah er (ob mit den äußeren oder inneren, wußte er nicht), wie auch die Tür hinaus weit offenstand. Auf irgendeine Weise waren Korridor und Küchentür entfernt worden, nun führte die Tür weit hinaus in die Nacht. Sturm und Wurzelgeruch drangen herein.

Er aber ist unbeteiligt. Er liegt im Steinbett. Der Ruf ergeht und ruft alles Sein zum Leben. Er aber ist abgeschnitten.

Der Heilige trennt nicht. Für ihn ist alles Leben eins.

Es ist die Schmelznacht. Die Geburtsnacht. Das Dunkel ist ein Atem. Die Nacht ist eine schäumende Masse, naß dunkel Geräusche Stimmen: aus dem nach Erde nach Tang Riechenden (das Meer ist nicht weit entfernt), aus Lauten und Brausen des steigenden Lebens dringt seine Stimme.

Alles Lebende trägt diese Stimme. In allem Lebenden öffnen sich die Augen des Worts.

Er aber liegt hier, ein von der Strömung weit abgetriebener Stein ohne Stimme. Wohl kann der Mund sich bewegen, die Zunge klingen wie eine Kuhglocke – doch Worte wurden es nicht, es wurden trockene klappernde Steingeräusche.

Fortgeworfener Stein.

Jetzt saß er aufrecht im Bett und weinte. Weinte wirklich. Woher kam das Weinen? – Es kam von so tief unten, tiefer, als er selbst reichte. Noch aber war das Weinen zu überhaupt nichts gut: die Tränen flossen über Wangen und einen Mund aus Stein. Aus Steinaugen: sie sahen, doch sie sahen nicht.

So war es. Stein war er, im Steinreich gefangen. Dann konnte die Sonne auf- und untergehen, der Wind blasen, der Regen so stark fallen, wie er wollte.

Und das eigenartige war, daß er deutlich ein Gesicht im Stein erkannte. Auch anderes sah er, doch dunkel – eine Maserung oder aufgesägte Versteinerungen, so wie man sie mit manchen spiegel-schwarzen Grabsteinen auf dem Skuruper Kirchhof sehen konnte: ein wachsendes wechselndes Durcheinander, das einmal an Pferde, ein andermal an umgestürzte Wagen, schreiende Todesmünder erinnern konnte. Das beste und deutlichste aber, das, was all das andere in sich trug (das, was so sein konnte, oder aber auch anders), war das Gesicht.

Er kannte es nur allzu gut.

Es war so wohlbekannt wie jeder Tag und jede Nacht. Von ihm war er abhängig, zu ihm stand er in großer Schuld.

Er kannte dieses Gesicht auswendig und mehr als das. Der, der alles für ihn festlegte und einrichtete, so daß die ganze Welt für ihn tatsächlich nur aus diesem Gesicht, seiner Billigung oder Mißbilligung bestand.

Hier im Stein aber gab es weder das eine noch das andere, weder ja noch nein. Es war nur – unveränderlich, unerbittlich. Die Zeit gab es nicht. Es war nicht das Gesicht eines Menschen. Es war das eines Feindes. Es war unheimlich. –

Und der Feind hatte sich in Elje eingenistet, in alle Körperöffnungen, und ihn von dort gelähmt, so daß er nicht konnte. Er konnte einfach nicht.

Ich muß sie finden, sagte es in ihm.

Herr Jesus Christus, sagte auf gnadenheischende Weise sein Mund, verzweifelt auf der Suche nach festigenden, lebenserhaltenden Worten.

Und das Gesicht, das er im Stein erkannte, wie ein deutlich verlesenes Urteil, war der, der die Macht besaß. – Er selbst hatte noch nicht einmal Macht über sich: er war unheilbar, unbrauchbar, und es war in jeder Weise gut und recht, daß ein anderer die Macht hatte und Vormund war über ihn. Denn auch wenn es noch nicht auf Papier festgehalten und behördlich bestätigt worden war, sein Leben lief darauf zu, daß eine solche Bescheinigung aufgesetzt wurde, daß ihm die Macht selbst voll und ganz genommen und er dorthin getrieben werden sollte, wohin er nicht wollte. Er fühlte es klar und deutlich, hierhin ging es, Tag um Tag. Das Leben strebte danach, ihn umzuwerfen, danach, daß er dem, der die Macht hatte, nackt ausgeliefert wurde. – Und er stand doch in Schuld – denn was wäre er ohne sie? Die Schuld war zu groß, als daß sie je beglichen werden konnte. Er schuldete ihm ganz einfach das Leben: er saß einfach fest, und niemals würde er freikommen, niemals.

Im Ineinander von Frühlingsabendlicht und Lampenlicht an einem bestimmten Abend im März – 1939, kein anderer Abend, kein anderes Jahr – sah er mit einem Mal, daß das Gesicht des Vaters fort war. Das war nicht sein Vater, der hier mit der Haushälterin am Tisch saß. Dort saß ein Feind. Der Feind hatte sich mit Körper, Kleidern, Gesicht des Vaters maskiert. Das neue Gesicht trug zwar den üblichen Ausdruck von leicht freundlicher Selbstzufriedenheit (den Kaffeetrinkerausdruck), wie ihn das Gesicht des Vaters zu solchen Gelegenheiten immer zeigte. – Doch es war nicht dasselbe. – Oder war der richtige in Wirklichkeit immer ein anderer gewesen? – Es war tatsächlich keineswegs sicher, daß alles, was dieser Unbekannte für ihn eingerichtet und festgelegt hatte, zu seinem Besten gewesen war. Ebensogut konnte es umgekehrt sein.

Wie auch immer, der Inhaber des Gesichts hatte jetzt die Macht, mit ihm zu verfahren, wie er wollte, und ihn jeder beliebigen Behandlung auszuliefern. – Zwar saß er jetzt gerade da und sah der Haushälterin so freundlich ins Gesicht, trank seinen Kaffee mit einem Stück Zucker. Aber das war Schein. In Wirklichkeit sah man klar und deutlich, daß dort der Feind saß. Und es waren auch nicht die Hände des Vaters, die Tasse und Untertasse hielten. Es waren schwere rohe unbekannte Hände. Sie konnten mit ihm tun, was sie wollten. Was hatten sie mit der Verschwundenen getan?

Das wichtigste war, sie zu finden. Nur das machte Sinn. Auf die eine oder andere Weise mußte er sie ausfindig machen. Dort lag die Rettung, eine andere gab es nicht.

Und dies vor diesem Stein-Feind und Mörder zu verbergen, der an Stelle des Vaters getreten war.

Eines Tages kam er also auf die Idee, seinen Plan (mit der Zeit und den Nächten war ein Plan daraus geworden) der Haushälterin anzuvertrauen, weil sie immerhin einen Rock trug und die Gegenseite dieses toten Stein-Etwas war. Zusammen fanden sie heraus, wie der Plan in die Tat umgesetzt werden konnte. Die Haushälterin unterstützte und ermunterte ihn in jeder Weise. Sie selbst ging sogar heimlich zum Pfarramt und ließ sich einen Geburtsschein für ihn ausstellen – ja, sie unterstützte seinen Plan mit allen Mitteln und half die Vorbereitungen geheimzuhalten.

So kam dann schließlich der große Tag. Jener bestimmte Tag im April 1939, an dem alles endgültig in die Tat umgesetzt werden sollte. An diesem besonderen, genau festgelegten Tag wachte er früher auf als der Vater und lag hellwach auf der Lauer, jedoch mit festgeschlossenen Augen. Tat so, als schlafe er tief, während der Feind mit dem Unbekannt-Gesicht das tat, was man morgens tut und was Elje vor langer Zeit, in einem anderen Leben, gewöhnlich gemeinsam mit dem Vater getan hatte: Aufstehen, Kopf unter kaltes Wasser, Anziehen, Kaffee trinken. Dann die Tür – die Schritte durch den Korridor – dann die Tür zum Vorplatz, sie fiel ins Schloß.

Sobald sich der Feind nun außer Hörweite befand, war Elje, als habe es die morgendliche Müdigkeit nie gegeben, mit einem Sprung auf den Beinen. Und in den Kleidern! Reine Wäsche und den Sonntagsanzug legte ihm die Haushälterin bereit – sie tat es zum ersten Mal, aber es war schließlich auch ein unvergleichlicher Tag. Sie packte die alte Lederimitattasche des Vaters mit dem, was an Kleidern zum Wechseln da war. Essen und belegte Brote gab sie ihm auch mit und einen Zettel, auf dem die Adresse des Seemannsheims in Landskrona aufgeschrieben war, ja sie tat wirklich das ihre. Und die Schirmmütze gerade auf dem Kopf und die Tasche in der Hand, verließ Elje gegen halb acht den väterlichen Herd. Von den Eingangsstufen winkte die Haushälterin zum Abschied, sie lächelte und lächelte. Und Elje ging den Weg durch die Allee und hinauf zur großen Straße, zur Bushaltestelle: um 7.45 kam der Bus, der ihn nach Eslöv zum Bahnhof bringen sollte. Und von dort – hinaus in die Welt!

Und sich vorzustellen, daß währenddessen der Feind wie immer auf dem Mistkarren stand und wie immer den Mist verteilte und nichts wußte!

Es war ein schöner Tag Anfang April. Und es war der Beginn des Abenteuers draußen in der Welt! Jetzt sollte der mal sehen, der, der die Macht so lange gehabt hatte! Jetzt sollte der mal sehen, der die Wirklichkeit so lange vor ihm verborgen gehalten hatte! Jetzt sollte er sehen, jetzt hatte er nichts mehr zu sagen – jetzt fuhr Elje mit dem Zug fort von Eslöv und in die Welt hinaus! Nach Landskrona, um auf einem richtigen Schiff anzuheuern!

Elje war wirklich froh, so froh. Jetzt war der Feind hereingelegt. Hierher konnte er nicht folgen. Der Zug fuhr und fuhr. Auch der Himmel und die Ebene bewegten sich: Wolken trieben vorbei, wurden zerrissen, wuchsen zusammen, dazwischen sah man den Himmel wie einen klaren Abgrund aus Sonne – die Felder tauchten auf und verschwanden, die rasenden Schatten der Wolken verwandelten sie einmal in Seen, ein andermal in Höhenrücken, und auch dort unten in der Erde fand die große Veränderung statt, aus der durchnäßten Erde (in Wirklichkeit war sie ein großer nasser Körper) würde alles wachsen, das Frühjahr würde sich verwandeln in Sommer – ja es würde Sommer werden und alles würde NEU werden. NEU auch für ihn. Das Gesicht war fort. Es war nicht mehr zu sehen. Und besaß keine Macht mehr. Jetzt konnte der Feind ihm nichts mehr anhaben! Er war entschlüpft, zwar mit knapper Not, jetzt aber frei wie der Vogel. Frei zu fahren, wohin er wollte, zu tun, was er wollte. Genau wie alle anderen. Er war wie alle anderen. Alles würde gut werden und NEU auch für ihn. Er war nicht mehr unbrauchbar und anders. Nicht ausgesonderter als jeder andere. Hier im NEUEN konnte schließlich niemand wissen, daß er Elje war. Hier war er einer unter vielen.

Und er würde sie finden!

Das Leben war grün und blau und naß!

Alles war NEU!

Das stimmte sogar bis Landskrona. – Diese Stadt, so hell und so friedlich, machte ihm Eindruck. Alle Wolken waren fortgeblasen. Trottoirs und Straßenpflaster waren sauber, als seien sie gescheuert und hinterher sorgfältig trockengewischt worden. Elje ging andächtig durch diese saubergeputzten Straßen. Der eine oder andere Passant lächelte, wie er meinte, freundlich – überhaupt nicht wie in Skurup –, kurz darauf schien es wieder, als werde sein Gesicht von der Sonnenkatze, dem Sonnenreflex, getilgt, den das lichtgesättigte Trottoir auf ihn warf, alles war hell, und Elje fühlte, wie auch sein eigenes Gesicht zu einem blinden glücklich warmen Fleck wurde. Alles war hell! Und vor den Häusern, vor den weit vorgeschobenen Straßenmündungen glitzerte und glänzte und lebte ein Körper oder ein Wesen aus lebendigem Licht, ein glimmerndes Funkelgrab aus Licht, das sich ohne Anfang, ohne Ende im Unendlichen bewegte – das Meer war es, das er noch nie gesehen hatte.

Das Meer! Das lebendige! Das nie begonnen hatte und nie aufhörte – sich wie das Licht und das Feuer ständig bewegte und wie diese Bewegung keinen Anfang hatte und nie aufhören kann, diese Bewegung ist und glänzt und leuchtet, nur weil es sie gibt!

Und er tauchte das Gesicht in den Lichtwind und den Salzgeruch und das Wasser – der Geschmack dieses großen funkelnden Lebendigen, das auf unterschiedliche Weise ein und dasselbe, das endlos lebendige Leben war!

Mitten in alldem lag dort, wohin er wollte, ein dunkler Fleck: der Motorschoner »Althea«.

Von Beginn an war an dem Ganzen etwas nicht in Ordnung. Unglückliche Vorzeichen. Als sei diese Reise trotz allem keine Reise in die Freiheit – sondern etwas anderes.

Schon im Seemannsheim ging es schief. Es hieß nur: Hhh! – Und er mußte warten. – Und die Miene des Mannes hinter dem Schalter ließ nicht direkt auf ein neues Leben schließen. – Erst spät am Nachmittag gab man ihm einen Zettel in die Hand. »MS Althea, Lastkai 3, 1 extra«. Alles hatte etwas Bedrohliches, Falsches. Als erwarte man ihn überhaupt nicht mit Freuden.

Und wie sah sie auch aus, die MS »Althea«, die ihn in sein neues Leben bringen sollte. Rostig, alt, ein Schandfleck mitten in der Sonne – die um diese Zeit unterzugehen begann, weshalb der dunkle Schatten »Althea« inmitten eines wogenden schimmernden Feuers schaukelte. Wogte hier im Hafen nach dem Tagwind immer noch so eine große Dünung, wie würde es dann erst DORT DRAUSSEN sein?

Etwas Erschreckendes und Nichtwiederzuerkennendes war an allem. Elje war keineswegs wohl.

Doch ging er, wenn auch unter großen Zweifeln, auf jenen Breiten zu, der am Ende des Landungsstegs die Ladearbeit befehligte. Ein Paar eisig-eisige Augen. Es war wie vermutet der Schipper. Das heißt: jener, der hier die Macht besaß.

Elje spürte etwas Weiches in den Knien. Könnte es – könnte es denn nicht trotz allem sein, daß der Feind seine Verbindungen bis hierher hatte? Selbst hier, hinter der freien Stadt, dem in einem solchen Licht befreiten Landskrona?

»Ach, das soll der Extra sein?«

Die Augen schauten.

»Dönitz, he, Dönitz schau mal was für'n Schatz.«

Ein noch Schlimmerer kam. Noch ein Paar Augen sahen. Der erste Mann – Steuermann konnte man ihn nicht direkt nennen, da die Besatzung im übrigen nur aus einem weiteren erbärmlichen Kerl bestand – wesentlich erbärmlicher noch als er selbst –, den Elje nur als düster zähen Nacken unter den über den Steg balancierenden Kisten sah. Dessen Los war Schwitzen und Schleppen, Schwitzen und Schleppen – nun war aber einer hinzugekommen, dessen Aufgabe es war, noch tiefer *darunter* zu stehen: der erste Erbärmliche spähte mit erwartungsvollem Glimmen in den Augen über den Steg auf den Neuankömmling. Der Breite schaute Elje an. Derjenige, der schlechter war als er, schaute. Der Dritte, das Elend, schaute.

Eine Falle schnappte zu – offensichtlich.

Gemeinsam bildeten diese Augen eine Mauer. Und die hatte ihn schon gefangen. Schon erhob sie sich unbarmherzig wie der Tod zwischen ihm und der lebendigen Stadt. Er war ganz einfach wieder gefangen. Und in einigen Stunden (die »Althea« sollte um neun Uhr abends auslaufen) wäre er eingesperrt mit denen hier, die mit ihm machen konnten, was sie wollten. – Man könnte nun ja meinen, daß nichts einfacher gewesen wäre, als kehrtzumachen und mit größtmöglicher Geschwindigkeit wieder in der Stadt zu verschwinden – noch war schließlich nichts abgemacht, er hatte kaum seinen Fuß auf den Landungssteg gesetzt. Nichts war geschehen – er hätte sich davonmachen, sogar etwas vorbringen können, über einen Irrtum, und irgendwo in der Stadt in einem Winkel übernachten, schließlich war die Jahreszeit jetzt in ihrer warmen Hälfte, und am nächsten Tag oder am übernächsten hätte er ein anderes Schiff bekommen, ein freundliches Schiff.

Doch wer so etwas sagt, weiß nichts von der Macht des Feindes.

Und also folgte Elje – zitternd, obwohl noch überhaupt nichts geschehen war; geschäftig, obwohl noch kein Befehl erteilt war – dem zweiten Mann hinunter in die Schanze. Dort wurde auf eine Pritsche gedeutet – zögernd stellte er seine mit so großer Sorgfalt gepackte Tasche darauf. Und dann: Raus! das heißt: Los! das heißt: Runter in den Laderaum.

Und es gab nicht die geringste Chance, dieser Schwärze zu entkommen, das war deutlich zu erkennen. Es war doch völlig klar, daß er auf das falsche Schiff gekommen war, es konnte doch unmöglich dieses Schiff sein, so konnte es nicht sein, es konnte unmöglich richtig sein, er hätte Fersengeld geben müssen, sobald er dieses Schiff der Verdammnis sah – wie aber hätte er es wissen können? – Und jetzt war er nur ein Gefangener, bewacht schleppte er Kisten tief hinunter in ein nach Brackwasser stinkendes Loch. Kurz darauf bekam er die erste Backpfeife – denn er begann, alles falsch zu machen. Sie traf den Mund, es blutete sofort. Er aber war bereits durch den Anblick der unfaßbaren Böswilligkeit des Schicksals ganz verstummt, die Ohrfeige und das Blut ergänzten nichts, das war lediglich die Bestätigung.

Kurz nach neun Uhr abends – am Abend des 2. April 1939 – lichtete die »Althea« Anker (Stückgut und Holz: hochbeladen auch auf Deck) und lief aus in die Dunkelheit: ein verschwindend kleiner Raum aus Licht, der in der großen Dunkelheit stieg und fiel. Sie fuhren durch den Öresund. Auf beiden Seiten, auf der dänischen und auf der schwedischen Küste, sah man noch Lichter. Aber schon bald verschwanden sie und ertranken in der Dunkelheit. Die Wellen wurden größer, eine Welt aus sich wölbenden schwarzen Bergen. Jedesmal, wenn die »Althea« in das Tal zwischen zwei solchen Kronen eintauchte, war es, als käme sie nie mehr hoch und laufe in ein Todestal, als eile die dunkle Klarheit mit einer solchen Schnelligkeit auf sie zu und stürze sich mit einem solchen Dröhnen auf sie, daß es dem neuangemusterten Extra schien, das Schiff gehe mit Mann und Maus unter. – Taumelnd streckte er die Hände aus, um auf dem sich verhext bewegenden Schanzenboden voranzukommen, aber ein krummes Bein war im Weg, und er fiel flach auf den Bauch. Dann gab es kein Rasten und Ruhen, sondern wieder hoch, er mußte Gläser holen und ein Glas auf dem Kopf balancieren, für das erste, das in Scherben ging, bekam er eine Tracht Prügel, für das zweite ebenfalls, dann ließ er keins mehr fallen, dann die Kojen machen, dann knieend den Boden scheuern. Dönitz stand am Ruder: der Schipper lag in seiner Koje und trank und kommandierte den verwirrten Menschenfetzen, der auf dem sich auf und ab bewegenden Boden hin und her rutschte – ab und zu erhielt derjenige, der nur der Zweiterbärmlichste war, den Befehl, einen belebenden Tritt in seine Weichteile weiterzugeben. – Und schlafen durfte er nicht. – Und auch nicht nach oben an Deck kommen – er dachte, wenn er nur den Kopf hinaus in die frische Luft stecken dürfte und in das schwarze Wasser sehen, das auf sie zukam, würde es besser werden. Das aber war nicht vorgesehen. Die beiden anderen – abgesehen vom Schipper, der in seiner Koje blieb – verschwanden nacheinander nach oben, kamen wieder hinunter. Elje aber wurde es weder zuteil (natürlicherweise), am Ruder zu stehen, noch etwas anderes an Deck zu tun, noch viel weniger durfte er trinken oder schlafen, er sollte dienen. Er taumelte zwischen Schlafen und Wachen: einmal schlief er stehend fast ein, einmal wachte er von einer Ohrfeige auf. Grau leuchtend das Gesicht des Schippers in der Koje. Die Augen glichen meist kaltem Wasser. Sie sahen weit. *Sie hatten Macht.* Elje begriff selten, was er tun sollte – nur in Gang bleiben, Maschine werden. Verwirrt stotternder toter Apparat. – Begriff auch die Schimpfworte nicht. Im Licht der hin- und herschwingenden Lampe leuchtete das Gesicht des Schippers in der Koje auf: leuchtete auf und verschwand. Klar war nur, daß er, Ström Elje, jetzt hier (doch war er noch derselbe?) auf völlig unbegreifliche Weise zugerichtet und mißhandelt wurde – warum waren sie so zu ihm? Was mochte der Sinn sein? Der Schipper tobte und zeigte in verschiedene Richtungen. Die anderen schüttelten ihn. Elje aber begriff doch weder das eine noch das andere, ziellos torkelte er zwischen dem einen und dem anderen umher und hielt sich seinen geschwollenen Mund.

Aber auch solch eine Nacht hat ein Ende.

Und es begann hell zu werden.

Und gerade im Augenblick des Hellwerdens, als die Dämmerung, leuchtend wie das Wasser, das man durch das Speigatt sah, stärker wurde als das Lampenlicht (das jetzt nur noch eine blasse sinkende Perle im grauleuchtenden Treiben war), sah er klar

(auch wenn er etwas Sinkendes sah, etwas, das er nicht erreichen konnte und das ihm entglitt, wie ein Fisch auf dem Weg in die Tiefe):

daß er dies erleiden mußte, um zu ihr zu kommen. Es war ein Weg.

Und der Tag setzte die Nacht fort, genau so.

Wie eine Maschine. Jetzt mußte er an Deck sein. Schlief er ein, bekam er eine Ohrfeige: und wieder. Eine offene Handfläche gerade darüber, daß die Zähne klapperten. Und von einem Tritt ins Hinterteil flog er gegen die Reling. Es war scharf, rostig. Er schürfte sich die Hände auf. Das Salzwasser brannte. Alles tat so weh. Zugleich war es völlig leer und glatt. Die sich hebende große glänzende krängende Dünung. Am liebsten hätte er weinen wollen. Alles tat so weh. In manchen Augenblicken nahmen Deck, Meer, Schoner, Gesichter eine hellrote Farbe an, wie wenn das Licht einen Kurzschluß bekommt, sich Impulse aus der falschen Richtung kreuzen und alles blitzt und entzweigeht. Warum waren sie so zu ihm? Er war zwar ungeeignet, das war klar – mußten sie ihn aber deshalb so behandeln? Sollte das heißen, daß alles in seinem Inneren erst entzweigehen mußte, bevor er sie fand? – Auf Deck und an den Tauen bildete sich glatter Schleim, der alles aus dem Griff gleiten ließ – man stolperte und stürzte, und das Herz flog einem bis in die Nase, saß dort und zitterte, man war nahe daran, kopfüber in dieses still sich hebende Dunkel zu fallen, das undeutlich unter der Seidenhaut der Dünung sichtbar wurde.

Jetzt war es, als straffe sich ein Muskel. Ohne daß er es will. Blind. Er wollte das seine. Er wollte sie finden.

In der zweiten Nacht legte sich der Wind. Sie kamen in einen Nebelgürtel. Alles um sie herum verstummte, von irgendwoher kam die schwere Dünung und verschwand ohne ein Plätschern. Als es hell wurde, fanden sie sich wieder in einer undurchdringlich lautlosen Welt. Plötzlich war es warm, und es wurde immer wärmer. Man schwitzte. Von jedem Gegenstand tropfte salziger Brackwassernebel. Kein Laut, außer ihren Stimmen – selbstverständlich nicht die Eljes, er war, was die Beredtheit angeht, dem Nebel und den Fischstimmen in der Tiefe immer ähnlicher. Das Klopfen des Motors und des Herzens. Jetzt war er von allem abgeschnitten. So einsam war er noch nie gewesen. Die hundert Seemeilen dicken Wände des Nebels lagen zwischen ihm und allem, was er kannte. Und Motorklopfen um Motorklopfen ging es nur weiter hinein in den Nebel. Allein mit dem Feind auf dem Weg in fremdes Land. – Doch im Nebel spürte man schon den Geruch von Tang und Land, eigentlich waren sie bereits dicht unter der polnischen Küste, auch wenn man in diesem dichten Nebel nichts erkennen konnte.

Am Morgen des 5. April 1939 legte in Gdingen, Lastkai 5, Kaiplatz 17 der Motorschoner »Althea« aus Landskrona, Ladung Stückgut und Holz, an. Es war still und stickig. Je mehr sich die »Althea« der Küste genähert hatte – Nebelhörner brüllten im warmen Dunst –, um so mehr hatten Türme und Kräne sich in treibenden zitternden grauen Schleiern aufgelöst. Durch einen Wald aus Schiffsrümpfen, die Hörner brüllten und brüllten wie in einem Wald aus großen Tieren. Dicht und weich schloß sich das Wasser wie eine neue Haut um alles, an das er sich hätte erinnern können. Sie glitten durch einen Wald von großen treibenden Eisentieren. Durch sie hindurch sah man eine Stadt, die grau, dunkel, feucht wirkte. – Für Elje, den Extra von der Rübenebene in Skurup, sah die Küstenlinie völlig unnatürlich aus, lauter zusammengeworfene dunkle Dinge: Schrott, Betonblöcke, öde Steinkohlenhalden. Der Nebel roch nach Benzin, Abwasser – das Hafenwasser war sozusagen kein Wasser, sondern wie ein unbekanntes schweres öliges Material. Der Hafen ähnelte einer unüberwindbaren Anhäufung feindlich formlos zerschlagenen Maschinenkehrichts. Wie sollte man dort jemanden finden? Elje sagte sich selbst, schließlich müsse er ja Cousins in diesem Land haben; der Gedanke an solche Verwandte machte ihn keineswegs froh.

Und jetzt sah er noch etwas: entlang des ganzen Kais waren in gleichmäßigen Abständen Polizisten postiert – mit breiten Mündern, lächelnd, gerade so, als hätten sie ihn erwartet. – Ja, wohin er sich im Leben auch wandte, überall standen die Macht und die Befehlshaber im Weg, überall die lebendigen Machthaber: in einer Würgekette. Wie sollte er sie hier finden?

Gewiß hatte er einen Plan. Der war seit langem beschlossen und bis in alle Einzelheiten überlegt. – Aber es sah hier völlig anders aus, als er sich das vorgestellt hatte.

Doch mit oder ohne Plan, und im übrigen auch gegen alle Pläne, wurde die Hafenstadt Gdingen in Polen im April 1939 zu etwas Schrecklichem und dadurch Entscheidenden im Leben des Skurupers Elje. Dort nämlich stieß ihm folgendes zu: es war wie gesagt für die Jahreszeit ungewöhnlich warm, man hätte sich eher im Juli geglaubt als Mitte April. Weit, weit hörte man durch den Nebel alle Rufe, alles Quietschen, Klingen, Dröhnen, Bohren, Rasseln des allzu Außer-Wirklichen des großen Hafens. Bei der geringsten Bewegung floß der Schweiß. Elje wurde bald so weich in den Knien, die unter der einen oder anderen Ecke einer scharfkantigen Kiste stemmten, daß er das Gefühl hatte, er werde zusammenbrechen – bei jedem Schritt dachte er wieder und wieder, jetzt stürze ich. Doch die Drohung in der Luft über ihm (der Schipper führte oben vom Steg aus die Aufsicht), hielt ihn sozusagen an der Nackenhaut gepackt – Elje ging wirklich wie eine Maschine, sah nichts, hörte nichts, der Schweiß floß, er wußte nichts, er verfiel in eine sonderbare Sinnesverfassung. Dieser warme Nebel. Die Kleider scheuerten, man hätte sie auswringen können. Elje aber keuchte und kämpfte. Der Körper lief von allein. Er verfiel wie gesagt in eine sonderbare Sinnesverfassung.

Eigentlich war es nicht so, daß er einen Plan hatte.

Doch es war, als werde durch den Umstand, daß der Körper von allein arbeitete – und er schaffte unerhört viel mehr, als er je geglaubt hatte, jetzt war von Stolpern nicht mehr die Rede, der Körper schien alles zu schaffen –, als werde hierdurch der Plan sichtbar, der die ganze Zeit über ja vorhanden gewesen war. Der richtige Plan. Jener, den es unter allem ähnlichen und unähnlichen gab, das er sich ausgedacht hatte. Vielleicht hatte er sich selbst erzeugt. Vielleicht entstand er gerade jetzt wie ein Spiegelbild des schleppenden und schwitzenden und laufenden Maschinen-Teils des Körpers.

Gleichgültig.

Fand er sich plötzlich wieder, daß er mit der Geschwindigkeit eines erschrockenen Hasens einen mannshohen, von Alarmleitungen gekrönten Zaun entlangrannte. Der Zaun folgte ihm wie ein Schatten. Während die Zähne schmerzten – auch der in der Brust tobende Atem stand im Begriff zu stocken.

Als er das nächste Mal zu sich kam, war der Zaun verschwunden. – Nach dem Protokoll, das später über den Vorfall aufgenommen wurde, war das Ganze so zugegangen:

daß, während einer kurzen Pause von Schipper und Stammbesatzung der MS »Althea«, die notwendig geworden war, weil eine Partie Stämme, die von Kran 27 umgeladen werden sollte auf die Galeasse »Podestas« aus Rostock, ins Rutschen gekommen war und sich aus ihren Ketten zu lösen drohte, sich der Extra-Besatzungsmann

Ström, wie sie meinten, zur Verrichtung eines natürlichen Bedürfnisses, entfernte; erst nach Sicherung der Kette und Verbringung der Stämme in den Laderaum der »Podestas« hatte Dönitz, der zweite Mann, bemerkt, wie Ström mit großer Geschwindigkeit am Zaun entlangrannte, der Hafengebiet und Freihafen trennte. Nachdem sie nicht unverzüglich fallen lassen konnten, was sie in Händen hielten, und Ström zudem zwischen Magazin 2 und 3 eine ganze Zeitlang außer Sicht blieb, dauerte es, bis die Verfolgung aufgenommen werden konnte: zudem war Ström unter Ausnutzung einer kurzfristigen Unaufmerksamkeit des diensthabenden Zollbeamten (er hatte sich für einen Augenblick entfernt, um ein natürliches Bedürfnis zu erledigen, von natürlichen Bedürfnissen ist in diesem Bericht häufiger die Rede) auf dem Weg ins Freihafengebiet, sie dachten außerdem, daß er sich dort in sicherem Gewahrsam befinde – als sie jedoch dem diensthabenden Zöllner, der in der Zwischenzeit zurückgekommen war, die Angelegenheit anzeigen wollten, verstand er sie auf Grund von Sprachschwierigkeiten falsch und forderte statt dessen Paß und Schiffspapiere von ihnen und behandelte sie, nachdem diese nicht vorgezeigt werden konnten (sie befanden sich selbstverständlich an Bord), als Personen, die illegal das Freihafengebiet betreten wollten. Während die Diskussion zunehmend heftiger und unverständlicher wurde (Dönitz sprach zwar deutsch, der uniformierte Pole weigerte sich jedoch völlig, ihn zu verstehen) und der Beamte die Hafenpolizei hinzuziehen wollte, sahen Schipper und Steuermann Ström wieder, der nun mit großer Geschwindigkeit unter Umgehung von Zollhäuschen und Schranke vorüberrannte, ohne von dem diskutierenden Zollbeamten bemerkt zu werden: auf Grund der Diskussion über die Schiffspapiere konnte nichts unternommen werden – wie versteinert sahen sie, mit welcher Geschwindigkeit sich Ström in Richtung Stadt entfernte, und wie der flüchtende Verrückte sich gleichwohl umdrehte und ihnen sozusagen die Zähne zeigte. Das jagte ihnen, wie sie später versicherten, ein unheimliches Gefühl ein – und eher mit Erleichterung gaben sie die Verfolgung ihres untauglichen Extras auf.

Was Elje in Gdingen im April '39 in Polen unter Marschall Smigly-Rydz zustieß, läßt sich nicht völlig klären.

Er kam wieder zu sich. – Doch es blieb ein Zwischenraum, ein Loch, das sich weigerte, gefüllt zu werden. – Breite Straßen. Die Häuser mächtig, wie für Riesen gebaut, andererseits aber mit viel zu schmalen kleinen Fenstern – wenn es brannte, käme man nie aus diesen riesigen engen Häusern heraus, dachte Elje, sie mußten viel zu viele Leute enthalten. Überall wimmelte es von Menschen. Gesichter, Augen auf jedem Fleck. Graue Gesichter leuchteten vor Schweiß in der für die Jahreszeit ungewöhnlichen Wärme. Alles zusammen in einer einzigen schmutzgesprenkelten düsteren warmen Masse, die sich langsam vorwärts bewegte, ebenso verloren und abstoßend wie die äußerlich menschenleeren, verschlossenen Häuserblocks. – Mußte später Nachmittag sein. – Wie lange hatte er schon gesucht? Als sei es nicht mehr derselbe Tag. Die *Leere* lag dazwischen. Ein Loch. Es mochte eigentlich beliebig breit und tief sein; es hatte keine richtigen Grenzen – vielmehr, ihm gegenüber hatte es keine richtigen Grenzen. War wie ein

Meer, auf dem man fährt – man ist in einer anderen Welt, einer anderen Zeit, Elje meinte, er wüßte nun Bescheid, wie das ist mit der Zeitrechnung auf See – daß sie eine andere ist als an Land, kann man wirklich sagen.

Waren es vielleicht viele Tage?

Er wußte weder, in welcher Zeit, noch, in welchem Raum er sich befand. Man hatte ihn einfach hineingeschleudert in etwas Unbekanntes. Zu Hause, auf der anderen Seite der Ostsee, bewegte sich alles wie etwas fast am Rand seiner Erinnerung Weggefressenes (wie im Licht einer neuen stark betäubenden weißen Sonne), alles auf dem Weg zu verschwinden.

Die kläglichen Bäume neben dem Asphalt zeigten keine Zeit an, nirgendwo. Das verwirrte polnische Menschengewimmel ebenfalls nicht – man war auf dem Nachhauseweg in der polnischen Hafenstadt Gdingen, von Werften und Fabriken, die Zeit war der April '39, die Werften und Fabriken hatten Namen, jeder einzelne Mensch hatte auch einen Namen und wohnte irgendwo mit Namen und Straßennummer, jeder einzelne Mensch hatte seine eigene Zeitrechnung und befand sich in diesem und jenem Jahr und an diesem und jenem Tag seines Lebens, nicht an einem beliebigen Tag in einem beliebigen Jahr. – Er aber stand außerhalb. – Wie die Bäume. – Dieses ganze »Elje« war unterwegs, fort von sich, in bleicher Auflösung, so wie sich eine Luftspiegelung über dem Wasser verwischt: das einzige, was es noch gab von ihm und was sich wirklich breitmachte in ihm, war der zähe starke und blind sich vordrängende Gedanke, daß *er sie finden mußte*. Nicht eine Sekunde Unaufmerksamkeit ließ er zu. Mit alldem trieb Ström Elje, Sohn von Ström Albin, geboren und wohnhaft und so weiter, ab gegen die Ränder der Sichtbarkeit – war kaum noch zu sehen, überhaupt nicht zu fühlen, was kümmerte es diesen starken hartnäckigen blinden Gedanken, wie er hieß oder in welchem Jahr oder welchem Tag seines Lebens er sich befand. Er befand sich auf dem Hinaus, zu den Rändern seiner selbst. Wie ein Schatten und ein Gedanke verdunstet, wenn die Mittagssonne stark wie ein blendendweißer Schlag auf den Kopf fällt und alles verjagt.

Allem Anschein nach ging der Nachmittag seinem Ende entgegen – vielleicht war es sogar noch später, in dieser Jahreszeit ist es schließlich lange hell. Aus Eisenrosetten ragten Bäume aus dem Asphalttrottoir; die Triebe halb ausgeschlagen. Diese seltsame Apriljulihitze. – Elje ging und ging, mit hochangezogenen Ellenbogen, ein Stil-Gänger – hie und da rannte er fast wie ein Hase im Zickzack. Dies gefiel ihm nicht. Wäre es nicht ihretwillen gewesen. Denn überall die gleichen grauen Gesichter, die gleichen Kleider, der gleiche Geruch. Ein unsauberer Geruch. Unsauberes unordentliches Volk. Lauter unordentliche Menschen, dicht, dicht. Nichts anderes als Menschen von der Art, Geruch von der Art, Kleider von der Art – nicht ein einziger richtiger Mensch. – Unmöglich loszukommen. – Wie das Herz klopfte, der Schweiß unten zwischen den Schenkeln strömte. Je schneller er lief (und je heftiger er die Ellenbogen vor- und zurückwarf, die Arme fühlten sich eigenartig kurz an, als seien es die eines verkrüppelten Kindes, nicht seine eigenen) – um so stärker fühlte er, daß er festsaß. Er sah sich sozusagen überall selbst, es war furchtbar. Er rannte durch all dies Schmutzige, es klebte, und er kam nicht vom Fleck. Hoch droben hing das Gesicht des Vaters und drückte sehr starke Mißbilligung aus. Die Augen leuchteten. – Während Elje sich in dieser dichten, unglaublich zähen unsauberen fremden Masse abmühte und nirgendwohin kam, denn er war nur etwas in ihr, ganz einfach, er war nur einer von allen hier, ganz einfach.

Und das wollte er doch nicht. Denn die Lehren des Vaters saßen tief.

Aber es gab doch keinen anderen Weg, sie zu finden, gab es doch nicht.

Wußte nicht, wie weit er gegangen war, ständig verwakkelte die Richtung auf die ärgerlichste Weise, einmal hatte er oben auf einem Turm eine Uhr gesehen, die Ziffern waren unverständlich oder zumindest unleserlich. Jetzt aber fing sein Schuh ernstlich an zu drücken. Vielleicht waren es mehrere Tage? – Was aber hatte er dann in den Nächten gemacht? Er hatte auch nicht die geringste Vorstellung davon, wo er sich befand und wo der Hafen lag. Auf einmal aber meinte er den Geruch von Salzbrackwasser und Benzin viel deutlicher wahrzunehmen. Die dort, die hinter ihm her waren, konnten sehr wohl ganz nah sein! Deshalb traute er sich nicht stehenzubleiben, wie sehr die Schuhe auch drückten.

Und ob sie drückten. Es waren die harten Sonntagsschuhe von Oscaria in Eslöv. Die Füße brannten wie Feuer. Und plötzlich setzte er sich einfach hin, mochte geschehen was wollte. – Aus dem Rand des Trottoirs wuchs dort aus einem gemusterten Eisengitter ein kleiner junger Baum, die halb ausgesprungenen, aber schon staubsteifen Blätter hingen unbeweglich herunter, gaben aber zumindest ein schwaches Prasseln von sich: wie eine Stimme. – Eine stumme Stimme – aber die Stimme der Stummheit. – Jetzt fühlte er mit solcher Heftigkeit, daß es in seinem Inneren gleichsam brannte: daß ER SIE JETZT FINDEN MUSSTE. – Es kam nur darauf an, eine Spur aufzunehmen. – Und in dem Gefühl, er MÜSSE EINE SPUR AUFNEHMEN, lag bereits eine.

Die kläglichen Bäume zeigten freilich nirgendwohin. Die Hauswände aber waren wie mit warmer schmutziger Haut überzogen. Und jetzt brach schräges Licht durch den Nebel, die Sonne begann unterzugehen, brach und spiegelte sich in den Staubwolken der Straße, so daß sich in dem dichten Menschengewimmel wirbelnde glänzende wunderliche Gestalten zeigten wie andere Wesen, eine Gegen-Welt. Er eilte weiter und eilte weiter: er suchte doch jemanden. Jetzt ging er so leicht, als tanze er auf brennenden Fußsohlen. Der rastlose Menschenstrom war ein warmes Bad, und Elje bewegte sich in ihm leicht, als hätte er sich ausgezogen und sei nackt in einem warmen Wasserstrom oder stände vor einem großen Feuer. Alle Häuser loderten und schimmerten jetzt. Die Sonne ging in Nebel und Staub unter. Unten, zwischen den Hauswänden, stand still wie ein Körper warme schwüle Dämmerung. Die Stadt bestand jetzt nur noch aus Körpern: Münder wie Spalten. – Und ein Geruch bewegte sich in der Masse wie eine Spur. Meist begraben, unsichtbar. Wohin? Sie verlief hier unten im Verborgenen, Vergessenen. Darüber verlassene Gesichter, sie schwebten dort oben, blaß einsam verschlossen wie Eier. Hier unten wurden die Finger feucht. Dazwischen Wärme. Die Dämmerung roch. Heißer weicher Staub. In der Grauheit. Still, stickig. – Doch wo war jetzt die Spur?

Wieder stampfte er schwer vorwärts, als habe er versucht, den Horizont hinter den Äckern von Skurup einzuholen. Hier aber gab es keinen Horizont. Er war, wo er war. Alles war so dicht an ihn herangerückt wie seine eigene verschwitzte Haut unter dem Hemd. Lauter Unverständliches. Nur leer, heiß.

Das schräge, eigenartige Licht. Die Lichtstaubwolken wirbelten. Die Füße waren heiße Klumpen. Aber er konnte sich doch auch nicht einfach aufs Trottoir setzen. (Setzte er sich oder setzte er sich nicht?) – Barmherzig ging jetzt die Hauswand auf der rechten Seite über in einen Gitterzaun, dahinter befand sich eine Anlage mit Bänken. Voller Leute und Kinder. Menschen saßen auf den Bänken und aßen, offenbar vom Land, mit Bündeln und Proviantbeuteln. Hinter der Anlage die Busstation. Kinder spielten und kreischten. Leute kamen und gingen. Dort würde er kein Aufsehen erregen; falls dort die vom Schiff auftauchten, wäre es leicht, zwischen all den Menschen hinter die Büsche zu verschwinden. – Er fand einen freien Platz am äußersten Rand einer Bank und setzte sich. Derjenige, neben den er sich setzte, schien ihn nicht zu bemerken. Niemand bemerkte ihn. Alle waren ziemlich schlecht gekleidet, ländlich, mit Bündeln und Körben. Es schien eine Abfahrtsstation für Busse aufs Land zu sein.

Elje setzte sich und schnürte die Schuhe auf und bewegte die Zehen. Eine unbegreiflich große Erleichterung.

Dann merkte er, daß er sehr hungrig war. Er hatte einige Zuckerstücke in der Tasche, die er schon in Landskrona eingesteckt hatte – in der Hafenkneipe, als ihm die Kellnerin den Rücken zuwandte. Jetzt nahm er zwei und steckte sie in den Mund, die anderen hob er für später auf. Als er nun dort saß und die Füße kühlte und am Zucker sog, war er recht zufrieden und begann, ziemlich viel Mut zu schöpfen.

Und jetzt fühlte er, wie ihn etwas Weiches berührte. So sanft, so weich und warm, es bewegte sich schwach.

Er hatte nicht gesehen, wer neben ihm saß, er war doch so beschäftigt von dem Gedanken an die, die vielleicht hinter ihm her waren. Nun aber schielte er vorsichtig zur Seite. Bei dem Weichen neben ihm handelte es sich um ein Mädchen. Oder eher, eine Frau, aber recht jung. – Doch er erkannte die graue faltige Baumwollbluse wieder, genau, sehr genau.

Wie eigenartig.

Den Rest aber erkannte er nicht wieder.

Die neben ihm Sitzende trug kein Kopftuch wie die andere. Aber das Haar war ähnlich. Sie trug auch eine andere Art Rock, man sah ihre Beine, auch sie waren anders. Sie war jedoch ebenso grau – weich und grau wie jemand, dem jeder Schutz genommen war. Grau, als brauche sie Hilfe. Roch lau. Es war fast dieselbe. Dieselbe, doch nicht dieselbe. Großartig! Fast dieselbe!

Er saß eine ganze Weile da und dachte nach. In seiner Brust hüpfte das Herz vor Freude.

Dann schloß er die Augen und verschob seine Haltung ein wenig, damit er sie berühre, unmerklich, wie er glaubte. Durch den Anzug spürte sein rechtes Bein ihr linkes – würde sie aufstehen und ihrer Wege gehen? Sie aber mußte nichts bemerkt haben, denn sie rückte nicht ab: sie saß da wie vorher und starrte in den roten Nebel, wo die Strahlen sich auf und ab bewegten und die Baumstämme dunkel dastanden und sich ein Schattengewimmel von Menschen den Bussen näherte. Plötzlich spürte er etwas, er glaubte seinem Gefühl nicht, ein Schauer durchlief ihn vom Kopf bis zu den Füßen, ein Stoß, als solle er völlig entzweigehen – stimmte das wirklich, hatte sie ihn tatsächlich berührt? Ein schwacher Druck, eine Art Gruß? Er starrte nach unten wie eine Schlange. Dort sah er ihre Beine, sie bewegten sich und preßten sich sichtbar der ganzen Länge nach an seine. Er sah es. Auch alle anderen in der Anlage hätten es sehen können, wenn sie gewollt hätten. Was sollte er jetzt tun? Er geriet vor Freude, oder was es nun sein mochte, so außer sich, ein wunderliches, alles mißhandelndes Gefühl, so daß er ganz starr und versteinert dort saß: steif, stumm – stumm, ja, denn es gab doch kein einziges Wort in irgendeiner Sprache, das zwischen ihnen gewechselt werden konnte. – In äußerster Not grub er zwei weitere Zuckerstückchen hervor und bot sie ihr an.

Nein das kann nicht wahr sein – dachte Elje, Elje aus Skurup. Wie in einer Wolke. Alles schwebte. Alles leuchtete. Der Nebel war Licht, nur Licht und Lust.

Und wie in einem Traum sah er, wie die Hand ausgestreckt wurde, sich zwei Zuckerstücke nahm und sie in den warmen fremden Mund steckte. Eine häßliche ungewaschene Hand war das. Ein starres scheues Kindergesicht wandte sich ihm halb zu. Grob und grau. Der Körper hatte sein Alter, er hatte das seine und andere erlebt. Das Gesicht jedoch befand sich noch, arm und einsam, in der Kindheit. – Hilflos saß sie auf den breiten Schenkeln. Ein leises Pfeifen zwischen den schlechten Zähnen, wenn sie am Zucker sog. Sie sog daran, als hätte auch sie an diesem Tag nicht viel gegessen. Sie war schwer und dick, man sah, daß auch sie mit den gleichen schlechten Kartoffeln, dem gleichen schlechten Brei aufgezogen worden war, jener ewig sauren, schweren, nicht-sättigenden Nahrung wie in Skurup. Ja, sie mußte wie er vom Land stammen. – Aber sie sah auch aufgeputzt aus, auf eine Weise, die nicht vom Land rührte: freudlos rote Flecken waren auf die langen, grauen Wangen gemalt. – Ohne zu begreifen, was er schlafend wie im Traum tat, streckte er im verschmutzten Hemd seinen Arm aus (dem drei Tage zuvor weißen Sonntagshemd, aus dem er in den drei Tagen und Nächten auf der MS »Althea« nicht ein einziges Mal herausgekommen war) und legte ihn langsam und geradezu feierlich um ihre Taille (denn es war ja ein feierlicher, ein sogar unaussprechlicher Augenblick). Sie war so warm, daß er fühlte, wie das Leben in ihm geradezu schmolz, wie alles weich wurde, alles zitterte, alles wunderlich warm wurde, Nebel stieg ihm wie warmes Blut in die Augen. – Die schmutzige, runde, auf dem Rock liegende Hand öffnete sich ein wenig. Innen war sie feucht und schatten-faltig, rosa. Er näherte sich mit seiner anderen, der noch freien Hand. Sie zitterte. Vor allem der Zeigefinger zitterte. Jetzt kam ein Augenblick Warten, in dem alles zitternd innehielt. Dann legte er den Zeigefinger in ihre Handfläche. Ihre Hand umschloß den Finger. Was jetzt in ihm klopfte, kam von ihr, doch waren ihr Herz und sein Herz im gleichen Takt. Dann streichelte er ihre Wange. Und fuhr mit dem Finger über ihre Lippen. Alles zitterte. Mit dem Finger fuhr er auch über die müden Augenlider. Die Augen waren klare, dunkelfarbene, feste, mit Tümpelwasser gefüllte Kugeln, sie stammte vom Land, aus der Ebene mit den Störchen. Die Augen hatten fast keinerlei Ausdruck. Und die Haut – wie grob schmeichelte sie zwischen den Fingern. Ein kleiner Speichelfaden rann über einen brennend roten Lippenritz. Dann schloß sie die Augen. Überall in ihrem Gesicht begann es zu zucken, aus jeder einzelnen entlegenen Hautfalte begann es sich zu sammeln, es war schwer, es war, als müsse zunächst irgendein schwerer Knoten seine Verschlingungen lösen. Es sammelte sich. Endlich, nachdem die Finger lange über die stillen wüstentrockenen wunden Kinderlippen gewandert waren, setzte die seichte Wärme in den Augenwinkeln, in den Mundwinkeln ein. Ein warmer heller Schatten kam, glitt darüber, verschwand – kam zurück. Kam wirklich zurück. Jetzt leuchtete alles. Sie lächelte wirklich. – Und ebenso plötzlich war alles fort, als sei überhaupt nie etwas dagewesen – aber etwas war doch da? Etwas Grau-Warmes, nicht Verschlossenes?

Hier gab es eine Grube: eine Fallgrube. Ein fader klebriger Geschmack verbreitete sich, so wie aus einer Wunde Blut in der Mundhöhle sickert. Jetzt führte sie ihn an der Hand durch die vertrocknete Anlage mit Hundeexkrementen und schwarzem dichtbedrucktem Zeitungspapier. Ihm war so matt und schwach. Die Hand lag plötzlich kalt und lahm und schwer in der ihren. Ihre Hand aber war warm, wie schmutzig sie auch sein mochte, in ihr lief Blut durch Adern und Mark wie Saft in einem grauen Wald, mit Wärme umschloß sie seine kalten Finger. Man mußte die Augen schließen und Vertrauen haben, sonst käme man wirklich nirgendwohin. Und er strengte sich an, bis ihm kalter Schweiß ausbrach, er wollte sich führen und leiten lassen wie ein fremdes Tier am Koppel.

Plötzlich aber bemerkte er den Geruch wieder.

Plötzlich stand er da, die Fährte leuchtete dicht vor seinen Augen. Sie klaffte weit offen.

Ja, er begriff, daß er ganz nahe war. Nahe, nahe – näher als er je gewesen war. Die Abenddämmerung war eine Haut.

Und er befand sich mit ihr in einem Treppenaufgang, wo es (wie im Sommer) kühler war als draußen auf der Straße, jedenfalls herrschte dort ein seltsamer kalter roher Geruch. Ja, dort im Treppenhaus roch es seltsam – wie Schlachtereiabfälle.

Dann ein unordentliches Zimmer, an der Wand ein ungemachtes Bett, Fenster mit halb heruntergezogener Jalousie, unter ihr sah man hinaus auf Dächer und Häuser und die Meeresfläche, fast unsichtbar, beinah aufgezehrt im Sonnenuntergangslicht – man konnte nicht wissen, wo auf der Welt dieses Zimmer lag –, und mitten in der niedrig schrägen Flut des Sonnenuntergangslichtes stand eine, die nackt war. Daß sie, wie auch er, vom Land stammte, sah man an den derben narbenzerfurchten Kniescheiben, den rauhen dicken Fingerknöcheln. Ja, sie war es. Und die Grube im Wald.

Und hier stand er selbst mitten im Licht, das ihn fast blind machte. Warm aber wie warmes Wasser, wie Eingeweide. Runter mit den Lumpen –

doch jetzt war es, als traue er sich nicht recht.

Wahrscheinlich hatte sie schon andere gesehen.

Er selbst aber war nie gesehen worden. Zum ersten Mal sollte er jetzt erkannt werden.

Darum zögerte er. Er zitterte.

Aber die, die dort stand, war doch nicht mehr als ein warmer Vogel vom Land. Arm wie er selbst. Schutzloser konnte niemand sein. So weich. Darum öffnete er vorsichtig die Hose, um ihr zu zeigen, was er hatte. – Aber im selben Augenblick ergriff ihn eine solche unmäßige Freude, das warme Licht umgab ihn wie ein Strom, der mitreißt, warm wie Blut, und alle Vorsicht wurde zur Seite gefegt, die Hosen fielen auf die Füße, ein Jubel, der durch Mark und Bein ging, endlich war alles klar und nah und unmißverständlich: HIER – DU! schrie Elje aus Skurup in Skåne.

»HIER BIN ICH!«

schrie er, als denke er, er bereite ihr damit tatsächlich eine große Freude.

Jetzt aber sah er, daß mit ihren Augen etwas Seltsames geschah. Sie glichen tatsächlich viel zu sehr denen eines Vogels. Sie waren rund, schwarz-durchsichtig, kalt wie die von Vögeln auf der Jagd, verschlucken fressen verschlingen. Und hier stand er, mit heruntergelassenen Hosen, sein Gesicht strahlte, er, ganz und unversehrt an Körper und Seele und allem, er strahlte und jubelte – und dann traf sein Blick auf ein gänzlich verschlossenes, nicht wiederzuerkennendes Gesicht. Eine eigenartige polnische Stimme gab völlig gelassen in sonderbar artikuliertem, leider aber absolut verständlichem Schwedisch folgendes von sich:

LEG – DAS – GELD – AUF – DEN – TISCH – DASS – ICH'S SEH'.

Und Schritte draußen im Korridor. Sie waren nicht allein. Einer führte Aufsicht.

Und wie sie aussah. Nicht wiederzuerkennen. Unkenntlich gemacht. Nur die Knie und die schmutzigen Füße waren noch übrig vom Land. All das andere: nicht wiederzuerkennen – unkenntlich gemacht. Sie war durch die Stadtmaschine gegangen, und dies war übriggeblieben. Ja, er hatte die Situation wirklich mißverstanden.

Doch er näherte sich ihr trotzdem mit einem fast wohlwollenden nachsichtigen Lächeln auf dem Gesicht – um sich zu erklären, Geld hätte er ja keins, doch war das in diesem Zusammenhang nicht nebensächlich?

Warum schrie sie jetzt und wich zurück zur Wand?

Er wurde böse. Er wurde mehr als böse. Etwas Blindes stieg auf. – Sie schrie und schrie, wozu war das gut? – schrie wie eine Maus, die an der Wand zerquetscht werden soll –, aber gerade in diesem Augenblick packte ihn eine fremde Hand an den Haaren, an den Haaren wurde er aus dem Blinden Warmen Erblindenden Blendenden gezerrt, oh, ein wenig Blut, ja, nur ein klein wenig, und ein klaffendes Gesicht. Die Fährte. Das Blut. Es klaffte weit offen. Und lange hing der Schrei allein und isoliert von allem, was er eigentlich hörte, er hing dort allein und zitterte zwischen den Wänden. Er war sehr böse auf dieses Gesicht, ja, er hatte wirklich etwas dagegen. Das war sie, aber nicht *sie*. Es stand *dazwischen*, konnte nicht hindurchdringen, jedenfalls nicht richtig. Am schlimmsten war aber das Gefühl, es sei doch ihres – und daß sie eingewilligt hatte, zu so einer gemacht zu werden! Nicht wiederzuerkennen – unkenntlich. In diesem Gesicht klaffte der Wille des Feindes. Und er würde es ihr zeigen! Und er würde es ihr zeigen! Er zappelte und wehrte sich unter rachlüsternem Winseln und Schreien gegen den, der ihn festhielt. Biß er womöglich auch in diese Hand? Man kann sich doch ja nicht alles gefallen lassen! – Nun jedoch war unleugbar er derjenige, dem es heimgezahlt wurde. Die Hand schüttelte ihn hin und her – eine zweite Hand kam hinzu und flog in gleichmäßigen Abständen direkt auf ihn nieder, brach in Nase und Mund ein. Er wurde geschüttelt, geschüttelt. Aber Münzen fielen nicht heraus – er besaß keine, an so etwas wie Geld hatte er noch nie gedacht. – Das schlimmste jedoch war, daß er plötzlich entdeckte, wie peinlich unbekleidet er war. Er suchte immer wieder nach einer Gelegenheit, mit den Beinen in die Hosen zu fahren – unaufhörlich aber waren da fremde Leute und schüttelten ihn und schrien. Und auch in der Tür standen Leute und *sahen*. Und er konnte das, was einfach stand und stand, nicht verstecken. Das flatternde Hemd wollte nichts verbergen. Derb und schwer wie ein Baum wuchs es aus ihm heraus. Und je mehr sie sahen, um so stärker wuchs es. Er konnte diesen aufbrechenden, lästigen Baum nicht beherrschen. Und Leute standen da und sahen und sahen. Ja, er hatte das Gefühl, daß jede Runzel der Haut und ihr Zucken von hundert oder tausend Augen beobachtet und überwacht wurde. Obwohl eigentlich: nur von einem Augenpaar. Dem einzigen Paar. *Den Augen*. Die Augen waren da.

Die Schläge aber hagelten herab von einer Mauer unzähliger Hände.

Und er stand da wie ein Schaf und schluchzte und hickste, während sie ihn schlugen. Nackt, lächerlich und so einsam. Wo er doch gerade geglaubt hatte, nun könne sie nichts mehr trennen. Durch das Nasenblut, das um den verwirrten Mund lief (unmöglich, das Zucken der Lippen zu bändigen), versuchte er ihren Blick zu finden. Wenn er ihn nur hätte fangen können. – Doch sie schaute hartnäckig in eine andere Richtung. Unmöglich, auch nur ihr Gesicht zu erkennen. – Sie war wirklich nicht so, wie er geglaubt hatte. – Fast blind und taub vor Schmerz (aber der Baum wuchs weiter, ein schieres Wunder, daß nicht auch Zweige und spielende Blätter aus ihm brachen), gelang es ihm zumindest plötzlich in die Hosen zu kommen und sich mit einem geduckten Ruck von den vielen Händen loszureißen.

Und das war höchste Zeit. Denn er hörte jetzt von überall Sirenen heulen.

Sie näherten sich. Näherten sich aus vielen Richtungen. Es hörte sich an, als sei das gesamte Polizeihauptquartier unterwegs.

Und wieder kam er zurück zu sich selbst (mit einem betäubenden Knall mußte der Baum – reiten-reiten-reiten: durchgehen – versucht haben, ihn abzuwerfen, er war zu stark, er reichte ihm über den Kopf, er zerrte an allen Vertäuungen und wollte mit ihm wegfliegen, doch das durfte der Baum nicht, er war gefesselt, er sollte unter die Erde) – und fand sich am Fuß einer Treppe wieder. Er glaubte, er sei tot. Oben verschwand das Treppenhaus in der Dunkelheit, erst im zweiten Stock leuchtete eine Glühlampe. Genau unter der Glühbirne lehnte sich ein Mann über das Geländer und spähte hinab, doch in dieser Beleuchtung konnte man keine Züge seines Gesichts erkennen, nur einen undeutlichen fürchterlichen Ausdruck.

Ström Elje kauerte wie ein Hund auf allen vieren. Er schwankte unmerklich hin und her. Das andauernde Sirenengeheul mußte sich in seinem Kopf befinden – denn hier draußen entfernten sich die Sirenen in Richtung auf ein anderes Arrestierungsziel. Im Treppenhaus war es so still, als sei derjenige, der hier auf allen vieren hockte, tatsächlich gestorben. – Der Mann oben unter der Glühlampe zuckte mit keiner Miene. – Der Baum grub sich ein. Er übte Zwang aus. Das kannte er, seit er sich erinnern konnte.

Doch es war mehr als Zwang. Zwang ist unbestimmt, eine sich senkende Wolke aus Blindheit. Dies hier war anders, es war ein Wille. Der Wille von *irgend jemandem*. Dieser fremde Wille wollte bestimmte Dinge von ihm. Er wollte die Macht. Nun besitzt er sie fast.

Der fremde Wille von *irgend jemandem* treibt ihn mit schwindelerregender Geschwindigkeit durch die dunkel werdenden Straßen – über den Dächern jetzt nur Lichtrand –, treibt ihn durch dieses fremde unsaubere warme Menschenmeer, ohne daß er gegen einen einzigen unter all diesen Leuten stößt. Als sei er inmitten der Schreie und Rufe der Verkäufer, inmitten des Atems und der lebendigen Körper völlig allein. Völlig allein mit seinem Feind.

Denn jetzt ist der Feind in ihn selbst gekrochen. In gewisser Beziehung ist er selbst der Feind geworden. Immer weiter entfernt sich die Welt, verschwindet, viel kann es nicht nutzen, wenn man um Hilfe ruft. Derjenige, der Ström Elje heißt, wird immer leerer – ist Ström Elje tot? Die Füße, die die Beine lenken, und die Beine, die für den Körper gehen, sind taub. Alles ist halb. Der Mund halb. Beine und Arme bewegen sich von selbst. Die Beine sind dünne, klappernde Röhren. Die leeren Hälften: der offenbar Fremde gegenüber dem blind Überschatteten. Zueinander. Heben sich ineinander, auseinander – zwei, die sich losreißen wollen aus demselben Körper. Die beiden stehen in einem so engen Verhältnis zueinander wie sonst niemand auf der Welt: dort im Inneren herrscht Krieg zwischen zwei sehr bedeutenden Mächten.

(die riesigen Heere ziehen auf. In schwarz schillernden Wellen breiten sie sich über die Ebene aus. Die Wolken mächtige dunkle Ritter, an den Schilfrändern Schmutz kaltes Fett aus den Kanälen leblose Fäulnis, Krieger in starren Helmen treffen totklirrend im schmutzigen schwarzen Morast aufeinander, das bleiche tote Schilf krümmt sich raschelnd, die Ritter haben kein Blut mehr, das steife Fleisch näßt nicht, ist nur tote Masse, etwas Pulsierendes von außen, nicht Wind, sondern als bewege die Atmosphäre sich stoßweise, zögen sich Krämpfe zusammen und ließen nach, weiter geht dann der Kampf an den seichten blanken Seen mit einer neuen Waffenart, Ritter werden ausgelöscht mit Helmen, Wäldern von Lanzen wie Schatten, gepanzerte Insektenkörper winden sich in Krämpfen, nachdem sie ihre todbringende Flüssigkeit abgesondert haben)

Je mehr die Nacht vergeht, desto deutlicher tritt dieser fremde Wille hervor.

Die Nacht geht langsam. Aber sie vergeht. Hausschluchten, Hofschluchten, Mülltonnen. Der Wille des anderen. Die Macht des Feindes.

Und wonach strebt der Wille des Feindes?

Er will seinen eigenen Tod und den Tod aller.

Diesen Feind trägt er jetzt in sich wie eine weitere Person. Er hat ein Gesicht, sein gewöhnliches. Und dann das andere. Was wird nun geschehen?

Der Körper geht wie eine Maschine. Die Beine schlenkern. Die Arme bewegen sich wie die eines Soldaten. – Plötzlich läuft die Maschine nach einer Straßenecke gegen eine Wand. Und hält an. Alles hält an.

Sanftmütig steigt die graue stille ärmliche Abenddämmerung über die Dächer. In der Stille zwischen den Hausmauern hört er jemanden schluchzen. Er begreift, das ist jener fremde Körper. Zitternd wie ein bestrafter Hund steht er mit dem Kopf an der Mauer. Er zuckt und weint. Welch ein Empfang! Nach allem, was er erhoffte!

»DAAS GEEELD!«

»uuuuhuuu – uuuuhuu« – weint der Körper »- ich hab geglaubt es is umsonst«

Der Wille des Feindes hatte sie besessen. Sie stammte nicht mehr vom Land, das war lange her. Nicht das kleine graue Warme. Nur das Kauernde Fressende Verschlingende Tötende im Vogel.

Sonderbar, daß er sich jetzt überhaupt nicht erinnerte, wie sie aussah. Im selben Augenblick, als die fremde Hand dazwischentrat und es klar war, daß er dort, auf der anderen Seite des Lichts, bleiben würde, außer Reichweite, hatte er sie aus dem Blick verloren. Eine fremde Nackte nur, in einer groben Stellung. Und das Sonnenuntergangslicht strömte über den aufgerissenen Körper.

An anderes aber erinnerte er sich deutlich. Teile. Warmes. Feines Haar. Atem warm. Die Hand.

Ja, der Hauptfehler muß gewesen sein, daß das Wetter so feucht war, so warmfeucht. Nur die Wärme, das wäre nicht so gefährlich gewesen. Das Feuchte aber treibt die Gedanken in eine ganz besondere Richtung.

Und so war er jedenfalls genötigt, es wieder selbst zu machen. Vor Verlassenheit jammernd und den Kopf in einer Ecke verborgen – er wollte sich selbst nicht sehen, er wollte sich selbst nicht begegnen. Der Vater aber hatte recht gehabt: hatte recht gehabt: unrein, unrein ist der Mensch, Übel begleitet jede Annäherung, jeder Mensch ist eine Bedrohung für den andern. Ja, der Vater hatte recht gehabt: böse ist das Geschlecht und seine Annäherungsversuche. – Und er mühte sich ab und schuftete in seiner Ecke, ab und zu schrie er laut vor Verzweiflung. – Ja, hätte man auf der Welt leben können, ohne zu Annäherungsversuchen genötigt zu sein. Ja, der Vater hatte recht gehabt. Keiner war frei. Keiner konnte ausbrechen.

Eine Grube in seiner Erinnerung war zumindest die Laubmulde oben im Wald. Das war das einzige. An SIE aber konnte er sich überhaupt nicht mehr erinnern.

Nein, es gab keinen Ausweg. Der Vater hatte recht gehabt. Der Apparat überwachte und bestimmte. Weiß tot unnatürlich hatte das Gesicht des Feindes seinen Platz in seinem Inneren. Er war jetzt zwei, vielleicht war er es schon lange? Das Gesicht aber war der Stärkere. Das Gesicht des Feindes befehligte die Welt. Und darum unterstand die Welt der Herrschaft des Todes. Der starke Wille des Todes arbeitete dort unter seiner eigenen Haut. Er war jetzt ein Sendbote.

Und er ging durch die von Stille geschlagene Stadt, Viertel um Viertel, dunkle Mietskasernen, Fabriken, Werkstätten, die große, schlafende Lebensfresser-Maschine. Allmählich wurden die Häuser spärlicher, niedriger, Schuppen aus Kisten, aus Ölfässern: Abfallhügel mit Mörtel, Rohren, regendurchnäßten, verfaulten Bandagen, in ihrer Grauheit führten sie gleichsam ein Eigenleben. In der feuchten Abenddämmerung setzte eine ebene Landschaft aus alten Dränagegräben ein, ein paar angefangene Straßen mit schon rissigen, feuchtfleckigen Betonhauswürfeln führten irgendwohin, Röhricht stand hie und da zwischen immer spärlicheren Schuppen, Lagern und Ladeplätzen, ein Eisenbahngleis führte schwach glänzend zum Horizont. Hier mündeten Kanalisationsrohre in lau stinkenden Morast: im stummen Grau hörte man nur das Geräusch der Schlammblasen, die aufstiegen und zum Himmel platzten. Das war das Todes-Land.

Jetzt steigt plötzlich im stummen Grau ein Möwenschwarm auf, kreischend: eine Sturzsee aus Flügeln und Flügelspiegeln.

Jetzt plötzlich wird etwas im Toten entzündet: ein Feuerfunken.

Noch einer.

Jetzt brennt es dort drüben am Horizont. Das Schilf brennt. Die Seen brennen. Der Himmel brennt.

Plötzlich lodern Himmel und Erde. Unfrei. Die Maschine will ihn zur rechten Hand des Todes machen. Selbst zum Töter will die Maschine ihn bringen.

Das Feuer über den Sumpfseen. Es lodert und lodert. Tief im Wasser liegen Spiegel. Die Seen reflektieren das Feuer in den noch dunklen Himmel. So daß Wasser Erde Himmel, alles zu Feuer wird, das eine nicht zu unterscheiden vom anderen, alles ist Feuer der Tod, der immer ist

der Zerstörer das Feuer flackert still wie Wasserglitzern, klares bewegliches Wellenflackern Lichtflackern, das tiefe Durchsichtige brennt bis auf den Grund, hätte es Grund gegeben, stillstehend transportiert die Strömung Feuer, und alles ist aufgelöst im sich Bewegenden Glimmenden Brennenden Klaren, erst jetzt hat die Welt tatsächlich keinen Grund mehr, alles ist in allem, ohne Grund – alles ist in allem: das Feuer steht still flackernd fließend der Fluß, in den man nicht zweimal steigt

Er geht und geht. Es brennt weit entfernt. Weit entfernt, noch am Horizont – doch je schneller er geht (als werde er gezogen angesogen; doch obwohl er dem Bahndamm folgt, dem einzig Festen in diesem weichen Morast-Schilf-Land, ist das Vorwärtskommen schwer und mühsam), je weiter hinein tritt er in das Brennende – ja, alles brennt

ja es brennt die ganze Welt steht in Flammen alles ist lodernde steigende Flamme – alles, was ist, ist künftige Zerstörung, aufsteigendes zerteilendes Feuer, allgemeine und besondere Zerstörung

Wann genau er in den Dienst des Kaisers getreten war, wußte Elje nicht genau. Aber als er aufwachte, lag er an einem Fluß, tief im Schilf – an einem ausgedehnten Wasserlauf mit flachen Sandbänken, der still spiegelnd durch ein sonnenbeleuchtetes Land führte –, in weiter Ferne liefen Erde (die nur aus weiten, schwankenden Schilffeldern zu bestehen schien) und Himmel in zitterndem Lichtflimmern zusammen. War er im Paradies? Hatte alles innegehalten, war geworden zu dem, *was ist*? – hatte das Mahlen, das Kauen, das unaufhörliche Verwandeln des Schmerzes aufgehört? War er durch das Feuer hindurch (wo die furchtbaren Augen des Vaters rannen wie Leim) und *jenseits*? – Etwas aber stimmte nicht. Es schien, als vibriere alles unmerklich, aber doch deutlich. Als – ja, als gebe es einen *Motor* in allem, durch alles. Eine Maschine, ja.

Ja, die *Maschine* war da.

Jetzt entdeckte er auf der anderen Seite des Wassers Teile von Fabrikgebäuden, von einer hohen Eisenbahnbrücke. Ein grauer Klumpen von Menschen mit unbeschreiblichen Gesichtern ging neben den Gleisen, über sie hinweg. Da zog er es vor, statt dessen in das Schilf zu sehen. Es war weich und frühlingshaft grün. Und spiegelndes Wasser schimmerte durch die Schattenränder. – Er dachte an sie. Wie sie beim ersten Mal gewesen war. Wie er sie gesucht hatte. Keinen Menschen auf der Welt hatte er so liebgehabt wie diesen. Und nichts. – Und er wollte weinen. Wenn er doch nur hätte weinen können.

Die Quelle der Tränen aber blieb gefesselt. Jetzt war er beim Kaiser, jetzt war alles anders – jetzt war es zu spät.

So wurde in dieser östlichen Stadt, während einer kurzen Zeit im April und Mai '39, zerfallender Zement und verfaulendes Barock – defektes Straßenpflaster, urinstinkende Treppenhäuser, Straßen, Seitenstraßen, Steige zwischen Brandmauern und hinter Plankenzäunen, Durchschlupfe, eher Tiertunnel als Menschenfährten, gebahnt durch undurchdringlich verheddertes Weidengestrüpp und mannshohes Schilf – beschritten von einem, der in ruckartig vorüberjagendem Tempo auftauchte und wieder verschwand, nach Mülltonnen suchte, um Eßbares zu finden. Hier hielt er sich für unbeobachtet. Aber nach nur wenigen Tagen war er ungemein bekannt: die Personenbeschreibung eines jungen Mannes, klein bis mittelgroß mit grauem grobem Gesicht, das graublonde Haar verfilzt zu einem Schlammbausch von der Farbe alten Brots: einem, der keinen Begriff von Zeit hatte, der nicht wußte, ob er schon seit Jahren durch diese Straßen ging – während dieser ganzen Zeit konnte er nicht sprechen (später veränderte sich das in sein Gegenteil), nur das eine oder andere Wort mit langen stöhnenden Pausen, es fiel, wie es fiel, stoßartig zufällig hinaus ins Fremde, eine sudelige Zunge betastete die ungebundenen, ihr entgleitenden Worte. Er richtete sie vorzugsweise an sich selbst. Nachtschwärmer aber konnten schließlich leicht konstatieren, daß er sich in einer nordischen, nicht-polnischen

Sprache an sie wandte, und auch der Polizei blieb dies nicht fremd.

Nein, er war jetzt beim Kaiser, SIE hatte er nicht zu erreichen vermocht. Keinen Menschen hatte er so liebgehabt wie sie. Doch ein anderer Plan war jetzt in die Tat umgesetzt worden. Und nahm bereits seinen Gang, keiner konnte ihn stoppen.

Ein ganz anderer. Tag für Tag ging die Sonne auf und die Sonne unter, als tobten Brände, ja Brände. Zerstören, und doch, als sei nichts, hätte niemand ein Feuer entfacht. Sie zerfiel immer mehr. Das Gesicht teilte sich in Risse. Immer näher rückte die Bedrohung der Maschine. Es lärmte immer lauter, als sei sie in seinem eigenen Kopf und seinem Knochengerüst. Er wurde gemahlen. Er wurde zerteilt. Und sie mit ihm.

Er konnte nicht herausfinden, ob vom Vater oder vom Kaiser, dem Zerteiler, dem Reiniger, *die Maschine in Gang gehalten wurde.*

Und als sich schließlich eines Tages das Schilf über ihm teilte und ein großes uniformgekröntes Gesicht über ihm sichtbar wurde, war er sich nicht sofort im klaren, ob es der gefürchtete, aber herbeigesehnte Bote war. Noch immer (weiter war seine Einsicht nicht gediehen) hing klammerte knurrte biß er sich fest in seinem Schlammloch, seinem warmen Schilfnest. Dieses wirklich unzweckmäßige Verhalten verwandelte, was ursprünglich eine einfache Personenüberprüfung war, in etwas völlig anderes. Und schließlich bemächtigte sich die fremde Polizeigewalt – *die lächelnden Polizisten standen überall herum* – eines heulenden und schaumspeienden Wesens. Wie ein Schatten zwischen den schwarzen Gitternetzen wurde er im Polizeiwagen mit hoher Geschwindigkeit durch Brnsk (so hieß die Stadt nach den Lauten, die er aufgeschnappt hatte) zu dem großen Backsteinhaus transportiert (in Wirklichkeit einem ganzen System aus Häusern), das die größte Maschine der Welt enthält: (in Wirklichkeit) *die ganze große Weltmaschine*. Dort brachte man ihn sofort zum Kaiser. Dieser war an jenem Tage weißgekleidet, weißes Gesicht, weißer Bart. – Und dann befand sich Elje plötzlich ganz allein auf einem weißen Kachelboden in einem weißen Zimmer, ohne Ausgang, mit nur einem kleinen Fenster hoch oben in der linken und einem Abflußloch in der unteren rechten Ecke: er schrie vor Zorn, aber er war ganz allein, niemand hörte ihn, und trotz all seinem Tun lief die Maschine immer schneller, immer mächtiger, im lärmenden Surren hörte er nur stückweise und weit entfernt die Stimme des Kaisers mit dem Befehl: ROTTET DIE UNREINHEIT AUS.

Wenn der Traum blind wird und das Weinen versteinert, wird alles weiß.

Das Todesweiß schlägt alles Leben mit Todes-Dürre.

Im leeren Weiß geht das Blutige auf Jagd.

Und wie entsteht Gleichgültigkeit?

Die Maschine macht die Gleichgültigkeit. Der Mensch wird zermahlen zerschmettert behandelt: der eines Tages herauskommt, ist ein anderer als zu Anfang. Er ist Maschine geworden: alles, was der Mensch tut, ist das Werk der Maschine.

Hier in den verschiedenen Pavillons arbeitete eine Maschine mit bloßliegenden Zahnrädern. Die Todesmaschine-im-Leben war da, um den Willen zu zermahlen und dann aus ihm das Werkzeug des Todes zu gießen.

Die Maschine zermahlt, was man will, und schneidet heraus, was man nicht will. In der Gewalt der Maschine will man, was man nicht will.

Und jetzt bearbeitet sie ihn Tag für Tag, damit er seinen unvernünftigen Widerstand aufgibt. *Weißgekleidete Handlanger* wollen ihn von der Sinnlosigkeit des Widerstands überzeugen – während sie lässig mit der einen Hand Erbrochenes vom Fußboden wegspritzen und manchmal scherzhaft den Schlauch in sein Gesicht richten, so daß er sich tropfnaß und nach Luft schnappend an die Wand drückt. *Weißgekleidete Handlangerengel* berichten ununterbrochen in reinem Schwedisch – der süßlichen klaren nordschwedischen Sprache, in der der Lehrer an der Skuruper Volksschule zu ihm gesprochen hatte (dies jedoch findet einleuchtenderweise im Inneren seines Kopfes statt, die Polen können darin wohl kaum so geschickt sein) –, berichten, daß diese Maschine zu seinem eigenen Besten geschaffen wurde, sie zerstört, aber sie formt, er wird gemahlen gebrochen zermahlen umgeschmolzen, aber *ganz* herauskommen, ein ganzer gereinigter richtiger rechter Mensch, das will der Vater zu seinem eigenen Besten.

Er denkt immer mehr an den Kaiser. Er ist im Dunkeln, erhält Schläge, Wasser und Brot, muß für den Kaiser leiden.

Ein *Schultraum* ist er jetzt. *Der Vater ist der Lehrer.* Früher war der Lehrer der Verhaßte und der Vater die Zuflucht, der schützende Arm. Jetzt aber ist der Vater zum Lehrer geworden (hatte sich dazu gemacht), nur zu *Eljes eigenem Besten.* Vor der Klasse führt er die »Leibesvisitation« durch. Nicht alle sehen gleich aus, bei weitem nicht. Aber als Material selbst haben sie dennoch irgend etwas gemeinsam – daß sie *umgeschmolzen* sind. Nur er ist unrein, Schlacke: nur er leistet Widerstand. Doch er will keinen Widerstand mehr leisten. Er will gern zu Willen sein. Der Vater tut es schließlich nur aus Liebe zu Elje. Widerstand nämlich leistet nicht sein Willen, sondern sein Selbst – weil er an sich unrein ist. Der Vater fährt bekümmert fort. Die Klasse nickt zustimmend: ja, man muß weitergehen. Jetzt berührt der Vater das Heimliche. Jetzt zuckt Elje zusammen und *ergießt sich in einem einzigen Schrei*, es geht weiter und weiter. Er liegt entkleidet auf dem gekachelten Fußboden und ist *ausgegossen*, die Weißgekleideten stehen über ihm und betrachten ihn interessiert.

Elje ist jetzt ausgegossen und zu jeder Zusammenarbeit bereit, und so bleibt er, williges Wachs. Er läßt sich formen – vom Willen, der von innen kommt, und zugleich vom Willen, der ihm in allem von außen entgegentritt, zum Beispiel im Umgang der Weißgekleideten mit ihm, seiner Nahrung und Hygiene. Diese beiden Willen, jener von innen und der von außen, der keineswegs sein eigener ist, decken sich völlig; und er bemüht sich seinerseits, sich zur Deckung zu bringen mit dem, was sie wollen, damit alles zusammen ein Ganzes wird. Und jetzt ißt er alles, was man ihm gibt, und trinkt, was man ihm zu trinken befiehlt; die früher zusammengeschraubten Kiefer klaffen gutgesinnt und gehorsam; er spuckt nicht und übergibt sich nicht; die Zeit des Widerstands ist zu Ende. – Und jetzt sehnt er sich auch nach Hause. Er merkt, daß der Vater recht gehabt hat – recht mit allem. Daß er unrecht gehandelt hat gegen den Vater, der sein Bestes wollte. – Ja, er sehnt sich jetzt nach Hause. Obwohl er weiß, daß dieses Zuhause (durch die Wand kann er die Vibration eines fernen, aber riesig großen Murmelns spüren, wie von Krieg und Kampf aller Welt, einstürzende Gebäude, Tiere in Todesangst, es hört sich wirklich an wie der Untergang der Welt, ja wirklich) die richtige und verdiente Strafe, zugleich aber ein unverdientes, reinigendes Feuer war. – Kurzum: obwohl er sein Heimweh den Weißgekleideten nicht in Worten vermitteln kann, muß sein exemplarisches Verhalten gezeigt haben, was er meinte. Denn eines Tages wurde das Zimmer geöffnet. Und er wurde hinaus- und mehreren verschiedenen Weißgekleideten vorgeführt, obgleich keiner von ihnen der richtige Kaiser war. Dann durfte er seine richtigen Kleider anziehen. Wieder wurde er mit einem Polizeiauto durch die Stadt transportiert. Dann durfte er Zug fahren, in einem Abteil des Gepäckwagens, das an ein Postabteil erinnerte, zusammen mit einem sehr gleichgültigen Uniformierten, der auf Streichhölzern kaute und Wurst aß. In jener Nacht schlief er im Arrest (was aber kümmerte ihn das? der Kaiser leitete ihn Schritt um Schritt zu seinen Zielen); am Morgen wurde er zu einem Verhör geholt: — dieser Hafen — dieser Hafen —: nein, er hatte sie NICHT gewürgt, dabei blieb er hartnäckig. Im übrigen erkannte er dieses stieräugige unsichere Wesen überhaupt nicht wieder, das aussagen sollte, er sei er. Auch fing sie an zu weinen und brachte überhaupt nichts heraus. (Der grau gekleidete Anzugmann des Konsulats trug lediglich zur Sprachverwirrung bei.) Schließlich wurde Ström Elje freigelassen, und alles war vorüber, nichts war geschehen – nein, es war wirklich, als sei nichts gewesen –, der Konsulatsbeamte indessen geleitete ihn zum Hafen, auf einem Schiff mit schwedischer Flagge war der Steuermann nach vielem Hin- und Hergerede schließlich widerstrebend bereit, auf Kosten des Konsulats diesen Achtersegler (diese Bezeichnung nämlich, ein von seinem Schiff Zurückgelassener, erhielt Eljes Abenteuer in Polen zu guter Letzt) mit zurück nach Landskrona zu nehmen. So stieg Elje an Bord, ohne Gepäck, bloß in Hemd und Hose, wie er angefangen hatte – der Steuermann starrte ihn an: was ZUM TEUFEL bist denn du für einer? – Gegen neun Uhr abends verließ MS »Brita« aus Göteborg den Hafen von Gdingen. Es war eine helle Juninacht, der 5. Juni '39, bald würde die ganze Welt im Krieg liegen; das letzte der Lichter der polnischen Küste war ein Leuchtfeuer, das beunruhigend langsam blinkte und zu guter Letzt in den dunklen Hebungen ertrank. Und alles war, als sei nichts gewesen.

Gegen Morgen aber sah er, daß sich dennoch alles verändert hatte. Eine neue Welt ohne irgend etwas dahinter. Das Schiff fuhr genau geradeaus über eine leere, nur schwach sich wogende Fläche ohne Farbe – der Streifen, den es aufschnitt, floß schnell wieder zusammen, vom Wasser zugeschwollen wie eine Narbe. Wasserhaut glitt immer wieder über die Spur, die spurlos verschwand, wie aufgefressen. Ohne Erinnerung. Und glatt wie ein Nichts lag der Himmel darüber. So sah er also als erstes, nachdem all das mit Polen endgültig hinter ihm versunken war, daß Fährten getilgt werden konnten. Es gab Wasser ohne Farbe (ohne Erinnerung, ohne Stimme), desgleichen Himmel, das eine (der Himmel) war eine dichtere Farblosigkeit als das andere (das Wasser) – aber beides hätte ebensogut vertauscht werden können, wer mochte hier bestimmen, was oben und was unten war, was Luft oder Wasser? – Hätte er doch weinen können. – Gibt es überhaupt keine Spur und keine Erinnerung, kann man überhaupt nicht bestimmen, was eine Farbe ist und was ihr Gegenteil? Kann man von der Anwesenheit oder der Abwesenheit einer Person (davon, ob sich überhaupt jemand an sie erinnern will) – abhängig machen, daß sie existiert? – Wenn alle Spuren ausgelöscht sind. Weder Deck noch Reling oder Kajüte geben einen Anhaltspunkt (der Schipper und noch einer machen sich in der Kajüte zu schaffen, durch die Scheibe erinnern sie an Schaufensterpuppen). Alles ist nichts. Wie soll man von dunkel sprechen oder von hell? Bestimmen, was dunkel ist und was hell?

Jetzt genau vor Sonnenuntergang waren Himmel und Meer und Schoner Blei, und das Schiff fiel wie ein kleines Bleigewicht schräg über die glatte Scheibe. Wasser und Himmel, das eine war eine Farblosigkeit wie das andere; wer bestimmte hier, was Farbe war und was Nicht-Farbe?

So setzte Ström Elje nach genau zwei Monaten Abwesenheit den rechten und den linken Fuß wieder auf dem Kai in Landskrona an Land, dieselben, mit denen er das Land verlassen hatte: konnte man aber im übrigen noch sagen, er sei derselbe?

Bei Sonnenuntergang kam Elje nach Hause: durch das Junigrün (die Durchsichtigkeit dieser Grünschleier) sah man flüchtige Feuerflecken. Der Vater saß allein in der Küche. Die Haushälterin war nicht da. Alles war wie früher – richtig wie früher. Die Küche vielleicht ein wenig dunkler, nicht schmutziger, aber abgenutzter, die Farbe blätterte ab. Der Vater um die Augen etwas eingesunkener. Die Augen standen gleichsam vor und sahen für sich selbst, mehr als Elje es vorher an ihnen bemerkt hatte. Was die Haushälterin angeht, die war fort, obendrein mit dem Sparbuch. Mit einer gefälschten Vollmacht hatte sie auf der Bank in Eslöv alles abgehoben – danach war sie wie vom Erdboden verschluckt, die Polizei hatte, wie schon einmal in seinem Leben, Ström Albin erinnerte sich, nicht die geringste Spur. – Wie gut war es zu Hause beim Vater.

Hier tat Elje etwas außerordentlich Übertriebenes und auch Falsches, auch wenn er es gut meinte: er fiel auf die Knie – doch noch ehe die Lippen auch nur die Bitte um Verzeihung hatten formen können, bemerkten die Knie, daß der übliche Küchenboden (der genauso war wie vorher) solche falschen und außer-wirklichen Kniefälle sozusagen gar nicht entgegennehmen wollte. Elje erhob sich hastig stolpernd. – Aber wie die Augen des Vaters starrten. Hell. Brennend.

Wie sollte er jetzt ausdrücken können, daß er voll und ganz guter Wille geworden war, ein gehorsames Kind, und nur das wollte, was dem Vater gefiel? – Dennoch gab es einen sonderbaren Abgrund zwischen demjenigen, der er jetzt war, und dem Vater der dort in seinem Arbeitshemd saß und ihn anstarrte, als sei der da vor seinen Augen keineswegs er. – Schweigend setzte Elje sich an den Tisch und starrte zurück. So begann ihr neues Leben. Und es war wirklich völlig neu.

Folgt dann der zweite in der Reihe der beiden allzu schönen goldgelb-schönen Sommer.

Als die Pläne reiften.

Einen so schönen Sommer hatte man seit Menschengedenken nicht erlebt, sogar '38, der vorhergehende, verblaßte; mehr Sommer konnte nichts sein; so als habe man den letzten Sommer erreicht, den ewigen Sommer – mehr konnte nichts werden. Tag für Tag nahm die Sonne ihren Lauf über reifende Goldfelder, blau der Himmel, grün der Buchenwald. Am Himmel strömte das heiße gesegnete Licht. Friedliche Staubwolken stiegen von den Wegen auf. Die Walderdbeeren reiften am Grabenrand, dann kamen voll Süße die Brombeeren.

Bei allem versuchte er an den Kampf des Vaters gegen die UNREINHEIT zu denken. Er sah ein, daß dies der Lebenskampf des Vaters gewesen war. Er versuchte alle anderen Gedanken als diesen aus seinem Sinn zu löschen. Er liebte den Vater so sehr. Daß er das früher nicht begriffen hatte! Der Vater, der immer nur sein Bestes gewollt hatte!

Es gab so viel Gold und Licht, es schwirrte.

Am Kadaver sammeln sich die Raubvögel.

Wie hinter einer Membran bewegten sich durch die reglose goldene klare Hitze sonderbare Haut-Gestalten, Schattenfiguren inmitten der Sonne.

Es war fast zu schön.

In diesem Sommer aber fiel in der Nacht kein Regen. Je weiter er fortschritt, desto verläßlicher konnte man erkennen, daß sein Innerstes die Hitze war – all das Gold-Schöne mühte sich, damit Gras vertrocknen, Blüten vernichtet, Laub welk werden und vorzeitig abfallen sollte. Tränen versiegen, Erde vertrocknet zu Stein. Es wurde außerdem immer heißer – nicht daß die Temperatur an sich gestiegen wäre, sondern die Feuchtigkeit verschwand, das Leben verdunstete, starr verdorrter Horizont blieb zurück und reifte in der Glut. Man ging auf dürstenden Wegen, das Netz der Dürrerisse im Grauvertrockneten sah bisweilen aus, als führte es hinab in die Eingeweide der Erde: man ging in Staub und noch einmal Staub, wie in einer Maskerade waren die Kleider mit Staub vermummt. Und hatte man lange genug in die Sonne gestarrt – denn Elje starrte in die Sonne, er fragte sie nach etwas –, konnte es sein, als ob alles plötzlich grau wurde, der Kern des heißen Lichts war grau:

das war der Feind, der sich sammelte.

Sie stammte aus einer Ebene. So weit man sah, grauer gesprungener Lehm bis zum Himmel, die leere harte Ebene.

Obwohl sie eigentlich aus einem Wald stammte. Dem schwarzen Wald hinter Przemsza-Pilica. Sie war die Jüngste von vielen Geschwistern: die Eltern hatten über ihre Kräfte geschuftet, um das Ganze in Gang zu halten und Nahrung für sie alle zusammenzukriegen. Als die Jüngste aber fünf Jahre alt war, schien es, als sei alles zu Ende, es ging einfach nicht mehr, sie hatten einfach nichts, womit sie diesen Mund stopfen konnten, und gaben sie hinunter ins Dorf zum Viehhüten.

Zuerst ging sie mit den Gänsen, etwas, was Kinder machen können. Dann mit den Schafen. – Als sie aber größer wurde, mit den Schweinen: dazu nahm man im allgemeinen keine Mädchen, nachdem man sie aber für einigermaßen anstellig hielt und sie obendrein kräftig schien, war man der Ansicht, sie könne es schaffen. Damit sie überleben und weiter die Schweine hüten konnte, bekam sie Kleider und ausreichend Nahrung. – Anfangs war sie so klein. Sie weinte viel. Später konnte sie nicht mehr weinen. – Sommer wie Winter ging sie bis zu den wunden Knöcheln im Lehm. Klebrige Lumpen bedeckten den Körper nur halb. Aus einer Maske von Schmutz leuchteten die Augen, leuchteten im Gesicht. Sie ähnelte nicht unbedingt einem Menschen.

Die Eltern sah sie fast nie mehr. Einmal im Jahr kam die Mutter ins Dorf hinunter, um sie zu besuchen. Doch lohnte sich die Mühe? Schon als sie das erste Mal kam, hatte sich die Kleine – da war sie erst sechs Jahre alt – völlig verändert, sie war ein völlig unbekanntes Kind: sie kam nicht, als die Herrschaft sie rief, auch nicht, als sie jemanden schickten, um ihr zu sagen, wer gekommen sei, weder unter Androhung von Prügeln noch durch Locken mit Zucker kam sie, und als der Bote sie hochheben und zur Mutter tragen wollte, kratzte und biß sie. Also mußte die Mutter selbst zu ihr auf die Weide gehen. Die kleine Wächterin stand aber nur stumm und starr da in dem alten Flickenkleid, das der Arbeitgeber ihr übergezogen hatte – die Mutter hatte es noch nie gesehen, es war nicht das Kleid, das das Kind getragen hatte, als sie mit ihr in die Ebene hinuntergestiegen war und sie fortgegeben hatte an den, der sie gegen Arbeit verköstigen wollte.

Das Kleid, das sie getragen hatte, als sie gekommen war, hatte die Herrschaft ihr fortgenommen, es sollte für Festlichkeiten aufgehoben werden, hieß es. Das, was die Mutter jetzt an ihr erblickte, sah aus wie eine Gefangenenkluft – man sah die bloße Haut. So stand sie jetzt dort vor der Mutter, die plötzlich kniete und sie mit den Händen wärmen, jedenfalls umarmen wollte, um so nah wie möglich an den Kinderkörper heranzukommen, der unnachgiebig hart mit einem Widerstand gegen alles, was sein mochte, gleichsam alles von sich stieß. Über die Wangen der Mutter flossen Tränen und Tränen. Sie hätte sich hineinweinen können in die Eingeweide der Erde. Und doch würde es nie enden. Was aber nutzen auf der Welt Tränen? – Und die Hände konnten nicht wärmen – auch schien das

Mädchen überhaupt nicht zu bemerken, daß die Mutter sie umarmte, sie stand nur da in diesen Arbeitslumpen, die man ihr angezogen hatte, die kleinen Hände fest verkrampft. Sie antwortete der Mutter überhaupt nicht und sah sie nicht an. Der Blick leuchtete undeutbar, er ließ sich nicht fangen. Es war ein völlig fremdes Wesen, das jetzt hier stand, die Mutter sah unvermittelt ein, daß sie niemals erfahren werde, wer diese Neue eigentlich war. – Plötzlich fiel ihr auf, daß das Mädchen sie zumindest ansah. Sie stand da und sah mit einem kleinen harten fremden alten Lächeln hinab auf sie, wie sie kniete: das Lächeln einer wunderlichen alten Frau. Die Mutter versuchte später, sich nicht mehr an dieses Lächeln zu erinnern.

Diese Neue besaß keine Sprache. Laute nur – die Lippen bewegten sich und wurden befeuchtet und formten um die Dinge Laute, die aber nur weit außerhalb ihrer selbst ankamen. Außer Reichweite – draußen im Seltsamen. Dort lagen sie und trieben – aber so weit fort, sie konnte sie nicht mehr erreichen. In ihr selbst gab es keine Sprache. Es hatte eine gegeben, aber sie konnte sich daran nicht entsinnen. Jetzt war alles nur wie wirres Dunkel. – Was nahe kam, war zum Beispiel: die Handwurzel – sie sog an ihr, sie wurde rot und blank. Die brennenden Lippenrisse.

Sie fror und sie war hungrig. Sie stand bis an die Knöchel im eisigen Schweine-Kot-Lehm. Der Wind pfiff, Eis-Herbstwind. Sie aß gedroschene Erbsenschoten. Wieviel Prügel sie bekam. So viel sogar, daß abends, spätabends der Hausherr mit Liniment kam, einer Art Liniment.

Wieviel Prügel. Und die gutgekleideten gutgenährten Bauernkinder jagten sie, barfuß wie sie war, konnte sie nicht schnell genug entkommen und verlor den Boden unter den Füßen und stolperte im Matsch. Dann stürzten sie sich auf sie, und ihr Gesicht wurde ordentlich in den schwarzen Herbst-Kot-Schlamm gedrückt. Die Schmiere essen sollte sie, jawohl. Und zuletzt hatten sie sie soweit. Sie kniete, mit geschlossenen Augen, das ganze Gesicht verschmiert. Da stieg ein Jubelgeschrei zum Himmel.

Sie hatte doch nur mit jemandem spielen wollen, sie war doch nur ein Kind.

So aber wurde ihr eingeprägt, daß sie außerhalb stand. Außerhalb der Kinder. Außerhalb der Erwachsenen natürlich auch, auch wenn die sie auf viele Weise zu nutzen wußten. – Vor allem aber: außerhalb der richtigen, der rechten Menschen.

Sie war etwas, das der richtige und rechte Zusammenhang ausgestoßen hatte. Etwas von den richtigen, rechten Menschen mit Recht Verstoßenes: ein krankes Ding, ein Abfall, etwas Beschmutztes, das weggeworfen werden mußte. Sie war lebender Abfall.

Und lebte mit einer fremden gierigen Kraft, die bei vielen Widerwille, fast Haß und auch andere seltsame Gefühle hervorrief: sie suchten nach sonderbaren Ausdrücken: allen aber war gemeinsam, daß sie ihr ans Leben wollten – an dieses schwere blindstarke Wachsen wollten. Viele hatten ihr gegenüber ein Gefühl wie zu einem widerlichen Tier, das nicht leben sollte, einem Tier, das auf irgendeine Art trotzdem der Stärkere war. Und ihr Körper lebte gleichsam außerhalb ihrer selbst, außerhalb ihrer Gedanken und ihres Blicks: schweres blindes Wachsen. Als seien ihr Blick und ihr Gedanke gefangen im schweren klebrigen Grau. – Schon als sie zwölf Jahre alt war, und obwohl sie also von beinah nichts, von Abfall ernährt wurde, den sie selbst aufspürte und verschlang – roch dieser Körper durch den Schmutz hindurch scharf nach Brunst, er hatte Brüste wie schwere Kürbisse, schwer dunkel klumpig floß Monatsblut.

In diesem Alter wurden die Kinder auf ihre Erste Kommunion vorbereitet. Und auch sie sollte dabeisein. Aber die Eltern konnten nicht herunterkommen, sie schickten Nachricht, sie seien allein und könnten die Tiere nicht verlassen – es war die Zeit, in der die Mutterschafe lammten. Für einen Tag durfte sie sich aber ein Kleid leihen: Kleid und Spitzenschleier, alles war weiß. Und für einen Tag behandelte man sie ohne Unterschied zu den anderen, fast wie eine Königin: auf dem Hof, wo sie die Schweine hütete, gab es keine anderen Kinder: und für einen Tag war alles ihr Fest. Dann mußte das Kleid zurückgegeben werden und sie zurück zu den Schweinen. Doch für einen einzigen Tag.

Mitten an dem Tag geschah es da, daß das Brot, zerbrechlich wie ein Kinderkörper, das ihr die Hand des Pfarrers auf die Zunge legte, eine Stimme hatte. Wie ein Flüstern. Es sagte:

– Du bist, die du bist.

Dann mußte sie zu den Schweinen zurück. Dies aber nahm sie mit. – Du bist, die du bist. – Was also konnte ihr etwas anhaben?

Wer aber war sie?

Als sie zu bluten begonnen hatte, war etwas in ihrem Innern, das nach Hause wollte. So stark, daß es sich fast wie ein Sog von außen anfühlte, als rufe und ziehe etwas – ein paarmal war sie auf dem Weg hinaus, zwischen den Torpfosten, besinnungslos, ohne gepackt (was hatte sie auch zu packen?) oder etwas zu essen dabei zu haben. In ihrem Inneren war eine Erinnerung. Sie konnte es nicht berühren, entsann sich überhaupt nicht, bei wem oder wo. Sie erinnerte sich jedoch so stark, daß sie jemand angesehen hatte. Und sie angesehen hatte, als habe derjenige wirklich gewußt, wer sie eigentlich war.

Schon zu dieser Zeit war sie sich darüber im klaren, daß sie eigentlich fürstlicher Herkunft war. Oder richtiger: um die Zeit, als das erste Blut kam, begann sie zu grübeln, wie es eigentlich kam, daß sie, die eigentlich etwas ganz anderes war, hier bei denen gelandet war. Sie versuchte sich auch an das Kleid zu erinnern, das sie einmal gehabt hatte.

Außerdem konnte man ja eigentlich auch nicht behaupten, sie habe eine Sprache. Man schrie sie an, befahl ihr dieses und jenes. Aber schließlich erwartete niemand eine Antwort. Fast nie in ihrem ganzen Leben, jetzt war sie zwölf Jahre alt geworden, hatte sie antworten dürfen. Auf solche Weise lernt man keine Worte. Und blieb und wurde immer mehr wie eine Art Tier – einfache Worte, einsilbige Laute. Im Inneren ihrer Hirnschale kochte es: zu viel, zu viele gesammelte Träume, Alpträume. Und keine Worte.

Jetzt aber glaubte sie sich zu erinnern, daß sie *vorher*, vor dem Entsetzlichen, und bevor sie zu den Schweinen kam – auf eine ganz andere Art hatte sprechen können. Sie erinnerte sich, aber nichts war ihr erinnerlich. Nur daß es eine ganz andere Art von Sprache gab als die Befehle, die keine Antwort wollten. Dort im Wald hatte es sie gegeben. Von dort rief es nach ihr.

Als sie jedoch selbst erkannte, wie sie aussah, verlor sie den Mut. Nie würden die Eltern sie wiedererkennen. Unmöglich konnte man ihr jetzt ansehen, wer sie wirklich war. Schmutzklumpen in Lumpen. Und in gewisser Weise schien es auch, als sei das nicht mehr nur eine äußere Angelegenheit, eine strafende Verkleidung. Sondern als berühre es das, was sie wirklich war. Habe begonnen, etwas von dem Wirklichen zu verändern. Es war zu weit gegangen. Vielleicht würden die Eltern sie noch nicht einmal erkennen wollen. – Und das Kleid gab es ja nicht mehr. Es leuchtete nur in ihrer Erinnerung. Dort aber leuchtete und glänzte es wie ein Brautkleid.

Sie blieb also, wo sie war. Und war weiterhin ein Zwischending zwischen Wachhund und Abfall und Mensch: ein sonderbares Geschöpf, für das alle ein Schimpfwort bereithielten, und das man (abgesehen vom Schweinehüten) – nur in bestimmter und spezieller Hinsicht ernst nehmen konnte.

Ihr Schlafplatz war in einer Koje im Schweinehaus. Dort hatte sie ein Bett mit Stroh, und an der Wand hing das Bruchstück eines Spiegels, das sie draußen auf der Weide gefunden hatte. Es war nur eine kleine, schwärzliche dunkle, schmuddelige Scherbe: unmöglich, darin mehr zu erkennen als jeweils nur ein Teil des Gesichts, sie wußte also eigentlich gar nicht, wie sie aussah. Das einzige, was sie an ihrer eigenen Gestalt genau kannte, war ihr Geruch, der die kleine Kammer so sehr füllte, daß er sogar den Schweinegestank aus den Koben überdeckte. Der schwere graue Bauch, die Schenkel, zwischen denen es klebte, es war, als gebe es irgend jemanden außerhalb ihrer selbst, jemanden, in dessen Gewalt sie zufällig geraten war – wer war dieses fremde schmutzige schwere Geschöpf, an dem alles zu viel, zu schwer war? Wer war sie? – Als sei sie eine gänzlich andere: und sie wollte wirklich am liebsten nichts wissen von dieser fremden Schwere, mit der sie plötzlich klebrig-brennend verwachsen war. Sie war nicht sie selbst. Sie war eine andere, ein Schreckbild. Wie sollte jemals einer diejenige erkennen, die sie in Wirklichkeit war? – Es schien doch, als sei diese tief in ihr begraben. Wer sollte ihr Selbst sehen können? Die abgewandten Gesichter der richtigen, rechten Menschen, mehr konnte man von ihnen nicht erwarten. Und so war es ja recht und richtig, sich abzuwenden war die einzige Lösung. Von *der da*, die nicht sie selbst war. Nein nein, nicht sie selbst.

Sie lag im Geruch. Mit trägen halb schlafenden Augenlidern. Ein wenig Speichel. Der Geruch hatte auch etwas Lockendes. Sie lag da und lächelte. Der Körper lächelte.

Dieses Lächeln, das normalerweise doch niemand sehen konnte – falls sich nicht einer draußen im Halbdunkel vor der Fensteröffnung zur Kammer auf Zehenspitzen stellte und zu ihr hineinspähte, wo sie dalag und manchmal krampfartig ihren Unterleib bewegte, wie ein verletztes Insekt, das auf den Rücken gefallen ist und versucht, wieder auf die Beine zu kommen – dieses Lächeln ging wie eine Witterung durch die Gegend. Alles, was man sagen konnte, wurde gesagt. Vor allem ältere Männer bekamen einen wunderlichen Blick, einen wunderlichen Atem. Falls es wirklich stimmte, was die Leute überall in der Gegend sagten, daß dieses Mädchen, das ja noch ein Kind war, wie eine Hündin hinter jedem beliebigen Männchen her war. So sagte man. Auf jeden Fall behandelte man sie danach – so daß es nach einigen Jahren auf eins herauskam, das Resultat war ohnehin das gleiche. Die Dorfhure nicht – keiner kam auf den Gedanken, sie zu bezahlen. Aber ein Gegenstand war sie, immer zur Hand, um das Ärgste zu löschen. Hinterher stand man auf und knöpfte sich die Hosen zu und verließ pfeifend die Koje hinter dem Schweinestall – oder nicht selten eine Mulde auf der windabgewandten Seite draußen auf den Feldern, umgeben von der Schweineherde – und dachte nicht mehr an diese Angelegenheit: sie war zu hastig und furchtbar gewesen, als daß sie überhaupt von der Erinnerung bewältigt werden konnte, sie sank geradewegs durch und war fort – manches von dieser Art ist zu schwer und sinkt unmittelbar auf den Grund und ist verschwunden. Bis zu irgendeinem Tag des Jüngsten Gerichts, wenn ein unaussprechlicher Traum oder eine zum Tode führende Krankheit diesen Bodensatz freilegt, der sich im Verlauf des Lebens angesammelt und das eine oder andere Muster gebildet hat – das eine oder andere –. Schließlich ist es auch unmöglich, beides in einem zu vereinigen: das schmutzige bettelnde Kindergesicht – und dann dies andere, diese riesige schwere saugende Klebrigkeit, die bereits zu so vielem benutzt worden war. Es paßte nicht zusammen: von Anfang schon war das Bild zuschanden: der normale Mann schüttelte sich mit einem Fieberschauer, als habe er sich aus einem Traum befreit, von dem nur ein unerträglich lauter betäubender unablässiger Laut wie eine geradewegs ins Rückgrat gestoßene Nadel in Erinnerung blieb: der normale Mann schüttelte sich, fuhr sich mit der Hand über das Gesicht und kehrte allem den Rücken – der Traum war schon verflogen, auf dem Weg fort, fort, nach innen nach innen. Und sein normales richtiges Leben erwartete ihn.

Hinter der gekalkten Wand – oder draußen auf der Ebene liegend, das Gesicht zum Himmel – ging das Traumleben-Dunkel der Schweinehirtin weiter.

Aber es geht, solange es geht.

Eines Tages im Spätwinter – ein sandglänzender einsamer Tag, Welle um Welle toter Sandboden lief die Ebene auf die stumpfe Bleilinie des Horizonts zu – kehrte sich die Wirklichkeit um. Heftig, einen Augenblick lang klaffte eine nicht wiederzuerkennende Tiefe: dann war sie wieder an ihrem Platz. Sie jedoch, sie stand da und klammerte sich mit einer Hand an einen niedrigen Weißdornbusch, hielt die andere Hand über Stirn und Augen und übergab sich. – Alles wurde später so merkwürdig. Die Dinge plötzlich so nah, daß sie fremd wurden. Der Spätwintermorast der Dorfstraße und der Bachfurche sah aus wie das weiche Erbrochene eines großen Wesens. Im sanften, kranken Wetter gaben die Felder das tote Gras des Vorjahres wie nässende Krümel frei. In den kleinen rohen Augen der Schweine spiegelte sich eine große fremde Welt, Himmel und Erde in einer aderblauen, blutschimmernden Geschwulst-Sphäre: der große Kopf des Zuchtebers verdeckte den Himmel, die Lenden bebten, es stieg auf in ihnen, und das Aufsteigende war Zerstörung, die großen schmutzigen Kiefer suchten nach Stoffen, die sie verschlingen konnten, nach Stoffen, mit denen sie ihrerseits dann Zerstörungen anrichten konnten. Und jener Fleck des Dorfplatzes – wo sie gleichsam ausgestellt war, von den rufenden kneifenden schreienden, vor Kichern nach Luft schnappenden Kindern umgeben, woher kam das bemerkenswerte Gefühl der Dorfkinder für das krankhaft Quälende? Noch vor ihr hatten sie bemerkt, wie es um sie stand, so war ihre Beziehung zu diesen Kindern, von denen viele nicht einmal gleich alt waren mit ihr, doch schließlich war sie noch immer ein Kind. Und die Straße und die Felder und die leichten niedrigen Hügel mit den Weißdornbüschen, der übliche Weideplatz der Schweine, alles schien bedeckt zu sein vom Kot dieses großen brennenden fremden Wesens, nirgendwo auch nur ein reiner ruhiger Platz, alles quoll und erstickte und schimmerte wie Kot-Schleim und wogte und wimmelte, dunkel-fleckig-hell-schleimig, alles in einem, nichts vom anderen unterschieden – alles nur Zunahme oder Abnahme des großen Fremden, nicht ein einziger reiner Fleck.

Wie sehr sie sich nach etwas Stillem sehnte.

Alles aber war nur tobende Bewegung, Schwellen Sinken Steigen. Tag und Nacht ging es rund im Kopf, Tag und Nacht waren nicht zu unterscheiden: alles, Böses und Gutes, verschlungen in einem einzigen Wirbel, Seekrankheit: weder Trockenes noch Feuchtes konnte sie bei sich behalten.

Bis es sich eines Tages beruhigte. Die Welt kam wieder an ihren Platz. Jetzt konnte sie sich über Ruhe nicht beklagen: es war so völlig still, als sei die Welt in Dämmer verfallen. Die Welt war totenstill grau, weder warm noch kalt (es war jetzt Anfang April). Alles völlig fremd. Nichts auf dieser Welt konnte sie rühren. Diese Welt war einfach still, farblos: fremd. – Und sie wußte, nun ließ sich das Fremde, das in ihrem Inneren wohnte, nicht mehr leugnen. Es saß jetzt mitten in ihr wie eine feste harte starke Last, sie war unerschütterlich, sie konnte nur getötet werden.

Und sie wuchs. Getragen vom Baum der Blutgefäße stieg sie im Bauch auf. Auf der immer gespannteren Haut zeichnete der Baum seinen äußeren bläulichen Schatten. Die Kinder trieben sie mit Schreien und einem Hagel von kleinen Steinen und Dungbrocken unbarmherzig die Dorfstraße entlang. Das Fremde in ihr kam von der Schweineherde, hieß es im Dorf.

Wurde es von den Kindermündern geschrien – Sau! Sau! Sau!

Und eines Morgens, als sie auf dem Weg war, durch das Hoftor hinaus auf die Weide mit ihrer Erde, auf allen Seiten umgeben von grauen wogenden Schweinerücken, stand am Zaunpfahl der Hausherr, einer der normalen Männer im Dorf. Wie die anderen normalen Männer im Dorf sah er sie an, ohne sie zu sehen. Hinter dem Zaunpfahl stehend – er war hoch, alt, geschnitzt, wie es dort in der Gegend üblich war –, sagte er, vor Untergang der Sonne (sie ging in dieser Jahreszeit ohnehin spät unter, es war jetzt Juni und hell, noch feuchte, aber schon brennendheiße Hitze schlug vom Himmel nieder und vom Boden hoch) solle sie den Staub von ihren Füßen geschüttelt haben. Unter Mitnahme ihres Sacks und Packs, falls sie dergleichen habe. Und nach der Schande, die sie über sie gebracht hatte, solle sie sich nie mehr hier ins Dorf wagen. Die Hofhunde wüßten, worauf es ankam, falls sie sich jemals wieder an den Türschwellen zeige.

Ein leuchtender Abend, an dem sie für immer durch das Tor fortging. In Feuer getränkt, in Flammen trieb das Land vor ihr, als sie alles hinter sich ließ. In der Dunkelheit schrien und grunzten die Schweine in ihren Koben. Es war, als wenn die fremde Last in ihr sämtliche Schritte lenkte. Sie selbst ging wie eine Tote, eine Wiedergängerin. Alles war fremd, brennend-fremd, als habe es sie auf der Welt nie gegeben. Bei jedem ihrer Schritte wich sie aus und blieb verschlossen. Die Sonne loderte. Alles war fremd. Das einzig Deutliche und Verständliche war, daß die Sonne Zerstörung hieß.

Sie hatte einen kleinen defekten Koffer in der Hand, sie hatte ihn mit einer Schnur umwickelt: in ihm hatte sie ein Kleid und einen Schal – den sie von der Bäuerin bekommen hatte, für sonntags, und ein Bild von der Schwarzen in Tschenstochau, der von der Abwesenheit Verdunkelten, der verbrannten Erloschenen, der in schwarzer Asche Strahlenden, es war eine Erinnerung an den Tag der Ersten Kommunion des Herrn. Und ein Brot und ein paar in

Papier gewickelte Eier, die sie als Reiseproviant von derselben Bäuerin bekommen hatte (sie hatte sie zwar nicht angesehen, als sie ihr diese Lebensmittel und das Kleid und den Schal überreichte, in gewisser Weise hatte sie aber dennoch den Eindruck vermittelt, sie stehe nicht voll und ganz auf Seiten der allgemeinen Ablehnung). Dann ging sie geradewegs hinein in den Sonnenuntergang, der jetzt also ihr einziges Heim war.

Sie folgte dem gewundenen Steig zur Weide – ihrem üblichen Weg, welchen anderen hätte sie nehmen sollen? Obwohl weder er noch ein anderer irgendwohin führte, es gab schließlich keinen Platz mehr, der ihr gehörte. Sogar von den Schweinen fortgeschickt zu werden. Alles war versperrt, so wie die Dorftore verrammelt. Im Sonnenuntergangslicht veränderten sich Steine und sonstige Unebenheiten des gewohnten Pfades durch die Schatten, die sie warfen, so daß alles unkenntlich wurde – alles war fremd.

Es war die erste Nacht, die sie allein im Freien verbrachte. Der Boden war hart und voller Steine. Aber es war ja Sommer, und es versprach heiß zu werden. Schon strahlte der Boden nachts die Tageswärme nicht mehr ab, sondern die Erde fühlte sich noch lange an wie ein großer warmer Körper. Der Staub war weich. Einmal standen die Sterne still, ein andermal wirbelten sie herum. In der Morgendämmerung aß sie ein Ei.

Dann ging die Sonne über den wohlbekannten Weiden auf, die freilich an jenem Morgen neu und anders schienen, wie am ersten Tag der Erde – oder vielmehr: als sei es der letzte und alles sonstige Leben bereits vertilgt, und sie allein in diesem letzten Winkel der Erde, der nun untergehen würde.

Das Fremde in ihr hing jetzt unbeweglich und steinschwer.

Das Schwein ist ein Haustier, das lebt, um geschlachtet zu werden. Frühling, Sommer, Herbst werden die Schweine zum Weiden auf die Wiesen getrieben, auf brachliegende Äcker, im Herbst auf Stoppelfelder. Im Winter aber, wenn die Erde bar und ohne Nahrung daliegt, werden sie im Schweinehaus eingesperrt, dort hat auch die Schweinehirtin Logis in der Kammer hinter dem großen Schweinestall. Während des Winters werden sie von allerlei Abfall ernährt, auch sie ißt davon, wenn der Hunger sie kneift – sie ist im Wachstumsalter und immer hungrig, nichts wirkt. Den Schweinegestank nimmt sie überhaupt nicht mehr wahr, nur andere spüren ihn und wenden angeekelt verzerrte Gesichter ab, wenn sie vorüberkommt – insbesondere die Kinder haben daraus einen richtigen Brauch gemacht, tanzend und singend, mit allen möglichen Grimassen des Widerwillens hängen sie sich an sie, wo immer sie ihr zufällig begegnen. Es ist wirklich lange her, seit sie versucht hat, mitzuspielen. Sie empfindet den Gestank nicht mehr, sie empfindet nur, wie ihr von den Schweinen die Wärme entgegenschlägt, im Vergleich zu dem ausgekühlten Loch, in dem sie selbst ihre Unterkunft hat. Manchmal hat sie einen Traum, daß sie bei den Schweinen schläft, wie sie eng und ruhig eingerahmt zwischen großen warmen nackten Körpern liegt. In der Wirklichkeit aber geht das nicht. Noch nicht einmal sie kann sich in die teerschwarze Nässe legen, in der die Schweine sich wälzen.

Sie war eine tüchtige Hirtin, nie waren ihr Tiere gestorben. Sie war geschickt beim Bewachen der Säue, damit sie, nachdem sie geworfen hatten, nicht in Fieberwirrnis ihre Nachkommen verschlangen. Sie nahm die Ferkelchen auf den Schoß. Manchmal spielte sie, es seien Menschensäuglinge. Die Muttersau wand sich und grunzte vor Wut: doch aus diesem schmutzigen hilflosen Fleischberg (der großen lebendigen Fleischmasse, die eine Zeitlang gebären sollte und nach einiger Zeit dazu verurteilt war, geschlachtet zu werden) – sahen die Augen zu ihr auf, als seien sie etwas völlig anderes. Fast die eines Menschen. Diese feuchten, entsetzlich hellen Augen: diese unheimlich nassen suchenden ertrinkenden Augen. Aus dem hilflosen Fleisch sahen sie auf. Sie befanden sich schon auf der Schlachtbank.

Die Schlachtung der Jungschweine war am schlimmsten. Sie hielt sich die Ohren zu und schloß die Augen: doch der zarte Schrei durchdringt alles – allmählich schwächte er sich ab zu einem fast schluchzenden Wimmern. Und wie alles in diesem dicken rauchenden Blutstrahl endete, der zuckend dünner wurde. Mit den immer schwächeren Zuckungen des zusammengebundenen Körpers stieg im Eimer unter der Schlachtbank das Blut. Aus dem geschlachteten Fleisch blickten die seltsamen Augen – einen Augenblick noch.

Und in diesem Augenblick auf der Schlachtbank schien es, als seien sie geboren.

Sau, Sau!

In entsetzliche Angst versetzte sie auch der Traum, daß die toten Jungferkel um sie herum krabbelten und krochen – warm, sanft, weich, wie lebendig. Warm berührten sie ihren Körper. Als sie aber hinabsah, blieb ihr das Herz im Leibe stehen: sie hatten Rüssel. Und die kleinen hellen feuchten fließenden furchtbaren Augen der Schweine sahen aus hilfloser Blutigkeit auf zu ihr.

In der heißen trockenen Sommernacht lag sie jetzt wach, sie wälzte sich auf der trockenen Erde, und für einen Augenblick standen die Sterne am Himmel totenstill, im nächsten schwangen sie, als sei die Welt bereits untergegangen – sie versuchte sich den Traum gleichsam abzuschaben, ihn sich wegzukratzen. Überall aber klebte es, Geruch, Haare: unrein.

Das, was in ihr war, blieb unbeweglich. Als trage sie in sich einen Stein. Dieser fremde Klumpen, durch den die Welt immer fremder wurde / als sei sie bereits untergegangen /.

Aber sich zu bewegen und voranzuschreiten ist Menschenart, so sehr diese Bewegung auch wie ein grausam zwingender Schein wirkt. – So begann eine Zeit des wirren Umherirrens. Sie wußte überhaupt nicht, wohin sie ging: eigentlich erschien es ihr, als schleppe sie sich glühende Stunde um Stunde durch immer dasselbe vertrocknete und staubige Weideland, das sie so gut kannte und ihr trotzdem plötzlich völlig fremd vorkam. Vielleicht blieb sie tatsächlich innerhalb ein und desselben Gebiets? Das Brot und die Eier waren schon seit langem verzehrt, jetzt blieben nur noch Wurzeln und trockene Rauschbeeren vom vorigen Jahr, um sich damit zu ernähren. Ein Hungerflimmern. Die Dörfer – waren es wirklich Dörfer, oder anderes? – tauchten wie trockene Steinaufhäufungen an den Außenkanten der ausgedürrten Wildmark auf. Ab und zu sah sie von fern eine Schweineherde, die an jene erinnerte, die sie viele Jahre lang gehütet hatte. Jetzt hütete sie ein anderer. Nacht und Tag waren immer mehr nur wie dunklere oder hellere Vertiefungen in ein und derselben ausgetrockneten Leere.

Es war ein wunderlicher und besonderer Sommer, der nun voranschritt. Ebenso unwiderruflich, wie das fremde Schwere in ihrem Inneren wuchs, rollte die Sonne Tag für Tag ihre lodernde Kugel über den wärmebebenden Himmel. Die Hitze stand still und nahm noch zu. Nachts lag der Staub der Erde weich, aber tot auf Händen und Mund der Schlafenden. Nachts lehnte sie oft schlaflos an einem Weißdornbusch – ein anderer Baum jetzt, sie war auf ihrer Suche nach etwas Eßbarem ein Stück weitergekommen. Die Beine unter dem wachsenden Bauch ausgestreckt, saß sie da und lauschte auf all die knackenden, kribbelnden Laute der Nacht, dort im Dunkeln schwirrte es vor Insekten.

Doch noch nicht einmal in der Morgendämmerung erhob sich der kleinste Windhauch.

Und wieder stieg die zerstörende Sonne am Himmel auf. Alles war Dürre. Hin und wieder sah sie einen Ball aus zerzausten Federn, die Reste eines Vogels, dessen Blut der Fuchs in sich hineingesogen hatte, um seine trockene Zunge zu trösten.

– in den Tagen, in denen der Mond Asche wird und die Sonne Blut, irrt ein Tier, das verschont blieb von der großen Zerstörung, sucht und sucht kraft seines Glaubens die Umgebung des vertrockneten Wasserlochs ab – der Mond in Asche und die Sonne in Blut, sucht ein Tier unbeirrbar geduldig die Umgebung des vertrockneten Wasserlochs ab, kraft seines Glaubens, ohne die Hoffnung auf Leben in der tot durchglühten Erde aufzugeben, wie sehr sie auch zum Mineral ohne Atem, ohne Zeit geworden ist –

Dort hing es in ihrem Inneren wie ein unbeweglicher Stein. Die Hitze flimmerte. Sie irrte umher. Leben mußte es bekommen! Gleichgültig was, aber es mußte Leben bekommen!

Eines Tages aber sah sie wie eine düstere Zeichnung eine dunkle Bodenerhebung. Sie sah zwei kleine weiße Hauer im leeren dunklen Eingesunkenen leuchten. Es war ein totes Jungschwein. Dann sah sie eingetrocknete Haut, gespreizte Klauen.

Jetzt floh sie blind in den Wald, der die ganze Zeit dort gewesen war mit seinem dunklen Rand, weit entfernt zwischen dem Wärmeflimmern des Weidelands und dem Himmel.

Es mußte Leben bekommen!

Die nackten, lederharten Fersen trommeln auf den Boden. Mit blinder Geschwindigkeit in den Wald! Es mußte Leben bekommen! Jetzt!

Der Schweiß strömt über das Gesicht, Schweiß und Staub in die Augen, so daß sie nichts sehen kann. Doch daß der Wald näher kommt, erkennt sie gleichsam an einer Wand aus warmem Nadelduft, die sie schon berührt, sie trocknet sich die Augen und sieht, wie das Gewölbe dunklen sonnenzitternden Schattens über sie hereinstürzt und sie aufnimmt in sich. Noch ein Schritt, sie stolpert über Wurzeln und stürzt vornüber in prickelndes Moos.

Bewegt es sich nicht jetzt?

Bewegt es sich nicht doch schwach, ganz schwach?

Die ganze Zeit über weiß sie aber gleichsam insgeheim, es ist nur das Keuchen ihres eigenen Körpers nach dem heftigen Lauf. Nur sie selbst. Und sie kann kein Leben dort hineinbringen.

Bewegt es sich nicht doch ein wenig – ein klein wenig?

Der schwarze trockene heiße Wald. Spinnweben. Atemlos arbeitet sie sich vor, während der Schweiß ihr über die Oberlippe rinnt, an der sie kaut und saugt. Sie versucht immer wieder zu fühlen: bewegt es sich nicht doch ein wenig – ein wenig?

Aber zwischen die Bäume stürzen jähe Abgründe totenstiller Sonnenhitze. – Und alles ist wie zuvor.

Sie ist also auf dem Weg nach Hause, zum Elternhaus im Wald, wo sie nicht ein einziges Mal gewesen ist, seit die Mutter sie hinunterbrachte ins Dorf, um sie an die Schweineherde zu verkaufen. Aber den Weg kennt sie gut, sie kann ihn auswendig, die Mutter hat ihn ihr doch so oft beschrieben, jedesmal, wenn sie unten gewesen war und sie besucht hat, hat sie ihn so genau beschrieben – die weggejagte Schweinehirtin ist ihn in der Einbildung beliebig oft gegangen, diesen verbotenen Weg, den sie sich selbst verboten hat – lieber tot als zurück zu denen!

Nun ist sie trotzdem unterwegs.

Das derbe Hemd klebt am Rücken. Sie geht schnell, die Hand fest auf den Bauch gepreßt, die Handfläche sucht und sucht, ob nicht doch von dort eine Art schwacher Antwort kommt.

Aber nichts.

Totenstill steht der schwarze Wald. Die Hitze ebenso. Durch das stechende Fangnetz aus Nadeln und scharfen Zweigen flimmert der Himmel.

Sie stellt sich vor, wenn sie erst glücklich wieder bei den Eltern ist, wird alles recht und richtig: alles, was nicht in Ordnung war mit ihr, wird wieder ins Lot rücken, es wird gleichsam noch einmal beginnen, als habe es nie all das

Langandauernde mit den Schweinen und den sie verfolgenden Kindern gegeben, all das lang anhaltend Häßliche wird ausgelöscht sein, als habe es ein Dorf oder die Schweine niemals gegeben – und das, was in ihr ist, woher es auch kommen mag, wird sich drehen und die Haut dehnen und gegen sie treten und sich so verhalten, wie es jedes Leben tut. Und in einiger Zeit wird ein normales Kind hinter ihr herkrabbeln und schreien. – Wenn sie nur nach Hause kommt.

Jetzt steht sie am Waldrand. Über ihr liegt ein Hügel, in den Hügel eingegraben eine graue Hütte. Dürr leuchtet das Gras, fast als werde es augenblicklich Feuer fangen. Eine Frau tritt auf den Hügel und legt gegen die Sonne die Hand über die Augen. Es ist die Mutter.

Fast völlig verfallen, wie ein Relikt eines viel größeren Hofs, der einmal am selben Platz gelegen haben könnte, steht dort ein Zaunpfahl, genau wie derjenige, an dem vorbei sie – vor kurzer Zeit, vor langer Zeit? vor einem Tag oder vor Monaten? – fortgehen mußte. Dieser hier ist das einzige, was noch erhalten ist vom großen Zaun, den es wahrscheinlich einmal gegeben hat, entsinnt sie sich? – oder entsinnt sie sich nicht? erinnert sie sich an den Zaun unten im Dorf? oder behielt sie jenen dort unten im Sinn, weil sie sich früher an diesen hier erinnert hatte? Weil er Grund und Beginn von allem gewesen war, hier hat es begonnen, sie hatte geglaubt, es sei ein Spiel, die Mutter und sie würden zum Spielen in den Wald gehen. Und dann hatte sie diesen Zaunpfahl bis jetzt nie mehr wiedergesehen.

Die Frau kommt den Hügel herunter. Anfangs langsam – langsam, als hätte sie Blei in den Beinen. Schneller dann. Und schneller. Und schneller. Wie Feuer ist ihr Gesicht geworden. Sie weint hemmungslos und breitet die Arme aus, als wolle sie beliebig viele gestürzte Kinder von der Erde aufheben. – Genau vor der Tochter aber, fast bei ihr, hält sie inne und die Arme sinken. Sie stiert.

Da stehen sie jetzt, die Mutter und die Tochter, nach so langer Zeit.

Guten Tag, Mutter, sagt die Tochter.

Die Mutter aber mißt mit einem unangenehmen Blick den Bauch des Mädchens, der stark in dem jetzt viel zu engen Arbeitskleid spannt. Doch dies ist nicht das schlimmste: sondern, daß sie sie anstarrt wie jedes beliebige schwangere Mädchen – als erkenne sie sie einfach nicht. Sie sieht, wie es im Kopf der Mutter arbeitet: wie Denken und Willen arbeiten, um ihr zu sagen, sie müsse sich entscheiden, daß das, was hier, in diesem Zustand, vor ihr steht, ihre Tochter ist. Und wie alles in der Mutter (aber vielleicht ist dieser grauhaarige Frauenmensch überhaupt nicht ihre Mutter? vielleicht ist sie auf den falschen Hof gekommen? aber es sind doch dasselbe Gesicht und derselbe Körper, an die sie sich erinnert) – sich aufbäumt und sich weigert einzugestehen, wozu Denken und Willen schon gelangt sind: daß dieses Wesen hier vor ihr die Tochter *ist*, diejenige, mit der sie eines Tages vor vielen Jahren hinuntergegangen ist ins Dorf und die sie auf dem Nachhauseweg nicht mehr dabeihatte, nie mehr. Jetzt steht sie hier. Und sie ähnelt nicht mehr dem kleinen Mädchen von vor so vielen Jahren. In keiner Weise.

Gewiß, die Mutter hat sie besucht. An diese Besuche aber und an das, was sie bei ihnen sah, hat sie keinerlei Erinnerung – sie hat nicht die Kraft, sich an sie zu erinnern, außerdem sind sie aus ihrem Gedächtnis gelöscht, als habe es sie nie gegeben. Vollständiger gelöscht als vieles andere, das nur wie üblich vergessen wurde.

Und hier steht nun die Ausgelöschte in ihrer Gefangenenkleidung, und ihr Körper leuchtet wie ein Leib der Schande: und die Ausgelöschte, sie, die es nicht geben sollte, die jedenfalls nicht hier am Zaunpfahl ihres Elternhauses stehen dürfte – sie steht mit offenen ausgestreckten Händen da, großen, schmutzigen, erwachsenen Arbeiterhänden, aber so, als wolle sie angenommen werden wie ein ganz kleines Kind. Als versuche sie mit ihrem schwangeren Erwachsenenkörper – der in der zitternden Mittagshitze schon von weitem nach erwachsenem Schweiß und nach Geschlecht riecht – vorzugeben, hier komme das kleine Mädchen zurück: es sei derselbe Tag, die Jahre seien überhaupt nicht vergangen, es sei nur der Nachmittag jenes Tages vor so vielen Jahren.

Das Mädchen erkannte die starke Brust wieder, an die das Kind den Kopf hatte legen können. Auch die Hände erkannte sie wieder – sie waren warm gewesen und hart, wenn sie ihr Gesicht umfaßten. Doch sie gehörten nicht mehr demselben Menschen. Vielleicht waren es Brüste, Hände, Gesicht derselben. Diejenige, die sie ansah, war aber eine Fremde. Auf Art der Fremden – als sei sie ein Gegenstand und nicht sie selbst. Jene Fremde, die sie von oben bis unten prüfend betrachtete, insbesondere ihren Bauch, sah den Dreckklumpen, zu dem sie geworden war. Doch sie erkannte nicht, wer sie in Wirklichkeit war.

Jetzt weiß das heimkehrende Mädchen, daß die Zeit existiert. Und daß in all den Jahren, die sie bei den Schweinen verbracht hatte, auch die Eltern irgendwo gewesen sein mußten – in einem fremden Irgendwo. Sie war nicht dabeigewesen. Sie war ausgelöscht gewesen. Sie hatten ihr Leben für sich gelebt. Und das Ausgelöschte darf nicht auf diese Weise auferstehen aus dem Totenreich.

Gänzlich stumm folgt die Heimkehrende dieser bedrückten grauhaarigen Frau, die nach dem Kirchenbuch ihre Mutter ist, zur Hütte hinauf. Findet sie sich wirklich zurecht? Oder war die Erinnerung nur etwas, das sie geträumt hatte? – Dann in der Hütte angekommen, sieht sie sich um. Jetzt kommt das Ganze allmählich wieder. Jeder Gegenstand löst sich vom Grund des dunklen Brunnens und steigt nach oben, nach oben – bis die Oberfläche aufbricht und klar und fest (wenn auch gleichsam verkleinert und tot) die Dinge in der Gegenwart stehen. – Da mag die Fremde sagen, was sie will. Das Mädchen aber wirft sich weinend an die warme breite Brust, sie klammert sich fest an die fremden Glieder, die Hände betasten die fremden Wangen.

Jetzt fühlt sie im Inneren des fremden starren Körpers ein Rütteln wie von einem großen Schmerz. Ein Rütteln, ein Schaudern. Der Körper weist alles von sich. Er leugnet. Er hat nicht die Kraft – alles wurde durchlitten, genug und übergenug, ein weiteres Mal ist unmöglich –. Die Mutter aber kann sich nicht dagegen wehren: sie steht da und weint geradewegs hinaus, in krampfartigen Zuckungen – wie damals.

Dann aber sammelt sie sich und zieht sich zurück.

Und sie haben einander nichts zu sagen.

Auch der Vater, als der dann kommt, hat direkt nichts zu sagen. Er sieht sie an. Und stottert etwas. Als er dann gesehen und gestottert hat, ist das seine getan, mehr muß er nicht: jetzt sieht er sie wieder an, wie man auf alle möglichen Gegenstände schaut. – Das einzig Bemerkenswerte an ihm war nur, daß sein Blick sozusagen einen Sprung über ihren Bauch machte, er übersprang ihn ganz einfach – er vermied ganz und gar, ihn und die wunderlichen Umstände zu betrachten, die man von ebendiesem, seinem Aussehen ablesen konnte. Der Schluß, der sich aus dem Ausdruck seines Blicks ziehen ließ, war ganz einfach der, daß er hierüber nichts wissen wollte, es war zuviel.

Und so wurde alles, als sei nichts gewesen. Als seien keine Taten begangen worden. Als habe die Zeit nicht existiert. – In allem Frieden gaben sie ihr zu essen. Dann schickte man sie hinaus, damit sie den Stall ausmistete. Letzten Endes waren bei all der Arbeit, die man hatte, zwei zusätzliche Arme doch gut.

Und so mußte sie arbeiten. Daß der Bauch nicht anders aussah, daß er sich zudem veränderte und wuchs (daß die Zeit tatsächlich existierte), wurde überhaupt nicht berührt. Man redete über alles mögliche – was heißt, eigentlich fast über nichts, die Eltern waren wortkarge Menschen, die nun schon so viele Jahre miteinander verbracht hatten, daß sie fast ohne Worte auskamen. Es gab, wie gesagt, nicht gerade viel, worüber man reden konnte: eigentlich nur sehr Naheliegendes, allzu naheliegende Dinge wie der hoffnungslos trockene Sommer, der nun mit geschrumpftem, spärlich trocken rieselndem Korn seinem Ende entgegenging. Ein Wort darüber, wie der Winter werden würde. Ober auch über den undichten Eimer oder die Klinke der Eingangstür, die locker war, weshalb die Tür ständig aufsprang und ein Schauer trockenen Grasstaubs hereinwehte – als wenn der verheerend trockene Sommer dort draußen sie nicht einen Augenblick ohne Mahnung lassen wollte. Er war ein Fieber, das nur irrt und sucht. Zwei Dinge jedoch wurden in diesen trägen bedrückten wortkargen Gesprächen am Tisch zwischen Eltern und der heimgekehrten Tochter niemals berührt. Nie ihre Jahre unten im Dorf, oder warum man sie dorthin gegeben hatte. Niemals dieser Bauch, der einfach wuchs und jetzt hoch war und groß.

Jedoch gänzlich still. Diese schwere stille Last konnte alles mögliche sein. Sie mußte mit dem Menschen nichts zu tun haben. Sie konnte alles mögliche sein.

Die Eltern aber äußerten nichts. Kein Wort, um ihr zu helfen. Manchmal hatte sie das Gefühl, als ob alles in ihr riefe, Arme und Beine und Augen und Haut – stumm aber, es setzte sich nicht einmal zu Lauten um, um vieles weniger zu Worten. Ihr schien, als müßten sie nur etwas *sagen*, damit dieses Wunderliche in ihr Leben annähme.

Sie aber sagten nichts. Als hofften sie, dies ginge auf irgendeine Weise von selbst vorüber, weshalb man auch nie etwas sagen durfte.

So schritt der tödlich heiße August fort. Dürrer konnte das Gras nicht werden. Der Hügel war heiß, grau, steinhart, durch die tiefen Erdrisse huschten Spinnen.

Eines Tages aber, als sie im Stall stand, fuhr es plötzlich wie ein Messer durch sie. Sie mußte sich vorbeugen und an einer Box stützen. Wieder stieß ein Messer durch sie hindurch. Sie gab irgendeinen Laut von sich. Jetzt sah sie, wie die Mutter, die am anderen Ende mit etwas beschäftigt gewesen war, den Kopf hob und sie mit einem langen, neugierig prüfenden, in gewisser Weise schadenfrohen Blick anstarrte. Ein seltsamer Blick. Eine blinde Wolke trieb vorüber. Im Inneren riß die Erde auf. Dann weiß man plötzlich von der Erde, vom sogenannten festen Boden das eine: daß er in Wirklichkeit geborsten, unheilbar geborsten ist.

Und plötzlich war dem Mädchen klar: für das, was sie in sich trug, wollten sie den Tod. Dies war das Geheimnis: sie wollten, daß es starb.

Jetzt fühlte das Mädchen, wie sich ihr ganzer Körper, ihr gesamtes Leben sammelte und sich um das ballte, was sie in sich trug, um es zu bewahren. – Jetzt kam das Messer nicht mehr. Und alles war, als sei nichts gewesen.

Nur war es so, daß sie plötzlich wieder am Waldrand stand. Die Zeit hatte umgeschlagen: es war Nacht. Doch es war hell wie am lichten Tag. Denn oben auf dem Hügel brannte die Hütte wie ein riesiger Scheiterhaufen, die Flammen wurden vom dunklen Wald zurückgeworfen, so daß Zweige und Nadeln wie gezeichnet im Feuer standen. Der Hügel leuchtete im Feuer. Über allem stand der wie von einer inneren tödlichen Sonne erhellte Himmel.

Denn so etwas mußte ja im Umkreis meilenweit sichtbar sein wie ein Scheiterhaufen, ein Wahrzeichen.

Doch es war völlig still. Nur die Flammen lärmten. Ihr schien, als hätten die da drinnen aufgehört zu schreien.

Jetzt verschwand sie mit raschen Schritten im Wald. Der war ein schwarzes heißes Netz. Die Vögel schliefen wie Bleigewichte in den Nestern auf den Bäumen. Tauben: Blei-Tauben. Nadeln und lavaüberzogene Zweige ritzten mit dürren Liebkosungen ihr Gesicht. Einmal würde sie in das kalte Morgenlicht hinaustreten, mit einem feinen, frisch geritzten Blutnetz über ihrem wie üblich grauen Gesicht, weder dem eines Kindes noch dem eines Erwachsenen oder vielleicht überhaupt eines Menschen. Der in ihrem Bauch war aber noch immer bei ihr. Still hing er da und sah durch die Dunkelheit auf die Erde hinab und wartete auf seinen Augenblick.

Plötzlich brannte es einfach.

Mitten in der Dunkelheit. Brannte einfach. Die Schreie waren seit langem verklungen. Riesige schweigende Flammen schienen am Himmel zu lecken. Sah man länger hin, entdeckte man aber, daß der Himmel, tiefer und tiefer, zu einem Brunnen geworden war, weiter und weiter verlor sich in ihm der Blick – wie ein verletzter Vogel, der die Richtung verloren hat, er weiß nicht mehr, ob er nach oben oder nach unten fliegt, wo ist die Erde, alles ist nur irrendes Dunkel, Widerschein, Trugschein.

Diese Schreie aber, diese entsetzlichen, nicht wiederzuerkennenden Schreie, hallten keineswegs in ihren Ohren. Auch die beiden Kühe muhten und brüllten nicht – wie eingesperrte, erschrockene, zum Tode verurteilte Kühe muhen können, blöken, trampeln, schreien, mit erhobenen Schwänzen und Schauern warmen Kots, in wildem Entsetzen. Auch nicht die Hühner mit ihrem tobenden wirbelnden Schwarm in ihrem glühend heißen Raum. Nicht ein Gackern.

So schweigend der Wald.

In der Ferne nur das wilde starke stumme Licht.

Aber kein Geruch. Kein einziges Geräusch. Nicht ein Flattern tödlich erschrockener Schwingen. Nur Dunkel und Schweigen. War es so einfach? Ja, so war es. Man mußte es nur tun. Und dann schien es, als sei nichts gewesen. Nur daß die Last in ihr schließlich kein Leben bekommen hatte. Nein, das war nicht der Fall. Stumm und schwer hing sie dort im undurchdringlichen Dunkel. Nein, sie begriff nicht, was geschehen war. Eine blinde Wolke trieb vorüber. Wie eine Vertiefung der Dunkelheit; was war dort geschehen? als sei nichts geschehen.

Im Leichentuch aus Feuer, im Leichentuch aus Asche jedoch verkohlte Gestalten, die sich im Aschebrei aufbäumten. Unbeweglich sahen die entsetzlichen blutummantelten Augen auf zu ihr. Sahen in aller Ewigkeit auf zu ihr aus der noch rauchenden Asche.

Es war offenkundig, daß es dem, der so still in ihrem Schoß hing, kein Leben geschenkt hatte. Und damit kämpfte sie: wer eigentlich hatte den Brand gelegt? Schließlich zündete immer die Mutter den Herd an.

Die Mutter?

Aber die Mutter und sie waren ja dasselbe. Die Mutter war in ihr. Sie war in der Mutter.

So tief, wie alles Wurzeln und Halt hatte in der mit der breiten starken Brust, an die das Kind den Kopf legen konnte. Sobald mit der Mutter etwas war, schmerzte es in der Tochter, derselbe Körper, dieselbe Seele in zwei Wesen. (Diese fremde Mutter, die sie angesehen hatte wie einen Gegenstand und die sie hinausgeschickt hatte in den Stall.)

Hatte die Mutter das Feuer gelegt? Dann aber hatte ja sie selbst das Feuer gelegt.

Und wenn die Mutter das Feuer gelegt hatte, um die Tochter zu schützen, um zu verhindern, daß sie entdeckt und entehrt wurde? Dann war es die Tochter selbst, dann war es die Angst in ihr, die in der Mutter aufgegangen war zu Brand und die alles entzündet hatte. (Wer aber war die Fremde?) Dann war es in Wirklichkeit die Tochter, die den Brand gelegt hatte. In Wirklichkeit. Denn wo liegt der Unterschied zwischen Hand und Wille? Sie wußte nun also, daß das Leben des Vaters und der Mutter und das des Pferdes, der beiden Kühe und der kreischenden Hühner durch ihren Willen untergegangen war und der Wille übergegangen war in Hände, die ihre eigenen waren. Und ihr Todesschrei umgab sie wie eine undurchdringlich stumme Vogelwolke, kreisend und schwebend – im Todesschreidunkel war sie begraben. Konnte niemanden erreichen. Könnte nie jemanden erreichen. War ein verurteilter Vogel.

Sie ging im Dunkeln und empfand solche Freude. Sie würde Vogelgestalt annehmen und anstelle der Mutter die Verurteilte sein. Dann blieb die Mutter verschont, sie hätte diese Dunkelheit nicht ausgehalten. Die Mutter sah stark aus, doch nur ihre Brust war breit und stark und warm gewesen: in Wirklichkeit war sie sehr verletzbar. In Wirklichkeit ein ganz kleines Kind. Dann blieb sie verschont und durfte im Paradies ihre Ruhe haben, wo sie gerne war. Jetzt war sie statt dessen selbst die Mutter der Mutter und kümmerte sich um alles.

Sie geht durch die Dunkelheit wie in einem großen Wald. Denn wer ist sie in Wirklichkeit? Das Brautkleid leuchtet. Doch das Kind ist tot, keiner konnte es retten. Die Tränen spülen über ihr versengtes häßliches rußiges Gesicht, dort geht sie, immer rascher, rennt fast und wird vom Weinen geschüttelt. Jetzt ist niemand mehr übrig. Nichts. Jetzt ist sie völlig einsam, auf der ganzen Welt gibt es niemanden. Nur Fremde, die sie wie ein Ding betrachten und mir ihr verfahren werden, wie man mit Dingen und Gegenständen verfährt – sie benutzen, sie wegwerfen.

Unerreichbar brennen sie dort schreiend im Dunkel

ihres Inneren. Unerreichbar für sie – während sie wankt und strauchelt und stolpert und sich vorwärtsschluchzt, hier draußen im scharfen schrammigen äußeren Dunkel, durch die laue heiße trockene Waldnacht.

Sie folgt dem Boden, als sei er ein Körper. Die Fußsohlen brennen nackt. Die Handflächen gegen Zweige und Nadeln und Moos, jetzt spürt sie die aufgeplatzten Brandwunden: schneidend wie Salz. Unter ihr bewegt sich der Boden wie ein endloser, heißer Körper. Sie wird geführt, ihre Füße führen sie. Jetzt plötzlich durchdringen wieder Feuerschatten die Dunkelheit. In den hellroten Lichtflecken sind Fels und Moos, die Unebenheiten des Bodens deutlich zu erkennen. Dazwischen noch Dunkel, ein schwacher Feuchtigkeitsglanz scheint aufzuschimmern, der einzige Atemzug in diesem ganzen langen trockenen Sommer, der nun für immer seinem Ende entgegengeht: Feuerfunken glimmen auf: Spinnweben. Es wird heller. Ist sie im Kreis gegangen? Ist sie zu dem zurückgekommen, was so furchtbar und schweigend brennt? Wie Hände und Füße brennen. Wieviel Rauch sie in den Lungen hat, den Gestank von verbranntem Fleisch. – Plötzlich aber endet der Wald. Sie steht vor einer brennenden Ebene. Sie erstreckt sich weit. Der weite wilde Himmel brennt. Langgestreckte dürre Höhenzüge, der Himmel ist herabgestiegen, und sie glühen durchsichtig von innen: Himmel und Erde und Ebene brennen wie ein einziges klares glühendes wogendes Meer.

Weit entfernt, hoch am Himmel, gibt es einen dunklen Klumpen, es gibt eine Stadt oben am Himmel. Da entscheidet sie sich für das verkohlte Muttergesicht. Das verbrannte, ausgebrannte Muttergesicht hängt umgeben von einem leuchtenden Brautkleid am Himmel

– ich suche dich ich suche dich und ich finde dich nicht
die trockenen Nächte die erloschenen Tage
ich lebe in dem toten Licht
Gesicht und Lippen verkohlt vom Warten
warte und warte geklammert an Nicht-Leben

Doch es lebt einfach nicht. Sie indessen muß sich jetzt entscheiden: Die Last im Bauch, ist sie Zerstörung oder Berührung, ist sie Tod oder Leben?

Sie jedoch ist nicht einfach lebendig. So schwer.

Außerdem herrscht schwere Dämmerung. Und etwas Neues ist hinzugekommen, das man monatelang nicht wahrgenommen hat: die rote Dämmerungsluft ist feucht wie ein warmes klebriges Tuch auf dem Gesicht. – Und wie sie dort steht, ist plötzlich alles wirklich. Die versengten Hände, die Füße, das Gesicht schmerzen wie offene Wunden. Die Sonne geht über der Ebene auf, und Hände, Füße, Gesicht werden dunkelrot. Weit hinter ihr, drinnen im Wald, raucht wohl noch immer die Glut auf den Trümmern von Haus, Stall, Schuppen: der Geruch von verbranntem Fleisch liegt dicht über den eingestürzten Mauerresten. Einige Meilen vor ihr liegt draußen auf der Ebene der Wallfahrtsort Tschenstochau. Das dunkle Gesicht (»als verlassene Magd im Herzenskummer wurdest du gerufen vom Herrn«). Verkohlt. Im Nacht-Silber-Warten verzehrt bis auf das letzte Korn. Beine und Becken tragen einen gespannten hohen Leib von fast vollendeter Größe, im Inneren ruht, wovon sie nichts weiß.

In den feuchten roten Morgen geht sie hinaus.

Hügel auf, Hügel ab: Steine und Steine. Der Schweiß trieft. Die Sonne steigt auf, verblaßt. Der Himmel wird grau. Ein graues feuchtes Tuch vor dem Mund ist er.

Schreien kann man nicht. Ab und zu sieht sie einen Menschen. Um die Mittagszeit sieht sie in der Ferne den Sandhügel, der zur Festung Tschenstochau führt, ein Menschengewimmel wie Insekten, Ameisen. Der Hügel durchstochen. Verkaufsstände und Verkäufer, Perlenbänder, Brot, Pferde, Taxen, Hunde- und Menschenkot. Dort steht der Himmel grünschwarzgrau, eine dichte feste Masse über den weißgrauen Mauern. Dort spürt sie, wie das Blut zwischen den Schenkeln sickert, und einen unfaßbar schneidenden Schmerz, der erstarrt, als sei er um die Bauchwölbung festgegossen.

Hinter den Verkaufsständen windet sich dann der Nachmittag zwischen den Exkrementen langsam voran, wie stumpfe Messerscheiden mattglimmend darum kämpfen, eine zähe körnige Masse zu durchdringen. Manchmal kommt in erschöpften Pulsschlägen Blut: alles gerät falsch. Der Sand knirscht. Sie bohrt das Gesicht in den Sand, und Sand und Staub dringen in den Mund. Manchmal öffnete sie ihn und gab eine Art Geheul von sich. Dann kam der Inhaber des Verkaufsstandes, stand, sah und sah hinab auf sie und sagte ihr, sie solle es leise machen, sonst werde er sie anzeigen. Sie wand sich im Sand, die Tränen sprühten, aber das Heulen hielt sie zurück, nur ein trockenes Kläffen drang über ihre Lippen, sie kaute auf dem Kleiderärmel. Stumm und schwarz stand der Himmel. Manchmal kamen ein paar harte spärliche Regentropfen, sie vergingen schnell im Sand.

In der Abenddämmerung kam das Mädchen nieder. Das Kind, ein Junge, war wie erwartet tot. Sein kleines Gesicht war schwarz. Sie beseitigte rasch die Nachgeburt – sie vergrub sie im Sand, sie hatte jetzt einen völlig klaren Kopf und wußte genau, was zu tun war. Aber was sie mit dem Kind machen sollte, wußte sie nicht. Sie erhob sich, zu ihrem Erstaunen konnte sie sehr wohl auf den Beinen stehen, und begann zwischen den jetzt verschlossenen Verkaufsbuden zu suchen. Fast oben am Hügel fand sie wenigstens einen vergessenen Sack aus recht feinem Leinengewebe. Den nahm sie. Es begann zu regnen, es war jetzt fast dunkel. Sie kehrte zu dem Platz zurück, an dem sie geboren hatte, und wickelte den kleinen toten Körper in den Sack. Am Hügel fand sie ein Loch unter einem Stein: dorthin legte sie den kleinen Toten und wälzte den Stein darüber. Dann erhob sie sich und sah: die Stadt unten und die ganze Ebene wogten im Regendunkel, in Regenschauern. Sie ging geradewegs hinaus in die Nässe, ihr war, als lasse sie sich verschwinden im dunklen Regen: als sei sie zu niemand geworden, einfach niemand.

Am nächsten Tag aber war es wieder trocken. Dieselbe Wüste. Als sei nichts gewesen, setzte die Welt ihren Gang fort. Irrte das Tier in der Wüste um das herum, was einmal ein Wasserloch gewesen war.

Der Rest also Wüstenwanderung. Schwer, als sei am Hals ein Sandsack befestigt. Die Zunge vor Durst geschwollen und rissig wie die Erde selbst. Die Luftspiegelungen lassen nicht nach – nicht am Tag, nicht in der Nacht.

Das sonderbare aber ist, daß aus Durst Weinen entsteht. Aus allen Teilen des Körpers sammelt sich das Dürsten wie ein Staub, jedes Korn ist ein peinigender glänzender Stich – kommen Tropfen, jetzt kommt das Weinen. Das Tote gießt sich aus in Weinen, als wolle es die ganze Erde wässern. Oder als sei es die Erde selbst, die sich unter großem marterndem mühsamem Schmerz im Weinen durch ihre Glieder zwang. Die versiegelte Quelle der Tränen strömt.

Kalkboden Sandhügel Versteinerungen Löcher Verstecke Befestigungen, alles Stein, die trockene Hochebene, wo der Dürre-Wind mit brennenden Todeszügen dahinzieht

ich suche dich und suche dich und ich finde dich nicht die
trockenen Nächte die erloschenen Tage
ich lebe im toten Licht
Gesicht und Lippen verkohlt vom Warten
warte und warte geklammert an Nicht-Leben
das Gesicht ist verkohlt das Nacht-Silber-Warten hat
sich selbst verzehrt bis auf das letzte Korn

Das Haus in Brnsk war groß und dunkel. Oder besser, es waren mehrere, ein ganzes System von dunklen, in Form eines Rosts angeordneten Backsteinpavillons. Der Länge und der Breite nach war es von Korridoren durchzogen, am hinteren Ende jedes Korridors befand sich ein Fenster mit einem weißgestrichenen Gitter, durch das man den roten Augustmond sehen konnte, denselben Mond, der über dem ausgetrockneten Sumpfland hing.

Der Länge und der Breite nach war das Haus gefüllt mit träumenden Körpern.

Und in einer solchen Nacht, in der manche Einwohner dieses Hauses heulen wie Hunde, sich sperren, beißen und lecken, sieht sie durch die Tränen das folgende Zeichen des Lebens

das BRAUTKLEID nämlich
das weiße Gewand
Perlmuttfäden Flachsbüschel Lumpenbündel
dunkel wie das Kleid schimmerte wie Perlmuttfäden. – Wird dann zu einem unzusammenhängenden Gewirk aus Lumpenfetzen, Flachsbüscheln, aus dem Laken herausgezogenen verschlissenen Fäden. Sie bewahrt ein Geheimnis, *das Geheimnis, wer sie in Wirklichkeit ist*, versteckt unter dem Bett, sorgfältig eingewickelt in ein altes weiches verschlossenes Laken:

mitten im grünen Halbdunkel leuchtet das unerreichbare Gewand.

Elje sah jetzt ein, daß er selbst der Kaiser war. So einfach war das – fast zu einfach.

Ende August begann Elje zur ohnmächtigen Verzweiflung des Vaters mit lang ausgedehnten, manchmal mehrere Tage dauernden Irrfahrten. Am Freitag dem 1. September 1939 befand er sich in Malmö. An Buttericks Ecke, wo die Uhr auf ihn hinabsah wie ein Auge, erblickte er den Anschlag der Zeitung »Arbetet«. KRIEG stand dort. Er begriff, daß der Krieg gegen Polen und das Unreine begonnen hatte. Das Stück bei Richter Rutherford, das dies berührt, lautet: »Er entfaltet seine unwiderstehliche Organisation, und sie wird alles von der Erde fegen, was sie beschmutzt.«

Genug:

am 1. September verkündete Ström Elje die KRIEGSERKLÄRUNG und geriet damit in einen solchen Zustand schäumender siedender kochender Erregtheit, daß Leute im dichter werdenden Haufen um den Anschlag bei Buttericks schließlich die Polizei riefen – unversehens war Elje, umgeben von den üblichen stämmigen Uniformmännern, unterwegs zum Ostkrankenhaus. – Bereits am selben Tag wurde er, vollgespritzt und mit gläsern starren Glotzaugen, nach St. Lars in Lund überführt, jenem Krankenhaus, das im Amtsbereich seiner Heimatgemeinde für ihn zuständig war. Das erste, was er dort sah, als man ihn in der Dämmerung eine große leere Treppe hinaufführte, war eine Frau, die kniend und verkrampft weinte und weinte. Er sah sie schräg von oben durch das Treppenhaus wie in einem im Querschnitt offenen Zwinger: Schenkel, grobe Schenkelknochen, das Geschlecht bebt wie ein geburtsfeuchtes Tiergeschlecht, den derben Hals mit vortretenden, stark angespannten Sehnen und dem heftig zurückgeworfenen Kopf, wie aus allen Gliedern pressen sich brennend die Tränen hervor. Sie sitzt dort eingeschlossen in einer starren Unbeweglichkeit wie das Brenngut in der zweitausendgradigen Hitze der Kaolinöfen: brennender Stein: ein Stoff verwandelt sich in einen anderen, Stoff steigt auf zu Stoff: alles aneinandergeschlossen in solch einem Grad der Wärmeentwicklung, das eine verzehrt das andere, daß diese Welt und mehrere andere hiervon leicht in Staub aufgehen können. Sie weint. Der Körper und alles in ihr weint. Die gesamte Erde und sogar die Eingeweide der Erde weinen.

So geht es dem, der sich gegen den Kaiser empört.

In der sich senkenden Dämmerung wurden die scheppernden Essenswagen still durch den Korridor gerollt, der Geruch von Essen war wirklich. Aber die weinende Frau mußte eine Erscheinung gewesen sein. Es gab dort keine Frauen und konnte keine geben. Eine hermetische Absperrung gegenüber dem anderen Geschlecht stellte schließlich ein wichtiges Element der Behandlung dar: wer hier hineinkam, sollte nach einem Beispiel zurechtmodelliert werden, zu einer *Sorte*, einem *Typ* – ein als anders wahrgenommenes Geschlecht hätte mit sich gebracht, daß diese Sorte oder dieser Typ, der hier in Ruhe und Gelassenheit massiert, gegossen und herausgebrannt werden sollte, schon von Anfang an in Frage gestellt, ins Schwanken, in Gesichtswechsel und Unsicherheit gebracht worden wäre. Man konnte zwar sehen, daß Schwestern und Pflegehelferinnen in gewisser Weise diesem anderen und entgegengesetzten Geschlecht angehörten – was aber ihre Existenz begründete und befestigte, war schließlich nicht das Geschlecht, sondern die Hierarchie, alles andere als die Rangordnung wurde mit unversöhnlicher Strenge aus ihnen getilgt, sie stellten nur ihre höhere oder niedrigere Stellung dar im Verhältnis zu jenen, die einen höheren oder niedrigeren Rang hatten als sie selbst. In den zur Form eines Rostes zusammengefügten Backsteingebäuden wurde große Mühe darauf verwandt, um ein nach diesen Richtlinien unzweifelhaft reagierendes Personal, an dem sich wie gesagt keinerlei Geschlecht feststellen ließ, zu erhalten – denn das Geschlecht verlangt ja, daß es keinen Rang mehr gibt und daß Frieden herrscht zwischen den Menschen.

Verhielt es sich bei solch einer Schwester oder Helferin so, daß sie nach absolvierter Schulung in allem *über* jenen stand, die sie pflegte – konnte man bei der und jener wetten, daß es sich bei diesem kläglich mißhandelten kleinen Rest, dem verborgenen Elend, das bisweilen zufällig übriggeblieben war (niemand ist schließlich vollkommen), um die krankhafte Begierde handelte (sich um so krankhaft liederlicher abzeichnend, je stärker und gesünder die Armmuskeln, je blendend weißer und gestärkt die Arbeitsuniform), vor sich selbst zu fliehen und *unterlegen zu sein*.

Ja, zog man es hervor, würde man schon genug verstecktes Elend sehen, und daß es jemandem, der sich auflehnt, so ergehen muß.

Er wußte doch, der Grund, warum er den Kaiser nie erblickte, war, daß er selbst der Kaiser war. Um ihn zu finden mußte man sich nur in sich selbst kehren.

Der Kaiser war rein, groß, stark.

Doch unglücklicherweise wurde nicht alles in Elje vom Kaiser in Anspruch genommen. Etwas blieb übrig. Etwas Klägliches.

Was übrigblieb, nachdem der Kaiser sich das seine genommen hatte, saß jetzt auf einem hohen Bett, ganz oben in der Ecke neben dem Fenster in Saal 6, Station 6 von St. Lars in Lund und war nur ein armer kranker Mensch. Obwohl Elje nicht begreifen konnte, wovon er plötzlich so krank war: warum die Beine nicht gehorchten, woher die matte Fieberverschwitztheit kam. Der kleine Rest, der Mensch, saß also nun hier auf dem hohen Bett im weißen Krankenhauslicht (vor dem weißen Gitter sank das Herbstlaub, fiel und fiel) und konnte nichts anderes: ein kleiner grauer Mann, den Kopf an die Schulter gepreßt, das Gesicht grob wie Holz. Manchmal hatte er solche Angst, daß er ganz sacht und erbärmlich wimmernd in sein Kissen weinte – daß die Schweine kämen und sein Gesicht, Mund, Finger, alles Weiche an ihm fressen würden. Er hatte ein Bein unter das Hemd gezogen, nackt mager, derb mit grauer lockerer Haut über der glänzenden Kniekugel. Blank und weiß drang das Licht durch das weißvergitterte Fenster. Der blendend helle, warme August-September-Dunst, in dem Armeen der Ordnung sich auf dem Marsch befanden, um aufzuräumen mit dieser Kläglichkeit, die übriggeblieben war, jenem Rest von Unordnung und Abfall. Der Mensch auf dem Bett wiederholte eine einzige Sache, mit groben starren Lippen sagte er wieder und wieder zur Wand, zu den schattengleich betäubten Gestalten in den anderen Betten, irgendeiner von ihnen würde schon noch sein Loch-Gesicht zwischen Kissen und Laken ins Licht drehen: GUD IS EIN ORNER, sagte er mit steifer starrer Zunge. GUD IS EIN ORNER.

da wuchs der Blinde und sprach zur ganzen Welt wie von einer Predigtkanzel sagte er mit steifen Lippen einem einzigen groben engen Auge GUD IS EIN ORNER GUD

Der Mann liebkoste seine grobe blanke graue Kniescheibe
Weiß drang das Licht ein

niedergetrampelt in den Lehm unter den Hufen des Welt-Orns ein Bogen aus Schreien aus dem Mund der Körperreste in dem Lehm nur noch Mund und Schreie Körper Arme Beine Geschlecht niedergetrampelt in den Lehm
wie erging es der Schweineherde am Abgrund?
Kranke Beißer mit Menschenfleisch daran

Aber der Kaiser war keineswegs krank. Krank war jener Menschenrest im Bett, er war es, es war der Krankgeschriebene. Der Kaiser aber war unversehrt. Der Kaiser wußte, was er wollte. Er brauchte keine unnötigen Entgleisungen, die zu legaler Einsperrung führen. Nicht er mußte sich mit Brüllen und Schreien, Fußtritten, Unanständigkeiten Luft machen. All dies mußte bloß der Menschenrest. Der Menschenrest war einer, der schwach war, trübe, Abfall, auf jede Weise unzusammenhängend, unrein und falsch – aber leben wollte (über den Sinn dieses Lebens hatte der Kaiser und der Menschenrest völlig unterschiedliche Ansichten). Der Menschenrest wollte leben, dieser Wille war fast alles, was es noch gab in ihm: blind, egal zu welchem Preis, wollte er das Leben behalten, das noch in ihm war. Und verging sich infolgedessen jeden Augenblick, war nur ein einziges, von Panik ergriffenes, keuchendes, festhängendes Etwas, verstand es nicht, mit seinen Kräften hauszuhalten.

Der Kaiser wußte, was er wollte und hatte keine kraftraubenden äußerlichen Gesten nötig. Der Kaiser wartete auf das seine. In den Akten hinterließ er erstaunlich wenige nichtssagende Spuren. Dort wurde alles mögliche geschrieben über diesen Grauen aus Skurup und sein Schäumen und seine abrupten Bewegungen – daß sie aber die Außenseite der stillen Existenz des Kaisers im Inneren darstellten, stand dort nicht, daß das Warten des Kaisers dort unten (heil und gesammelt, er wußte, was er wollte) die Last war, die all die verwirrten unvollendeten jähen Bewegungen und Schreie steuerte, das stand dort nicht geschrieben.

Die Zeit vergeht.

Manchmal wird der Mensch entlassen. Beschäftigt sich in einer kalten Küche mit dem Kochen von Schweinefutter: schlechte Kartoffeln, Mehlpampe: rühren, rühren.

Sitzt manchmal auf dem Bett, als sei nichts geschehen. Das August-September-Licht ist weiß. Wo sind die Jahre. Eines Tages wird er ENTMÜNDIGT. Aber auf der großen Karte, die der Vater in der Küche an der Wand befestigt hat, verschiebt die Hand des Kaisers zögernd oder zitternd all die verschiedenfarbigen Stecknadelköpfe, die die Kampflinien und die immer weiter vorrückenden Frontabschnitte bezeichnen.

Hier halte ich bald die Welt in meiner Hand sie fortzuschleudern

Der Kaiser ist die einzige bekannte Person, bei der Amtsausübung und Privatleben vollständig identisch sind: in seiner eigentlichen Existenz ist er völlig und ganz exemplarisch. Alles an ihm ist Notwendigkeit. Jeder Gedanke, jede Bewegung und jeder Befehl drücken diese reinste Beziehung zur Notwendigkeit aus. Er ist derjenige, der gänzlich unbefleckt ist. Alles an ihm ist im perfektesten Passiv entstanden und gemacht: nicht die geringste Einzelheit ist davon getrübt, daß er sich selbst für etwas entschieden oder er selbst etwas gewollt hätte. Alles in ihm ist reiner und klarer Ausdruck der Form, in die er gegossen wurde. Keine späteren Ergänzungen oder Abweichungen. Er ist das vollkommene Produkt. Er ist das vollendete *Exempel:* es ist nichts an ihm, das nicht rein und klar die Notwendigkeiten wiedergibt, die Bedingungen, die Funktionen, die ihn hervorgebracht haben.

Sein Gesicht ist rein und klar. Weil er selbst die Verkörperung dieses hohen, dieses absoluten Grades von Vorbildhaftigkeit ist, der Willen ausschließt und das völlige Dienen und die völlige Verwendbarkeit inkarniert – besitzt er keinen anderen Willen, als sich in gleicher Weise auf allen Seiten von Exempeln umgeben zu sehen: daß seine Umgebung, die unmittelbare und die immer abgelegenere, nur existiert als immer reineres, immer gereinigteres Exempel

– ja, daß die ganze Welt (und sogar mit den formenden gestaltenden reinigenden auslesenden Institutionen Unterrichtswesen und Armee) auf dieselbe klare, reine, von Verirrungen und Willenszuckungen ungetrübte Weise den Weg zu einem höchsten Grad von Beispielhaftigkeit wiedergibt. – Von klein auf interessiert er sich für Uniformen (er zeichnet sie selbst); insbesondere aber für militärisches Exerzieren – er inszeniert Übung auf Übung, um die trübe Materie einem *Reglement,* einem leitenden Prinzip zu unterwerfen. Woraus, und mag es auch ins Blut geschnitten sein, das Exempel entsteht.

Der Kaiser besitzt kein Geschlecht – weil er ein *Exempel* ist, ja das *Exempel* an sich, das der vollständigen Musterhaftigkeit, ist er eins, heil, einzigartig, geschlossen und kann nicht von Sorgen zu unvollständiger Zweiheit, zu verminderter Vielfalt getrübt werden. Er hat kein Geschlecht, doch er kennt einen Apparat, den er heben und senken, sich vergrößern und schrumpfen lassen kann.

Schließlich ist es so, daß die Vollendung andere in seinen Zustand emporheben will – mit Hilfe aller schneidenden, formenden Werkzeuge, die es gibt. Scheren, spanische Stiefel, kreuzförmige Holzgerüste. Sogar besondere Räume werden errichtet, die die Größe eines Menschen, aber eine andere Form besitzen: dort wird der Mensch eingesperrt, um seine Form zu ändern: in dieser Weder-Sitz-Steh-Noch-Liege-Zelle wird der Mensch völlig nach den Gegebenheiten der Wände und der Notwendigkeit geformt: womöglich fällt ein toter, in grotesker Stellung Verfaulter heraus, wenn die Kur beendet ist, dies aber ist besser als die vorausgegangene Fehlerhaftigkeit. Außerdem müssen auf dem Weg zur vollendeten menschlichen Gestalt einige geopfert werden.

Die Einheitlichkeit will einigen. Etwas muß geopfert werden.

Die Ordnung ordnen.

Die Reinheit reinigen.

Es ist jedoch nicht so, daß der Kaiser Macht an sich will. Weil alles an ihm geformt ist und er seine Form unter dem Zwang der Notwendigkeit erhalten hat, gibt es an ihm nichts, das im eigentlichen Sinn wollen kann. Er ist frei von der Verwirrung und den Trübungen des Willens. Er ist in jener Weise unegoistisch, da er selbst ganz einfach nichts besitzt – daß sein Wollen untergegangen ist, bestimmt die Eigenart seiner kaiserlichen Natur. Was er tut, geschieht aus reinster Notwendigkeit: ihre Gesetze werden in ihm vor einer gedankenlosen Welt entblößt.

Die Hand zeichnet Frontlinien und Frontlinien und Frontlinien.

Es ist doch so, daß jemand, der selbst rein ist, wie ein starkes hartes Licht wirkt – überall erblickt man die Unreinheit, alles erscheint unrein. Er entdeckt, daß die Welt ein Kotland ist. Wimmelnd. Die Unreinheit wimmelt vor Leben, Halbtier-Geschöpfe, graue, keuchende Tiere – überall, überall.

Gegen sie sendet man die Scharfrichter, die ausführenden Engel.

Der Menschenrest tritt freilich erneuert aus dem umformenden kleinen Raum (dessen unnachgiebige Wände bedeckt sind von einem klebrigen Belag aus Blut und Körperresten all der Vorgänger), wo er die Form des Scharfrichters angenommen hat. Er wird seinerseits neue zitternde Geschöpfe zu den kleinen Räumen begleiten, sie durch die Öffnung unten in Bodenhöhe pressen und die kleinen soliden Eisenlucken zuschrauben – die nackten Füße und Zehen sind das letzte, was man von dem Menschen sieht, der dort verschwunden ist.

Beseitigt das Kranke. Entleibt das mehr als zur Hälfte Verfaulte. An die Stelle des Beseitigten setzt Neues, Reines, Geordnetes.

Der Kaiser wußte schließlich so gut wie jeder andere, daß die Unreinheit sich in den südlichen und östlichen Himmelsrichtungen sammelt. Dort liegt sie still in großen schweren Säcken. Man erkennt sie an Haut und Haaren. Man erkennt sie an den Häusern, die sie bauen – überlastet, riesig, zerfallen sie von innen durch ihren eigenen Druck, ihr Gewicht, ihre allzu großen Zusammengesetztheit. Eigentlich würde es ausreichen, man überließe diese Häuser und diese Menschen sich selbst. Schließlich ist ihr Untergang bereits im Bauplan angelegt. Aber die Zeit ist knapp, viel muß getan werden, was im Wege ist, muß weg.

Die polnische Ebene muß reingefegt werden. Rein wie ein Tanzboden. Ein reiner Boden für den starken Sturm.

So muß dem Unreinen seine Unreinheit bewiesen werden. Dem Körper des Menschenrests muß unauslöschlich mit allen Mitteln eingeprägt werden: unrein. Muß dorthin gebracht werden, daß er seine eigene Ausrottung will. Muß durch Hunger und Durst so weit kommen, daß er nur seine eigene Auslöschung wünscht. Doch das einzige, was der Unreine schließlich kauen und zu sich nehmen will, ist seine eigene Unreinheit, und das einzige, was ihm Lust bereitet, ist das Verschlingen seines eigenen Kots:

sie kriecht auf Knien. Sie legt sich auf den Rücken. Sie steht auf allen vieren und bellt. Sie legt das Gesicht flach in den Lehm und ißt fetten Lehm und kaut Lehm. Sie winkt und grinst. – Ebenso hüpft ein Jude. Vom Hüpfen ist er blau im Gesicht. Er keucht. Sein Puls ist schwach wie der eines Kriechtiers. Er sabbert kalten blauen Schleim wie ein Kriechtier. – Der Zeigefinger des Kaisers deutet: jetzt siehst du, was du bist, Jude, ein unreines Tier, nichts sonst, nichts.

Als weiteres Kettenglied bei der Durchsetzung der Reinheit läßt man Leute arrestieren. Haufenweise, in Massen wandern sie durch die Gefängnistore, nach kurzer Zeit reichen die normalen Gefängnis- und Arresträume, wie sie die eroberte Bevölkerung in Friedenszeiten unterhält, nicht mehr aus: weitläufige Lager werden errichtet. Aber das wichtigste an der Maßnahme ist dennoch nicht die Menge an sich, sondern daß die festgenommenen Personen völlig zufällig ausgewählt werden – jeden kann es jeden Augenblick betreffen, um drei Uhr nachts im Bett oder ebensogut um elf Uhr vormittags, wenn er in aller Unwissenheit in einem abgelegenen Teil der Stadt schräg über eine Seitenstraße geht. War gerade diese Straße verboten, oder war eine Bestimmung erlassen worden, daß man die Fahrbahn nicht schräg überqueren durfte? Niemand weiß es – auf diese Weise geraten alle immer tiefer in einen Zustand völliger Unsicherheit über alle und alles und also auch über sich selbst, was weiß man noch darüber, was man selbst gesagt und getan hat und wozu es führen kann?

Denn das Ziel ist die Indoktrination aller, Mann, Frau und Kind der eroberten Bevölkerung, mit dem wie ein Schwert eindringenden Bewußtsein, daß die Reinheit an der Arbeit ist und endgültig dabei, Rein von Unrein zu trennen.

Um das Mißtrauen aller gegen alle zu nähren, das die Voraussetzung für das Eindringen der totalen Verunsicherung ist, werden bestimmte Kategorien der Bevölkerung auf eine besondere und sozusagen symbolische Weise als unrein, infizierend, befleckt bezeichnet: dies aber eher, um der Bevölkerung durch deutliche Exempel die Auffassung des Kaisers von der Unreinheit beizubringen. Beispielsweise durch den Anblick eines nackten Juden, der auf dem Marktplatz herumhüpft, während die Soldaten sozusagen im Spaß auf all seine Haltungen anlegen, bis das Herz nachgibt, die Därme versagen und er bäuchlings hinfällt, und durch seine Exkremente kriechend nach einigen weiteren spaßhaften Ziel-Versuchen aus Richtung der Maschinenpistolen vor Erschöpfung stirbt, noch einige, fast unmerkliche, jedoch wahnsinnige Schreckenszuckungen – ein solches Bild prägt der Bevölkerung auf unvergleichlich klare und eindeutige Weise ein, *was ein Unreiner ist*. Es gräbt sich auf immer in die Sinne der (allerdings unter Zwang dorthin getriebenen) Zuschauer ein, wie tief der Abgrund zwischen dem Richtigen und dem Ordentlichen auf der einen und *dem Unreinen* auf der anderen Seite ist. Hier: die

Nicht-Infizierten, die Ordentlichen. Dort: die auf der anderen Seite – dort unten in der Schlucht, wo seit Jahrhunderten und Jahrtausenden der Abfall abgeladen wird – *sie*, die befleckten. Doch das Ziel in diesem eroberten Land bestand indessen nicht darin, sich mit dem richtigen Trennen der besonderen Arten infizierter Menschen aufzuhalten. Das Ziel war, der Bevölkerung *die Unterschiede zwischen den Menschen*, all die Verschiedenheiten, die ihre Gesellschaft durchliefen – einzuprägen und ins Bewußtsein zu rufen, in welchem Maße der *Unterschied* zwischen Volk und Volk wesentlich ist, ja, daß es sich bei allen Prozessen im Leben in Wirklichkeit um Aussonderung handelt. – Man könnte also meinen, diese Entdeckung der *Kluft* hätte im Gegenteil jene noch nicht Betroffenen in Sicherheit wiegen können, im überzeugten Glauben, selbst zu den Reinen zu gehören, zu denjenigen, für die das Menschenleben da ist. Und ebendies war Teil des Plans, es war eine Unterabteilung jener großen Strategie: ihnen die Vorstellung von Reinheit so weit einzupflanzen, damit, wenn zu guter Letzt die Einsicht sie erreichte (mit anderen Worten, die unterminierende zerteilende *Verunsicherung*), daß sie ohnehin nicht hierher gehörten, sie von einer so großen Verwirrung und Verzweiflung gepackt wurden, daß man sie einfach ernten konnte. Einfach die Köpfe in einen Korb, sie pflücken wie Obst. Ja es müßte so weit kommen, daß ihr einziger Wunsch, ihre einzige Sehnsucht das Sterben war. Und alles, was diese Bevölkerung dann in ihrem Tod erlebte, wäre Erniedrigung, ein erstickter Tod in der Ecke eines Lagerplatzes, keine Nationalepen würden ihr zu Ehren gesungen, stumm würde er sein auf immer: ein Tod in der tiefen Überzeugtheit von der Richtigkeit und Rechtfertigung ihrer Tilgung von der Erdoberfläche; und daß sich niemand an einen Grabplatz erinnerte, und daß aus den unförmigen Totenhaufen keine Namen bewahrt wurden, die doch wirklich Abfall in des Wortes eigentlicher, innerster Bedeutung waren.

Der Kaiser träumt:

Oh, ihnen eine Krankheit senden. Eine Krankheit, an deren Fortschreiten mit Geschwüren, Flecken und Zerstörung sie wie auf einer Karte die exakte Abbildung dessen erkennen könnten, was sie wirklich sind.

Womöglich wäre innerhalb dieses Sektors ein Einsatz infizierter Insekten angebracht, denn Insekten, soweit sie nicht geflügelt sind, verändern ihren Aufenthaltsort selten und haben eine verhältnismäßig lange Lebensdauer. Für den Feind würde ihr Vorhandensein eine permanente Gefahr darstellen. Gegen die Tiere, deren der Feind sich zum Transport von Kriegsmaterial bedient, und gegen die kultivierten, verwilderten oder wilden Formen, auf die der Feind in ernährungsmäßiger Hinsicht angewiesen ist, könnten ähnliche Mittel eingesetzt werden.

Man könnte auf folgende Weise vorgehen: indem man durch den Wind aus polaren Breiten einen feinen Tropfenregen verteilen läßt, der von den Luftströmungen über die arktischen Meere getragen wird und sich bei der Konfrontation mit der europäischen Landmasse zerstreut und in unterschiedlichen Richtungen als feiner Niederschlag auf diese Landmasse fällt. Diese Tropfen sind stabil, sie überwintern bis zum nächsten Jahr, sogar bis zum übernächsten Jahr. Sie haben gleichsam eine dichte Haut, nicht lederartig, aber undurchdringbar: sie überwintern. Sie besitzen einen Kern. Er stirbt nicht. Er ist stabil. Diese Tropfen dringen ein ins Gehirn. In den Hirnwindungen der feindlichen Bevölkerung, hinter den Augäpfeln, legen sie Eier. Sie sind weiß, diese Eier. Sie können strahlen und strömen. Sie durchdringen Wände. So daß die Schale weich und wäßrig wird, in Stücke fällt und sich als Wimmel-Eier, krabbelndes Tausendgewimmel erweist. Auch durch die weiche Hirnhaut. Sie verzehren gleichsam Häutchen, sie werden zersetzt, zerfallen. In der Bevölkerung zerfällt dann der Himmel. Er wird zu Würmern, wimmelnd. Die Auswirkung auf verschiedene Personen ist nicht vorhersehbar und kann sogar bei derselben Person von Experiment zu Experiment und selbst im Verlauf ein und desselben Experiments erheblich variieren. In jedem Fall bewirken diese Tropfen – die unsichtbar und geschmacklos sind und darum an den äußeren Organen weder erkennbare Reaktionen noch Abneigung auslösen, ehe die ausreichende Dosis absorbiert wurde – solch weitgehende Verhaltensstörungen, daß man allein durch ihre Macht mit der völligen Unfähigkeit eines feindlichen Befehlshabers rechnen kann, folgerichtige Entscheidungen zu treffen und eine sich hieraus ergebende logische Befehlsgebung durchzuführen.

Wie die SPRACHE in Tropfen verwandelt wird. Die Sprache wird in stahlummantelte Explosionsgegenstände verwandelt. Die SPRACHE wird zu einem festhaftenden Gas-Feuer.

Als Folge seines Traums spürte der Kaiser, wie seine Zunge anschwoll: sie wurde lang und steif und fuhr über die Lippen hin und her und hinein und hinaus: so hart war sie jetzt, daß aus den Worten, wenn sie hervordrangen, Kugeln wurden, ummantelte Stahlgegenstände, die in das Fleisch der besiegten Volksmassen eindrangen und sich dort ablagerten und unter der Haut explodierten, wobei sie Körper und Knochengerüst perforierten – zuhauen und vergewaltigen! schrie der Kaiser, zuhauen und vergewaltigen selbst im kleinsten Winkel! Meine Heere! Meine Heere! Meine Herren! Abschneiden und begraben! Abschneiden und begraben!

Sacht, unendlich sacht, so wie Luft einem Ballon entweicht, sank der Kaiser, wie ein Ertrinkender durch das Wasser gleitet, auf die Knie: die millionenköpfige Masse hielt den Atem an, so daß man eine Stecknadel hätte fallen hören können, als der Kaiser durch die Mikrofonbatterie hinausflüsterte in den lauschenden Weltraum –

Abschneiden und begraben! Abschneiden und begraben! Dies ist mein innigster Wunsch!

Doch der Kaiser war keineswegs tot; nein, das durfte keinesfalls so verstanden werden, nein, im Gegenteil, er war durch diese, seine sichtbare Selbsttilgung noch mehr Kaiser, noch mehr Exempel als je; er existierte ja nicht als ein Selbst, er hatte sich ja gelöscht; und dieses, sein Beispiel, führte zum letzten Verhör mit dem fast vom Tode geschlagenen fremden Körper, dessen Finger Zehen Augen Nase völlig zerschmettert waren, und aller Rest war nur etwas Belangloses, das näßte und gerade, als es zuckend in die Grube zu dem ungelöschten Kalk geworfen werden sollte, reagierte: so hörte sich das Verhör mit der Stimme des Kaisers an –

Gestehst du, ein unreiner, von unreinem Dreck geborener, unreiner Dreckfresser zu sein?

Aus der besiegten Fleischmasse kam nur noch ein Gurgeln. Der Kaiser aber rief befriedigt über die rauchenden Kalkgruben:

Die Ordnung ist auf dem Wege! DIE ORDNUNG IST AUF DEM WEGE!

Weit im Innersten des heißen weißen Septemberlichts sah der Menschenrest sie nun, es war der Trost:

Wie sie weinte. Das eintönige jammernde Weinen. Wie sich der Körper krümmte und zu nichts wurde. Wie nur das Weinen ertönte.

Der Menschenrest fragt: was geschieht hier eigentlich? Wer stößt denn diese tausend mal tausend Schreie aus? Was brennt so auf Gesicht Mund Augenbrauen, steht die Erde bis zum Kern in Flammen, in Feuermasse?

Der Kriegsverbrecher fragt: gegeneinander kämpfen Brüder, Cousins, Arbeitskollegen, Jugendfreunde, Neffen, Vetter, Verwandte dritten und vierten Grades, keine Verwandtschaft, die sich jetzt nicht gegenüberstände auf der großen Ebene, bereit, einander mit Feuer auszulöschen –

meine Knie geben nach meine Mundhöhle trocknet aus mein ganzer Körper zittert auf meinem Kopf stellen sich die Haare

meine Hände meine Hände können nicht halten, was sie sollten, meine Haut brennt

ich sehe Todeszeichen

und ich sehe nichts nichts nichts, was diese über die ganze Ebene geführte Bruderschlacht rechtfertigen könnte, ich sehe sie aufeinander zutraben und im Feuer verschwinden, Tausende und aber Tausende,

warum muß ich töten, gibt es niemanden, der mich daran hindern kann, zu töten?

Der Kaiser antwortet: tut, als gebe es dies alles nicht. Tut, als seien wir Schatten. Mordet, als seien es Schatten. Verbrennt, als sei das Feuer das einzig Wirkliche.

Ein Kreis aus Feuer treibt die überlebenden Bevölkerungsreste vor sich her wie ein Tier flieht jeder mit seinem Maß an Kraft oder Kraftlosigkeit vor der stummen tosenden Feuermauer hinter sich

Dann brennt eine Stadt

das entsetzliche wirbelnde Gesicht beugt sich über den Horizont. Das Himmelsgewölbe von West nach Ost verdunkelt vom bettelnden Blick seines stummen Mundes. Mitten auf dem flachen Schneehorizont brennt wie ein Opferfeuer in völliger Einsamkeit die Stadt.

Flammend siedend stechend – höher als der Kirchturm schießen die Flammen lautlos tosend in das schwarze bodenlose unbewegliche Winternachtsall, ein an der Wurzel weitgestreckter, fast endloser Scheiterhaufen – sie umschließen die Fabriken in den östlichen Vorstädten, das Krankenhaus, die Nervenklinik und sind an der Eisenbahnbrücke über der zugefrorenen Flußfurche zusammengeschlagen. Alles ist inbegriffen, nichts ausgenommen, nichts, nichts. Tanzend, stumm, tosend steigt und steigt die Feuermasse in den Nachthimmel und sammelt sich in einem kirchturmähnlichen mächtigen Strauß wie aus riesigen, beweglich flammenden Pfeilen, eine wogende

Mauer aus Feuerpfeilen, die weiter hinauf in das leere All reichen, als irgendein menschliches Auge zu blicken vermag. Dort hinauf über die in Ewigkeit wechselnde wachsende sinkende steigende bewegliche und dennoch unbewegliche Feuergrenze – kommen nur die vertriebenen Vögel, Dohlen, die Sperlinge, Tauben, hinaufgeschleudert über die Tiefe aus unerträglicher Hitze. Verwirrt jammernd kreisen sie dort oben. Viel zu hoch oben. Die Erde, die brennenden Dächer versinken in einem Abgrund. Dort oben, in dem leeren einsamen dunklen Ewigen, klagen sie heimatlos. Auf dem Grund des durchsichtigen wogenden Feuermeers liegt ausgestreckt wie ein Körper auf dem Scheiterhaufen die Stadt, verzehrt im Inneren des leuchtend durchsichtigen Schleiergewebes der unbewegliche dunkle Körper.

Föten sollen herausgeschnitten und mit dem Abfall verbrannt werden, ihre lebendigen Füße und klebrigen weichen feuchten Tierköpfe.

Mitten auf dem Markt, den das Feuer noch nicht erreicht hatte (der alte Stadtkern mit den leeren dunklen Zuschauerhäusern war nur schwer entflammbar), stand ein Holzgestell, so hoch, daß man es auf der nächtlichen Ebene ebenso weit sah wie das Feuer, meilenweit über das schweigende, bis auf den Grund gefrorene Sumpfland. Hoch oben an diesem Holzgerüst hing ein steifgefrorener Frauenkörper, die Brüste waren abgeschnitten, und die großen dunklen Wundlöcher waren von Reif überzogen wie von Schimmel. Dort hoch oben im All, hoch über der Stadt, nur den Holzbalken über sich, schwang er in den nach oben steigenden Warmluftströmen wie der Klöppel einer

Glocke. Das eisige graue Gesicht abwärts gewandt, auf die Stadt und das Feuer schauend, das sich ausbreitete und dessen Schein die gefrorenen Sumpfseen aus der Tiefe ihrer dunklen Eisspiegel zurückwarfen.

Die Köpfe von Kleinkindern werden an den Mauern zerschmettert.

Patrouille um Patrouille durchstreiften jene Straßen, die noch nicht völlig in Brand standen, und zerrten die Übriggebliebenen aus den Häusern. Als die Schüsse fielen, schrien Menschen herzzerreißend wie Kaninchen, ungleichmäßig, stufenweise gingen die Laute der Erschossenen über in blindes leises Jammern. Mitten auf der Straße lag der Berg von Körpern, in dem es sich noch lange in zitternden Zuckungen bewegte. Kleinkinder, die die Erwachsenen im Todeskampf weit von sich geworfen hatten, um sich von jedem Druck zu befreien, lagen wie zerbrochene Puppen im Schnee, die kleinen Finger hatten in dem niedergetretenen Schnee gewühlt und gewühlt, die kleinen dunkelblauen Hände waren mit im schmutzigen Schnee wühlenden Fingern erstarrt. Das Feuer spiegelte sich in den Köpfen der Ranggeschmückten, in ihren Achselklappen-Sternen, Spangen, Gehängen und Gürtel: ein Feuer-Stern-Knopf-Mensch ohne Gesicht gab in der verwirrt schreienden Dunkelheit den Befehl, ohne die Körper der Unreinen zu berühren, mit Hilfe des einen oder anderen Werkzeugs also oder im Notfall mit den Stiefelspitzen, sollten die Soldaten die unförmigen Haufen zu einem großen per Straße zusammenschieben, wo das Feuer sie dann später leichter erreichen konnte. Der Generalbefehl lautete, soweit möglich keine Spuren, die Stadt sollte schweigend vernichtet verlassen werden, als sei nichts geschehen: ohne Zeugen, wie ein verlassener Abfallplatz, für sich allein und die Krähenvögel rauchend.

Insbesondere und ganz besonders untersagt: jede Berührung. Die als unrein betrachtete Bevölkerung anzufassen, die Menschen *darunter,* außer mit Werkzeugen oder über Vermittler – letzteres konnte einer der Unreinen selbst sein, eine jener *Unter*existenzen, die mit besonderen Methoden zu einem gleichsam leblosen, perfekt gehorchenden Werkzeug gemacht worden waren. Ein Zwischending zwischen Werkzeug und Vermittler war, was man als Zwischen-Glied bezeichnen konnte: Vergewaltigung war gestattet und als eine Art Übung in der weitgehenden Nicht-Vermischung sogar empfohlen – um in den eigentlichen Akt der Vermischung das Element des Abstandnehmens aufzunehmen, das zum höchsten Ausdruck der Abscheu beitrug – es war an sich Ausdruck höchster Disziplin, einen Teil seiner selbst (oder in gewisser Hinsicht sich voll und ganz) sozusagen außerhalb seiner selbst fortsetzen zu können, so daß im Genuß selbst auch ein wohl und tief empfundener Haß befriedigt wurde und es zu einer wirklichen Kriegstat kam. In diesem Akt wurde bewiesen, daß der normale Soldat persönlich, mit Körper und Seele, zu einem ebenso perfekten Werkzeug für die Zwecke des Krieges gemacht werden konnte wie sonst beispielsweise die besonderen Handschellen in den besonderen Zellen oder die Metzgerhaken in den Hinrichtungsräumen: oder die Mauserpistole oder die Maschinenpistole mit der lachenden Stimme – aus der Entfernung wie ein Kinderfeuerwerk: oder schließlich die Bombe mit dem festhaftenden Feuer, das sich über Häuser und Körper ausbreitete und sie mit einer Art Gelee bedeckte, das man noch nicht einmal unter heftigsten Anstrengungen entfernen konnte. Und das brannte. Und brannte. Und nicht zu brennen aufhörte.

Doch man erreicht sie dennoch nicht richtig. Noch nicht einmal im endgültigen Verhör.

Gleichzeitig wurde durch die glühenden Straßen eine stolpernde, auf Zehenspitzen tanzende, von Weinen verzerrte Bevölkerung geführt, das unbekannte Volk, das vor der Welt versteckt in allen Pavillons des dunklen Hauses in Form eines Rostes gelebt hatte: das Wachpersonal, das sich um diesen Preis sein Leben erkauft hatte, trieb es durch den tosenden Feuerschein auf einen dafür ausgewählten Platz draußen im Sumpfland vor der Stadt, wo es ausgerottet werden sollte – als erste ging die Königin von Polen mit aufgerissenem Hemd und nackter Brust, ein stilles stummes fettblankes Gesicht, aus dem die kleinen leeren Augen geradewegs und ohne zu blinzeln hineinsahen in den Tod-im-Leben, das Endlose, hinaus in das augenlose Dunkel auf den ausgesuchten Platz im Sumpfland.

Und Schweigen.

Und die Kinder, die geboren wurden und nur ein paar Tage gelebt hatten, dann kam das Feuer, wimmerten mit fortgefressenen wunden Lippen quer durch den Tod, jenseits des Todes:

ihr habt nichts getan

nichts

Und Schweigen

Und lange danach. Am eisigen Kriegsmorgen. Während die giftige Eis-Sonne über das gefrorene Sumpfland stieg, über dem noch das ferne Siegesgeheul des einen oder anderen Entkommenen zu schweben schien – sah man, wie in der noch immer brennenden, nun aber schwelenden Stadt, in der eine unerträgliche Hitze herrschte (auch wenn die giftige Eisdämmerung bodenlos um sie herumstand, dahinter und darüber), Soldaten in Asbestanzügen mit langen Gabeln schwarzverbrannte Leichen aus der Asche rechten, blind mit geschmolzenen Augäpfeln, die Augen waren über die Wangen geronnen wie Leim. Diese Reste wurden auf Lastwagen geworfen und zum Markt gebracht, der aus irgendeinem Grund vom Feuer nicht stark beeinträchtigt war und wo der graue Frauenkörper noch immer am Galgen schwang, weich jetzt von der Hitze, und sich an jedem seiner Glieder eine Traube aus Krähen und Raben festklammerte – wie ein lebendiger beweglicher hackender Vogelpelz. Um dort schließlich in einem zentralen Feuer vernichtet zu werden. Es war Befehl des Hauptquartiers, daß keinerlei Spuren hinterlassen werden durften – die Stadt sollte schweigend vernichtet hinterlassen werden, als sei nichts geschehen: rätselhaft für sich allein rauchend: ausgeliefert, sich selbst überlassen und den Krähen.

Und Schweigen.

Wem es gelungen war zu entkommen – so wie ein Tier entkommen konnte –, lebt in den Wäldern wie ein Tier, ist Tier geworden und nagt an Wurzeln und gefrorenem Gras.

Eine endlose Zeit im Frost.

Dann die Veränderung.

Schnee fällt, der in Wirklichkeit Regen ist, in einem dichten Frühjahrsregenschleier wogen und schimmern alle Veränderungen der Schneeschmelz-Landschaft, die sichtbaren und die verborgenen.

Eine Ferne zwischen grauen Schilfseen. Das Tier sieht: schweren, fast unbeweglich zähfließenden Lehm, Lehmbrei voll von Aufgelöstem, die schwere graue glänzende Masse bewegt sich in Wirbeln und sog fast unbeweglich einwärts hinab das feuchte Dunkel klagt und braust in anscheinend unendlicher Entfernung glimmt der See wie das vage Tierglitzern eines erloschenen geblendeten Auges, Zweige kratzen in der Dunkelheit etwas wie ein Körper wie einen Gekreuzigten:

der Lehm ein glänzendes erstickendes Gewand ein Körper in allen Richtungen behauen verkürzt der Lehm verschlingend wie Treibsand im Lehm bewegen sich Glieder in glänzendem erstickendem Gewand der verstümmelte

Körper der Mund klafft eine blanke Haut birst wie Speichel die glimmend faule Zahnreihe das aufgelöste Geschlecht Arme Hände im schweren zähfließenden fast unbeweglich verschlingenden Lehm – er ist kreuzförmig geworden.

Denn der Sumpf gibt sie zurück.

Zuerst als das Zeichen der ewigen Verwandlung.

Dann als das der Unbeweglichkeit. Der Regen ist abgezogen, der dürre Sturm herrscht. Das Wasser zieht sich zurück nach innen, härter werdende Oberfläche tritt hervor. Auf dem schon steifen Lehm liegen von trocknender Haut überzogene Knochen, Haarreste, Stoffreste, und sehen wartend hinauf in den Himmel.

Das Frühjahr und die Veränderung gehen weiter, nun jedoch als Austrocknung, als Verhärtung. Der Lehm springt auf wie Fels. Unbarmherzig geht die Sonne auf, unter, auf, unter. Unerschütterliche Sternennächte sehen auf das menschenfreie Land. Nicht ein Leben. Am Tag eine Sonne, deren Hitze ihrer Blendenden-Weißheit entspricht, je höher sie in der Hemisphäre steigt, um so mehr saugt sie alles Leben und alle Feuchtigkeit aus dem Boden, wie verfliegende Dampfwolken vergeht das letzte Leben unter dem brennenden, starrenden Auge. Alles ist wieder Wüste. Doch:

»in jenen Tagen irrt ein Tier, das verschont blieb von der großen Zerstörung, sucht und sucht die Umgebung des vertrockneten Wasserlochs ab, unbeirrbar geduldig die Umgebung des vertrockneten Wasserlochs ab, ohne die Hoffnung aufzugeben auf Leben in der toten Erde ein schattenloses Mineral ohne Atem ohne Zeit«

Irrt das Tier.

Es war einmal ein Vater, der liebte seinen Sohn. Er liebte ihn so, daß der Sohn gleichsam seine Wurzel in der Wirklichkeit war. Er konnte nichts dagegen tun, es war einfach so, daß es ohne den Sohn die Welt für ihn nicht gab. Für den Sohn lebte und atmete und arbeitete er. Und ein ganzes Leben lang hatte er jetzt gearbeitet wie ein Tier: auch dies war eine Art, die ständig quälende Bitterkeit zu betäuben, daß sich das, was er gewollt hatte, so sehr von dem unterschied, was eingetreten war. – Doch der Sohn war für ihn das Wirkliche, er verfolgte alle seine Bewegungen mit einer Angst, die schlimmer war als die jeder Mutter. Weiter als bis zum Sohn konnte er nicht sehen, außerhalb endete die Wirklichkeit, und unwegsames Feindesland setzte ein. Der Sohn war das einzige in seinem Leben, das richtig gewesen war und wirklich, alles andere ein Wirbel aus allzu schwer Saugendem, Auflösendem, zu viel, um es auch nur zu fühlen: *der Wirbel*. Und er wünschte dem Sohn, er solle jemand werden, der *heil* war – *heil und rein*, einer der mit Verwirrung und Trübung nichts zu schaffen hatte, einer, den Unreinheit nichts anging. Hier in dem festhaftenden schweren schweren Rüben-Lehm.

Alles, was er gewollt hatte, war, den Sohn zu einem Werkzeug gegen das Unreine zu formen: um seines eigenen Besten willen.

Doch was er auch tat für ihn, es war falsch.

Und der Sohn wurde in St. Lars aufgenommen und wieder entlassen. Und dann war plötzlich ein ganzes Leben vergangen. Er selbst war jetzt über siebzig. Und der Sohn dreiundvierzig. Nach St. Lars und wieder heraus. Es wurde mit der Zeit nicht besser. Der Zeit, die ging und ging.

In Skurup saß der Vater in der Dämmerung und las. Die Zeit ging, die Jahre drehten sich um ihre Narbe: unveränderlich waren die Dämmerung die Dunkelheit das Lampenlicht und die Lektüre.

Er hatte schließlich sein Bestes gegeben, um ein normales, richtiges Leben einzurichten. Er mühte sich und bezahlte seine Steuer. Aber wie er sich geplagt hatte! und wie alles geendet hatte! – sollte man glauben, daß es ein normales, richtiges Leben überhaupt nicht gab? Daß es immer nur eine Luftspiegelung gewesen war, die sich auflöste, sobald man versuchte, sie zu greifen? Daßalles, was es gab und was Wirklichkeit war: *der Wirbel* gewesen ist.

Und ein Jahr kam, in dem er bei Richter Rutherford über folgendes stolperte:

»viele sind vielleicht der Meinung, der Jehova der Heerscharen sei saumselig, wenn es um den Beginn des Kampfes bei Harmageddon geht, doch er denkt nicht nur an die Vernichtung seiner Feinde, sondern auch an die Erlösung jener Menschen, die wie die Niniveer in der Zeit Jonas' bereuen und sich bessern können«

Sollte er sich in Ansichten und Absichten der ausführenden Gerechtigkeit völlig geirrt haben?

Denn die Ausführung ließ auf sich warten. Noch immer trieb die Erde ihre entsetzlichen Blüten, ihre duftenden Todesfrüchte, ihre Libellenflügel und Neugeborenen.

Und er ging hier mit seinem Sohn. Einmal aus St. Lars entlassen, ein andermal aufgenommen. Die Jahre gingen. Das Leben ging. Und der Sohn. War, wie er war. Einmal draußen, einmal drinnen. Zu manchen Zeiten mußte er ihn waschen wie einen Säugling. In anderen ging es besser – wie immer es aber auch herauskam, es war dem Vater schließlich unmöglich, nicht einzusehen, daß er ihm mißraten war, mißraten, mißraten, mißraten. Der Sohn: war der feste Punkt, der eigentliche Kern in seinem Leben. Ein solches Leben! Ein solches Urteil!

Und das Ärgste war, daß er ihn so liebte. Mit Leib und Seele, mit jeder Fiber. Alle Freude bestand darin, den Hoffnungslosen hier zu betreuen. Außerhalb seiner gab es keinen Geschmack und keinen Sinn.

Er war über siebzig – hätte eine Volkspension gehabt, wenn er sich darum gekümmert hätte, aber das wollte er nicht, solange er Leben im Körper hatte, wollte er daran festhalten zu arbeiten und keinem zur Last zu fallen.

Der Sohn weit über vierzig. Es war klar, so wie er war, war er.

Nein, Elje, der kam nie ins Gymnasium.

Doch erst jetzt meinte der Vater, es sei wirklich schwer, sich aufrecht zu halten.

Es schien doch, als beginne sich alles mit einem Male zu ändern.

Schließlich war sich bisher alles ganz gleich geblieben. In seinem ganzen Leben: dasselbe Haus, dieselben Felder, dieselben Werkzeuge und Menschen. Wurde das Pferd alt, dann tauschte man es eines Tages gegen ein neues: und natürlich wurden Gegenstände ausgetauscht, riß ein Riemen, mußte man einen neuen beschaffen: das aber war eine still trottende, vielleicht ständige, wenn auch unmerkliche Veränderung, die in erster Linie bekräftigte, wie sehr in Wirklichkeit doch alles beim Gleichen blieb. Jetzt und immer und in Ewigkeit eine stille Wiederkehr, ein ewiges Jetzt. Wer könnte sagen, ob die Verschleierung der Weidenbäume im Frühjahr von heute ist oder vom vorigen Jahr oder von vor fünfzig Jahren: sie ist die ewige Sprache des Lebens, solange die kurze Ewigkeit des Weltalls blüht.

Und nun mit einem Mal: nur Veränderungen. Nur Neues. Er vermochte nicht mehr zu erkennen, was wiederkehrte, seine Sinne waren allzu sehr in Anspruch genommen und verletzt vom grellen Neuen. Neuem, das glänzte und schrillte, die Leute trugen strahlende Kleider, jedesmal wenn er in die Stadt kam, glänzte dort ein neues Haus.

Zu Hause ging es ihm, wie es ihm immer ergangen war, was war daran verkehrt? Außerdem war es dort eher hübscher. Zum einen war gleich nach dem Krieg neu gestrichen und repariert worden. Zum anderen hatte er in jenen Perioden, in denen Elje nicht da war (das waren jedenfalls die längeren, schien es ihm), unendlich viel Zeit, sich damit zu beschäftigen und alles in Ordnung zu halten. Wüsten von Zeit.

Er trug die Kleider, die er immer gehabt hatte, weder besser noch schlechter.

In irgendeiner Weise empfand er aber – wollte von diesem Gefühl nichts wissen, versuchte über es hinweg zu springen und es niederzutrampeln –, als sei er vom Wagen gefallen.

Der betreffende Wagen – am ehesten ein großer Rübenkarren, mit zwei Pferden und vollgeladen mit Leuten, unterwegs hinaus auf die Felder – war schon lange fort.

Und entfernte sich weiter. Ganz langsam – im selben langsam schaukelnden Tempo wie immer. Er aber war nicht dabei. Er lag hier allein und war heruntergefallen. Und sie hielten nicht an: keiner hatte gemerkt, daß er heruntergefallen war. Als sei es völlig in Ordnung, daß er nicht mehr dabei war.

Seltsam, es war plötzlich, als sei er weit, weit zurückgeglitten, fast weiter, als er sich erinnern konnte. Als befinde er sich wieder ganz am Anfang. Und aller Kampf sei vergeblich gewesen, als habe er nicht stattgefunden. Und als habe er jetzt ganz einfach nicht mehr die Kraft.

Er kam in die Stadt. Wie glänzende Ameisen in ihren neuen Kleidern bewegten sich in der Ferne Leute auf den Straßen und auf dem Markt.

Er selbst aber war weit zurückgestoßen, hinunter in ein dunkles Loch.

Er war also in der Stadt, in Eslöv. Er war bei Systemet gewesen. Jetzt stand er am Eingang des Kaufhauses. Durch eine Wand aus glänzend weißem Licht strömten Leute heraus und hinein. Er stand dazwischen, auf der Grenze zwischen dem blendend toten Licht dort drinnen und der dunklen schattengleich schmutzigen Stadt draußen.

Jetzt entdeckte er plötzlich etwas, das ihn dazu brachte, sich zu fühlen, als hebe sich der Boden und entgleite ihm unter den Füßen. Er entdeckte, daß die Leute ihn anstarrten.

Sie starrten ihn an, ja. Er war anders für sie, und darum starrten sie ihn an.

Und im selben Augenblick sah er ein, daß es nicht grundlos geschah. Wann er anders geworden war, wußte er nicht. Auch nicht, wie das zugegangen war. Anders aber war er.

Er trug denselben Anzug, den er immer getragen hatte, wenn er in die Stadt fuhr: nichts war daran nicht in Ordnung, er hatte ihn ja nur für Stadtbesuche, es waren stets wenige gewesen, und mit den Jahren wurden es nicht mehr. Er hatte ihn immer gebürstet und ihn, sobald er nach Hause kam, weggehängt. Er war aus schwarzem Cheviot – an den Nähten womöglich grün, das aber war das einzige. Er trug ein weißes Hemd. Und einen roten Schlips. Und eine Sportmütze. Und was also war daran? Die Leute aber starrten.

Sie trugen alle helle, fast weiße, fast schillernde Kleider. Alles war neu. Alle hatten neue Kleider. Deshalb war alles so seltsam weiß und blank. So wie der harte Lichterglanz der Engelswesen sondert und verstößt.

Und er fühlte also jetzt, wie anders er war. Dunkel. Ein Fleck. Nicht schmutzig – aber *unrein.* Was es heißt, unrein zu sein im Vergleich mit dem allgemeinen.

Alle Dinge waren neu, glatt, verschlossen. Während an seinem Anzug jeder dunkle Faden verschossen und von den Jahren abgenagt war, von der Zeit aufgerieben, bereit, zu Staub zu bersten.

In der schattenlosen neuen Lichtflut all die gleichförmigen, neuen Dinge.

Er spürte, wie er Finsternis war. Ein Fleck. Und wenn man ihn sieben mal sieben Mal in ätzend reinigende Pulver und Flüssigkeiten tauchte, die Faser wäre unrein. Der Zeit und dem Tod geöffnet. Vom Tode gezeichnet ist der Mensch in seinem geschwächten, veränderlichen Wachsen und Abnehmen, und er vermag die unveränderbare Neuheit der Dinge nicht nachzuahmen: und dies sah man ihm an.

Darum steht er zwinkernd wie eine von Motten zerfressene Eule da. Gefangen. Im strömend toten Licht entlarvt.

Nein, Elje war nie aufs Gymnasium gekommen.

Im Bus nach Hause über die dunkel werdende Ebene – es war Spätherbst, und es dämmerte, als wolle es Schnee geben – fühlte er, daß für ihn jetzt eine neue Zeit begonnen hatte: von hier und heute an begann die Zeit des Urteils oder der Erfüllung. – Als er aus dem Bus stieg, war es fast finster. Durch die Dämmerung kam eine Gestalt, deren verwirrter, schutzloser Blick nach ihm suchte. – Als der Bus weitergefahren war, suchte eine Hand still nach der seinen. Ein paar Schneeflocken wirbelten ins leere Nichts. – Nur er war ausgestiegen, und aus der Entfernung konnte ja in der Dämmerung niemand erkennen, daß der über vierzigjährige Sohn sich an seiner Hand festhielt.

Doch so weit war es also gekommen.

Und die Welt gab sie auf. Die Welt drehte sich weiter und kümmerte sich nicht mehr darum, was mit ihnen und allem anderen Abfall geschah, der in die Grube geworfen und vergessen wird. Die Welt schätzte sie so ein und belastete ihr Gehirn nicht weiter mit dem, was ihnen zustieß. Dieser Hilflose war ihm aufgeladen, von nirgendwo konnte man Hilfe erwarten, sie waren allein auf der Welt und einander ausgeliefert: eben das war das Leben.

Und manchmal, wenn man nicht erwarten mußte, daß jemand zusah, konnten sie so nebeneinander hergehen. Es war schließlich ungewöhnlich, es war völlig anders. Aber eine Hand in einer Hand, das war so warm und so friedvoll. Es war die Belohnung für andere Zeiten, in denen alles unkenntlich war – unkenntlich gemacht.

Denn manchmal kam die Raserei.

Und der Vater war nicht mehr so stark. Manchmal war er kurz davor, um Hilfe zu rufen. Doch er tat es nie, auf die eine oder andere Weise kam er durch, bis dieser willenlose Körper erschöpft zusammenbrach und einschlief. – Am meisten ängstigte den Vater die Stille, die sich über das ganze Haus senkte, solange die Schreie dauerten: eine unheilverkündende Stille, die ihm nur zu gut bekannt war, aus ihr konnten in großer Eile dunkelblaue Uniformen mit goldenen Abzeichen auftauchen – plötzlich standen sie schwer trampelnd dort im Flur, und das Fahrzeug mit den kreisenden Leuchtfeuern auf dem Dach wartete draußen im Dunkeln. – Manchmal aber geschah absolut nichts. Nur daß die Stille so dicht war. Als sei das Haus nur Lauschen – als lausche es nach innen, als lausche es fast auf sich selbst. Als käme das Geheul und Geschrei in Wirklichkeit aus dem Haus selbst.

Und oft mußte er ihn waschen wie einen Säugling.

Wie viele Male wachte Elje mitten in der Nacht davon auf, daß der Vater mit einer Kerze vor ihm stand und die Decke hochhob und ihn und die Bettwäsche genau betrachtete: nackt wie eine Fliege auf einer Nadel lag er dort unter diesem Blick, der dann nicht der des Vaters, sondern der des Feindes war.

Und oft saß der Vater da, wie er immer gesessen hatte – die Nächte, die wiederkamen und zu einer einzigen zusammenflossen –, mit dem jetzt weit über vierzig Jahre alten Sohn im Arm. Derselbe steife verschwitzte gespannte Körper. Mit den Jahren war er magerer und härter geworden. Und obendrein fast mit einem Greisengesicht. – Doch es war ein Kind. Und das Ärgste mit denen, die nie wirklich erwachsen werden, ist, daß auch die Gefühle, die man für sie hegt, nicht erwachsen werden, sie bleiben frisch und munter wie ganz zu Beginn, nichts wird betäubt, nichts wird gelindert – mitten im Inneren des Vaters ist eine Zartheit, wie beim ersten Mal, als er den Säugling in seine Hände nahm, die Zeit gibt es nicht – alles ist ebenso unveränderlich, ohne Schutz, nur die Schale wird von Veränderung angegriffen. Nur zwischen dem, was man von außen sieht, dem fast völlig zahnlosen Mund, der mittlerweile nur noch mit Mühe spricht (besonders gesprächig ist der Vater natürlich nie gewesen), und der nackten zitternden Sorge im Inneren – zwischen ihnen wird der Unterschied zweifelsohne immer größer.

Elje. Daß es in einem Jahr Ende Januar gegen 5 Uhr ging. Nicht erwähnen. Daß es draußen dunkelte. Daß unten im Krankenhauspark dichter Schneedunst rauh und unangenehm zwischen den Bäumen stand, wo Gestalten rutschend und schief im Schneebrei verschwanden. So wurde das kleine weiße Zimmer, das ihn auf allen Seiten umschloß, jetzt allzu weiß. Obwohl es darin auch Grau gab: graue Kacheln, in denen sich ein glänzendes Stahlbecken mit Handdusche und Hähnen spiegelte, eigentlich war das Zimmer als Lager oder Laboratorium für einfache Analysen gedacht. Das Licht der mattleuchtenden Kugel an der Decke durchdrang jeden Winkel mit gleichförmiger Klarheit, ohne Schatten, ohne Distanz – das Zimmer war völlig im Weißen, alles Blanke glänzte, kein Kratzer, kein Schatten. Viel zu weiß. Und hell. Auch viel zu warm und lautlos: ein Knebel. In all dem weißen blanken lautlosen Warmen saß das Fenster wie eine quadratische Aussparung aus fast völlig durchsichtigem Glas, nur wo das Licht reflektiert wurde, gaben wenigstens ein paar halb abgewischte, halb vergessene Streifen Staubhaut den dicken Doppelscheiben Körperlichkeit. Dunkler werdend flimmerte draußen Schneedunst. Hinter den Scheiben viel zu warm. Eine unmögliche Wärme – zu dicht, zu sanft, zu lautlos und sanft, ohne Atem, ohne Schatten, ohne Widerhall und Echo.

Zwar fühlt die Haut, daß der Schweiß in kleinen feinen klaren fetten Tropfen ausbricht. Zugleich aber fühlt sie überhaupt nichts, als ob die Wärme, eine feine, sanfte schweigende Rasierklinge, der Haut jedes Gefühl abschneidet, sie ist nur tot und sanft. Geräusche – aber hier gibt es keine – hinterlassen in der Stille nur ein gesichtsloses Grübchen wie in krankem Fleisch, ein weißliches Grübchen, das nur sehr langsam wieder aufgeschüttet wird. Aus der Sanftheit dieser geruchlosen schattenfreien Wärme herauszukommen ist unmöglich, überall ist sie wie ein Körper ohne Körper: ein warmer leerer Schlund. Draußen weint die Welt. Hier in der Weiße aber kann keiner weinen. Sie steckt im Hals fest. Dicht und sanft und unerschütterlich ist es hier. Einer in der Weiße kann nicht weinen.

Wer in der Weiße ist, kann nicht mehr weinen, nein. Das Weinen ist ihm verwehrt. Er träumt nicht, er erinnert sich an nichts. Unter anderem hat er nicht die geringste Erinnerung daran, wie Weinen war – vielleicht wie die Berührung von etwas Lebendem, Eigenartigem? etwas Wunderlichem Sanftem Warmem Weichem?

Doch er entsinnt sich nicht. Das Weiße hat alles genommen und in sich hineingefressen, als habe es vor dem Weißen nichts gegeben. Das Weiße ist.

Der Kaiser lebt und regiert. Der Menschenrest ist Untertan.

Der Menschenrest ritzt das Bild des Kaisers in sein Fleisch. Mit einer Nähnadel, mit einem abgebrochenen Löffelstiel, mit dem Speichel der Zunge. Jedes Mittel ist der Mühe wert:

denn der Kaiser ist auf dem Weg, um die rechte Bevölkerung vor der unrechten zu schützen.

Das Bild des Kaisers.

Nichts soll der Untertan besitzen außer dem Bild des Kaisers. Darum hat der Apparat, der es besser weiß, ihm alles abgenommen bis auf die Knochen und zuletzt auch die Erinnerung, um seines eigenen Besten willen.

Das siegreiche Bild des Kaisers. Die Reden des Kaisers erfüllen alle Himmel. Reinheit! Reinheit! Wohin ist die Mutter, dieser sprachlose Krätzefetzen? Das Weiße hat sie geholt. Durch die Maßnahmen des Apparats, der es besser weiß, ist alles, was Traum oder Erinnerung gewesen sein könnte, jetzt getilgt, weißleuchtend von einem Frostring aus völliger Undeutlichkeit umgeben – so wie man jetzt im März die Dinge im Vollmondlicht sieht, wenn das Einsetzen des Frühlings binnen einer Nacht umschlägt in Kälte, die einfach andauert. Eine Art hoffnungsloser Kälte: weiße Kühle. – Es gibt sie. Winter Sommer Schneefälle Hitze können steigen und sinken und zersplittern und fortschreiten. Die eintönige und felsharte Kälte über schneefreiem Boden im März – sie steckt so tief im nackten Sein wie nur möglich. Sie ist. Im März völlig nackt. Wie man die zwei Pavillons, die Wirtschaftsgebäude und den noch zugefrorenen Teich dort drüben im strahlend milchweißen Todeslicht erblickt (gegen zwölf-ein Uhr nachts durch das weißgestrichene Fenstergitter). Eingeschlossen im Weißen. Alles ist gleichfarbig, gleichförmig: ohne Gedächtnis. Der stille Kiesplatz draußen vor dem weißen Gitter bewahrt auch nicht den Schatten einer Erinnerung an jene, die über ihn gegangen sind. Die Erinnerungen sind an einem hermetischen Ort eingesperrt.

Folgendermaßen die Resultate des Apparats: keine Spuren, nichts, alles zugeschüttet wie ein weißes Grab. – Es war so lange her, daß er weinen konnte, er konnte sich noch nicht einmal vorstellen, wie das gewesen war.

Indessen kam ein Augenblick, in dem er einen sonderbaren Durst hatte, der war so, wie weinen wollen. Aber nicht können.

(Und jetzt hat der Kaiser sich wirklich alles, was von außen sichtbar ist, unterworfen. »Alles vermehrt sich in unheimlichem Maße usw.« Unglaublich effektiv. Er kann alles. Schneller als der Hase, stärker als der Stier. Am ärgsten die kompliziert blühende Maschine: der Pfahl ragt senkrecht aus dem Fleisch und steht und steht. – Elje seinerseits ist zwar auch noch beteiligt, doch nur wie ein kleiner Fetzen, völlig erschöpft von den Unternehmungen, die in seinem Namen stattfinden. Konnte beispielsweise unmöglich begreifen, warum die Helferinnen schrien und rannten wie weiße Hühner, wenn er lächelnd auf sie zukam.)

Alles ist also jetzt vollständig verwüstet, vernichtet. Der Befehl zur Zufriedenheit des Hauptquartiers ausgeführt. Wäre nur noch der kleinste Splitter Leben erhalten geblieben, wäre dies der Moment, von vorn zu beginnen: alles ist sauber geharkt wie auf dem Mond und erinnert an die Kopfschwarte einer Leiche.

Es gibt kein Leben, nur Überbleibsel eines Toten. Es gibt keine Erinnerung an das, was geschehen ist; was zu viel ist, kann kein Menschengedächtnis behalten.

So weit wie möglich unter die Decke ins Bett verkrochen, fest eingewickelt und verdreht in Decke und Laken, schreit er halberstickt unter ihnen hervor und fleht, sie mögen ihm alle Haare, die er noch hat, ausrupfen, wie man ein Huhn rupft. Man solle seine Zähne ziehen. Man solle ihm endlich ein Ende bereiten.

Eines Tages, aber inmitten des Nichts im wüsten Land, wo es weder oben noch unten gibt, weder damals noch heute, begegnet er einer Wächterin. Sie hat Angst.

So ist es gewesen: daß während einer jener Perioden, in denen der Kaiser alles eingenommen hatte und so stark und uneingeschränkt wie möglich war – höheren Orts der Befehl erging, er habe täglich im Park zu spazieren. Ausersehen dazu, ihn während dieses Spaziergangs an der Hand zu führen (aus eigenem Antrieb konnte er sich keinen Schritt fortbewegen), wurde ein grobgliedriges Wesen, ausstaffiert mit einem Kittel, der ihr nicht paßte, eine Aushilfe, die zu verschiedenen niederen Arbeiten herangezogen wurde, schichtweise Nachtdienst hatte und »Andersson« genannt wurde, da ihr tatsächlicher Name unaussprechbar war. Sie verfügte über keine Sprache, nur Laute – ermunternde oder abschreckende. Daß sie eine Todesangst hatte, erkannte man am Geruch, scharf wie ein Hilferuf. Mit einer warmen rauhen Hand. (Vom Land?) Sie gingen um einen grauen See herum (– das heißt, was in der Sprache der Stationen See genannt wurde: war in Wirklichkeit nur ein von schüttergefrorenem Schilf umgebener, kleiner, runder Teich, im Sommer dann eine gewöhnlich morastige Mergelgrube, deren Wasserspiegel fast völlig unter dem dann hohen, dicht rauschenden, sich verneigenden grünen Schilf verborgen war, tatsächlich ein Ort für einen, der vom Lande kam.) – Jene offenbar leblose Wasserentdeckung. – Inmitten des undurchsichtigen grauen Eises war jedoch eine gelbliche Aufweichung sichtbar, als habe dort jemand seinen Urin gelassen, und der Schimmer von etwas Dunklem wie ein Auge oder irgendeine andere, wärmer glitzernde Körperöffnung. Wäre er jemals fähig (mit gleichsam gelähmt weicherwerdenden weicherwerdenden Gliedern), sich dorthin zu schleppen und seine Zunge einzutauchen?

Und was ist Furcht?

Angst hat einen besonderen Geruch. Einen Polizeiwachen- oder Gefängniszellen- oder Notstationengeruch, von den Orten, wo er sich unauflöslich in die Wände eingefressen hat, sie aufgefressen hat (oder, in anderem Zusammenhang, ein Lagerbaracken- oder Elektrozaun- oder Hände-an-die-Wand-und-Beine-breit-Geruch: je nach Umständen). Es ist kein Menschengeruch. Er erinnert an nichts Bekanntes. Eine Art scharfer Tierschweiß ist es, wie ein durchdringendes Signal von einer völlig unbekannten fremden Art irrt er plötzlich mitten zwischen den menschlichen Erfindungen und Systemen und Maschinen und Verhaltensweisen. Mittlerweile nicht mehr der Geruch eines Menschen, auch nicht der eines Tiers. Es ist der Geruch eines Menschen, den man vertrieben hat aus dem Menschsein (der Ausgebeutete und Erniedrigte: der Untertan), der jedoch auch kein Tier ist, niemals mehr wird er in die warme Unversehrtheit des Tierreichs aufgenommen werden: es ist der Geruch des Befleckten und Unreinen und unter Zwang Erniedrigten und Gejagten.

Dieser Geruch ist die Lebensluft des Kaisers. Sie erregt ihn unsäglich. Eingeschlossen darin wird Elje wie auf Wolken um den See geführt. Der Kaiser dreht und windet und reitet, er reitet ihn.

Sie aber hält ihn an der Hand. Und die Hand ist warm. Es ist eine lebendige rauhe scheuersandwunde Hand vom Land. Und freilich hört man nur das harte leere Geräusch der Absätze auf dem von der Kälte gleichsam gegossenen Kiesweg – jedes einzelne Kieskorn festgelötet in Eisgefrorenheit, als sei es Teil der grauen Ewigkeit. Und freilich zieht und zerrt der Kaiser an allen Vertäuungen – er will hinaus, er will hinaus und auf Wolken gehen. Doch die Hand ist ganz wirklich und warm, auf eine Weise erkennt er sie ganz deutlich wieder – vom Grund seiner selbst steigt ein warmes warmes Gefühl des Wiedererkennens auf.

Und ihr Gesicht ist so hilflos. Unter der schweren Grauheit ist ein Kind.

Aber die Furcht?

Die Angst, Prügel zu bekommen, Blut zu sehen, daß etwas weh tun könne. Die Angst vor der Polizei und allem, was Uniform trägt. Die sich fürchten vor der Dunkelheit im Wald, vor Friedhöfen, vor Toreingängen zu verschlossenen Höfen. Die Angst haben vor Krieg und ansteckenden Krankheiten. Die Angst haben einzuschlafen, weil dann die Träume kommen. Die sich fürchten vor allen Veränderungen der Haut und des Körpers mit den Jahren, als berge jeder Leberfleck den Tod in sich.

Und die einfach Angst haben zu leben, weil leben unvermeidlich heißt, eines Tages zu sterben – Woche für Woche ist ihr Tag ein stets in letzter Minute bereuter Versuch abzuspringen. Denn abspringen heißt doch in jedem Fall unerbittlich den Sprung dorthin – den harten Boden dort unten, das wie auch immer Unvermeidliche.

Und jene, deren größte Angst sie selbst sind. Balancierend gehen sie durchs Leben, als trügen sie ein Ei. Oder feierlich, mit der geringstmöglichen Kraftentfaltung, so, wie man über Eis geht, dessen Tragkraft einem unbekannt ist. Von sich selbst wissen sie nur, daß, wenn sie auf bestimmte Art berührt werden, jener richtige, wenn auch sehr einfache Griff zustande kommt und sie wie Maschinen ausführen, was sie nicht wollen und wogegen sie sich angstvoll wehren – etwas, das er im Traum einmal seine Hände, seine eigenen Hände hatte tun sehen.

Und wenn einer, der seinen armen Kopf mit seinen Träumen so vorsichtig wie ein Ei, voll Rücksicht auf den kleinsten Schmerz, durch ein ganzes Leben getragen hat – eines Tages dann seinen Blick unversehens in den eines anderen senkt, und es ist, als schaue er in seinen eigenen Alptraum hinein, sehe sich selbst weit offen, was geschieht dann?

Dies ist die Domäne des Kaisers.

Das ausgeschlossene Dritte ist die unmerkliche Bewegung in der Hand der zu Tode geängstigten Aushilfe, mit der sie ihre Angst zurückweist und leicht leicht die Hand des Kranken nimmt, anders als auf jene bewaffnete Helferinnen-Spaziergang-Führer-Methode.

Doch sie hat hier keine Chance. Unverzüglich gewinnt die Furcht wieder die Oberhand. Der Kaiser gewinnt die Oberhand. Der Kaiser hat das Arbeitsgebiet abgesteckt und die Zeit zugemessen: dieses Urteil gilt auf Lebenszeit.

Und diese Furcht ist wie ein Wasser. Lockt und zieht. Wie eine unhörbare zwingende starke Aufforderung, die Haut der Wasseroberfläche zu sprengen. (Und dann?)

Ihr Gesicht war also grau, unter anderem, weil sie Angst

hatte. Darum schwitzte sie auch in der Kälte hier im Freien heftig. Sie führte ihn an der Hand, wie man es ihr befohlen hatte, sie schien zu jenen zu gehören, die tun, was man ihnen befiehlt, worum es sich auch handelt. Vielleicht kniff die Hand aus Angst stark zu, aber es war eine lebendige Hand, warm und auf ihre Weise stark. (Man konnte übrigens nicht begreifen, wovor sie Angst haben sollte, sie war schwer und kräftig gebaut, ein Muskelberg eigentlich, nur sorgte irgendwo im Innersten eine Schwäche dafür, daß diese ganze große Maschine überhaupt nicht funktionierte.) In der Tasche hatte sie eine weiße Strickarbeit. Sie gehen rund um den schweigenden See. Nur das Schilf raschelt wie die Stimmen der Toten.

Verfinstertes Gesicht, fast kein Blick. Sie führt ihn an der Hand. Als werde er von einem Tier geführt.

Er kennt die Hand, die ihn führt, sehr gut. Manchmal tastet er sich von der Seite auch heimlich vor – sucht ihren Blick. Der aber läßt sich nicht fangen. Tag für Tag versucht er es. Er gibt nicht auf. Sie aber verhält sich, als habe man sie einmal zu sehr erschreckt, sie kann einfach nicht. Vielleicht möchte sie zurückschauen – doch flieht der Blick von selbst so weit wie möglich in das Augenwinkelversteck.

Elje denkt noch immer, was er in all den Jahren gedacht: Wie finde ich sie? Ich muß sie finden. Doch ohne Gedächtnis konnte er sich um sein Leben nicht daran erinnern, wer und wie und warum er mußte, unbedingt mußte, ja, finden mußte.

Während einem dieser Spaziergänge aber – tatsächlich mitten im Allertotesten, mitten im März, in der Graugefrorenheit, die mehr als alles andere dem endgültigen Erlöschen der Zeit gleicht, einem Stein-Herzpunkt, einer

Ewigkeit der Gefangenschaft – bleibt der Kranke eines Tages stehen. Mit einem plötzlichen Ausdruck erregter Erwartung packt er den Arm der Wächterin und blickt ihr ins Gesicht. So plötzlich kommt es, daß sie nicht rechtzeitig hinter sich zumachen kann.

Er blickt in das Gesicht der Wächterin, das jetzt völlig nackt, gefangen und ausgeliefert ist.

Sieht und sieht.

Jetzt ist man im Unwahrscheinlichen.

Dort hebt er seine Hand, fast an ihre Wange. Aber dann kann er nicht mehr.

Da kommt indessen die Hand der Einsamen sehr sacht. Ein Finger fährt über seinen Mund. Die dicke Graue sieht aus wie ein schüchternes Kind. Der Scheuersandgeruch wird stärker. Der harte rauhe Finger aber wischt so sanft über seine Lippen, hin und her. In den Schlaf, in den Schlaf. In den Traum! Hier kann alles geschehen. Könnte es – könnte es – eine lang Vermißte sein, die zurückgekommen ist?

Von da an müßte eigentlich alles klar sein. Eigentlich hätte man doch nur seine Sachen packen und nach Hause gehen müssen: jetzt ist doch klar, wie alles ist – von hier an beginnt das Leben, das richtige Leben.

Aber so ist es nicht. Das Gewordene ist. Die Maschine ist. Der Kaiser ist und verlangt das seine. Man kann nicht einfach sagen: guten Tag, ich packe jetzt und fahr nach Hause! Nein, man ist, wo man ist; man ist zu dem geworden, was man ist. Das einmal Begonnene hat sein eigenes Gesetzeswesen. Dort fordert der Kaiser das seine.

Und dort versteht er sie auch als ein außerordentlich unterlegenes Wesen, als einen wirklichen Untermenschen – eine, mit der man wirklich nichts zu tun haben möchte. Und so einer ist er jetzt ausgeliefert, sie bestimmt, in welchem Tempo sie um den See herumgehen. Unternimmt er etwas gegen sie, schreit sie laut: dann steht dort plötzlich, wie aus der Erde gewachsen, ein starker Pfleger. Und es wird unangenehm.

Und er kann sich einfach nicht mit jemandem wir ihr verständigen, nie, niemals. Sieht stur von oben nach unten an ihr vorbei. Bleibt so. Er hat die kaiserliche Miene: der Kaiser persönlich hat zu seiner Verteidigung eingegriffen, gegen diese wunderliche schädliche zersetzende Lust zu weinen, die ihn hier draußen in der frischen Luft mit schmachvoll warmem Pulsschlag übermannt. – Als der Kaiser seine Verteidigung übernimmt, wird alles weiß. Das weiße leere Land entsteht. Das undurchsichtige Land, das Land, dem Farbe und Geschmack geraubt wurden – Geschmack nur von erhärtetem fadem Lehm, kein Laut, kein leibhaftiges Leben: Gestalten-Patienten-Helfer bewegen sich deshalb wie aller Wirklichkeit entleert. Das Land der weißen Schatten: die Seele hat einen Schatten, und das ist der Körper, der Körper wirft seinen Schatten, aber Schatten und Erinnerung wurden ihm aus medizinischen Gründen genommen, wie man sagt, zu seinem eigenen Besten. So drehen sie ihre täglichen Bewegungsrunden: weiße Schatten. Furchtbar, in Gesichter zu sehen, die ihrer Schatten beraubt wurden. Das Blutige geht auf Jagd.

Dieses Wesen stammte von irgendwoher. Von außen, von anderswo. Sie kannte kein Wort der Landessprache, und auch kaum eins der anderen. Sie war eine, die irgendwann einmal untergegangen und dann irgendwann einmal wiedergeboren worden war. – Das Sprachproblem spiegelte ein Erdbeben. Aber es war ein Brand. Sie war in einem Brand geboren. Innen war es leer. Nur Dinge, die sie sich vielleicht einbildete – unerklärliche Bilder – Erklärungsversuche –, Worte stiegen auf, zusammenhangs- und wurzellos aber wurden sie ihr im Mund verdreht.

Etwas jedoch lebte in ihr, vom Anfang bis zum Ende. Etwas wuchs – oder nahm ab, man mag es nennen, wie man will. Es wurde aus unsichtbarer Richtung bestrahlt. Es war lebendig.

Du bist, der du bist.

Sie war nun also hier, ein gewöhnlicher Mensch unter gewöhnlichen Menschen, wenn auch so wunderlich, wie es eben gewöhnliche Menschen unter dem Druck bestimmter Umstände manchmal werden. – Sie hatte ein Zimmer in der Trädgårdgatan, ein gewöhnliches Zimmer. Bezahlte ein gewöhnliches Radio auf Raten ab. Fuhr nach Malmö zur polnischen Kapelle. Verrichtete allerlei Bußübungen, von denen der polnische Priester sagte, sie seien nützlich. Kaufte besonderes Brot in einem besonderen Laden, sie mochte es nicht lieber als anderes, aber es war sozusagen eine Verbindung. Auch nachdem alle Erinnerungen verschwunden waren, richtig verschwunden (ja, *wohin* verschwanden die Erinnerungen?).

Sie hatte auch eine Truhe. Sie strickte und häkelte und nähte und füllte sie. Doch sie hielt sie versperrt und trug den Schlüssel stets bei sich. Sie war ein Geheimnis.

Alles aber verquickt und unbegreiflich. Keine verständliche Sprache. Sie sagte tsch-tsch. Grau, aber schweißglänzend: im Haus, auf den Stationen war es so heiß, daß das Personal unter den Kitteln fast nichts trug, für seine Verteidigung sorgte man mit jahrelang trainierten Armmuskeln, starken Kneiffingern. Selbst diese Sprachlose mit ihrem leeren weichen Gesicht hatte sich ein solches Verteidigungs-Ich zugelegt, es konnte eine zum Vorschein kommen, die sehr wohl Peitsche und Gummischlauch zu benutzen verstand. Meist setzte man sie indessen zum Scheuern, Entleeren, Hinhalten, Baden, Bettenmachen, Aufwischen und allen ähnlichen Arbeiten ein – der Menschenrest im Bett oben in der Ecke strich zu Jubel und Vergnügen des ganzen Saals wie eine Katze um die dicke schweigende Graue, wenn sie die Bettwäsche wechselte. – Dann öffnete sich in der Sprachlosen ein wortloser Blick. Eine mühselige Verwirrung. Dann wieder Angst – so wie eine Haut den Blick langsam wieder bedeckt. – Wer aber sollte etwas für sie tun? Sie hatte ja noch nicht einmal einen Namen. Alles verquickt, unbegreiflich. – Auch wenn sie doch einen Namen haben mußte: aus welchem verschrobensten Winkel der Erde die Menschen auch kamen, man hat doch nie gehört, daß sie keine Namen trügen. – Freilich kann man sich trotzdem denken, daß es kein besonderer

Name sein kann: der Blick sitzt so verloren in seinen Löchern: nein, eine wie sie kann keinen besonderen Namen haben, wenn sie je einen gehabt hatte, muß er in seinem Umfeld ebenso anonym und zifferartig sein wie »Andersson« hier in der Krankenhausverwaltung der Stadt Lund; alle Bemühungen, den Namen richtig auszusprechen, wären also sinnlos, man brächte ja doch nur etwas zustande, wofür »Andersson« die absolut richtige Übersetzung ist. – Als sei sie keine Person. Daß sie irgendwelche Eigenschaften besaß, war eigentlich unvorstellbar. Zum Beispiel, daß sie eine Speise lieber mochte als eine andere – sie verschlang alles mit der gleichen rohen stummen maschinenartigen Kraft. Und führte jede ihr zugewiesene Arbeit auf die gleiche Weise aus: stark, gleichmäßig, ohne zu zögern, wie eine stumme, starke, nur bisweilen völlig falsch laufende Maschine. Und dann eigentlich überhaupt keine Sprache, unbändige weitumfassende unzulängliche Gesten, begleitet von stoßartigen Lauten, das jedenfalls genügte nicht, um von einer schwedischen Kommune fest angestellt zu werden. Diese Laute mußten zwar aus einer Sprache stammen, die ursprünglich ihre gewesen war, die sie jedoch irgendwo unterwegs auf die eine oder andere Weise verloren hatte – zumindest hörte man von ihr nie, wenn sie sich in jener Sprache, die Schwedisch vorstellen sollte, versuchte, anderes als stets die gleichen monotonen Laute. Und kamen Leute (was vor allem in den Jahren nach dem Kriegsende ab und zu vorkam) aus dem, was man für ihr Sprachgebiet halten konnte, redete sie mit ihnen kein Wort, die Augenspalten schlossen sich völlig, das Gesicht sah aus wie ein Stück grauen Teichs – nur manchmal öffnete sich ein Augenritz und ließ ein scharfes glasklares haßerfülltes Licht hervordringen, so daß der Getroffene sich unangenehm berührt unverzüglich abwendete. Darin aber lag nichts Persönliches, es war wie der Aufgang und der Untergang der Sonne über Bösen und Guten gleichermaßen: es war allgemein, es war einfach. Denn so, wie man ihr keine eigenen Ansichten und keinen eigenen Geschmack unterstellen konnte, schien auch der Gedanke eines ihr eigenen Lebens, einer ihr eigenen Geschichte mit besonderen Ereignissen und Erinnerungen, die ihr allein und niemand sonst gehörten, unmöglich: sie machte den Eindruck, als sei alles in ihr stets gemeinsamer Nenner und Allgemeinbesitz von Anfang an. – Und selbst wenn der Ort und sein Breitengrad noch so genau in den Papieren des Registers der Ausländerbehörde verzeichnet waren, schien sie keine allzu klare Vorstellung davon zu haben, worum es sich bei diesem Land der Vergangenheit eigentlich handelte, man konnte ihr seinen Namen mitten ins Gesicht sagen, ohne daß sie auch nur zusammenzuckte – sie selbst wußte offensichtlich nicht viel mehr, als daß sie ganz allgemein von irgendwoher stammte, aus irgendeinem Ort, von irgendwo. Namen waren für sie krank und leer und fielen einfach aus ihrem Bewußtsein wie die losen Stahlzähne, wie sie die Patienten aus ihrem Sprachgebiet manchmal ausspuckten, dort lagen sie und glänzten verloren auf dem glatten Fußboden.

Sie war ihnen aber wie gesagt entkommen. Sie war aus etwas hinausgespült worden und befand sich wie durch ein Wunder nicht auf ihrer Seite. Sie befand sich jetzt bei Gewöhnlichen, Richtigen. Dort hatte man ihr gestattet, einen Bußgang zu vollbringen. Einen üblichen (wohin verschwindet die Erinnerung?). Das Zimmer in der Trägårdsgatan war ein gewöhnliches Zimmer, mit Kochgelegenheit und WC auf dem Treppenabsatz. Das Radio. Ein Altar mit Spitzentuch und Tschenstochau. Sie kaufte das Brot, das man polnischen Schwarzlaib nennt (*wohin* aber waren die Erinnerungen verschwunden?). – Nachts im Bett jedoch weinte sie. Das Kissen wurde naß, und die Arme legten sich darum wie um ein kleines warmes Kind, das ständig den Kopf abwendet, weshalb sie niemals sehen durfte, wie das Gesicht aussah, und das sie nur neckte und neckte und fortkroch. Und sie weinte so furchtbar, manchmal schien es ihr, sie habe fast die ganze Nacht geschrien – aber die Nachbarn sagten nie etwas, es dürfte also nicht so schlimm gewesen sein. Und sie weinte auch, weil sie doch wußte, daß sie in Wirklichkeit keineswegs die war, die sie zu sein schien: sie wäre so gern von jemandem wiedererkannt worden und hätte wissen wollen, wer sie wirklich war – sie war doch nicht diese dicke Graue mit den stets fremden Lauten im Mund.

Ja, so gesehen, hatte sie vielleicht Erinnerungen. Bestimmte Scheinerinnerungen. Erst unter ihrem harten Glanz begann die wirkliche Erinnerung, die jedoch war unerreichbar. Woher kam denn beispielsweise das Weinen? Dort innen, wo alles brannte und kein einziger Mensch mehr zu sehen war. War sie es selbst, die da weinte? Oder eine weit, weit entfernte Mutter?

Ihr war gestattet worden, Buße zu tun.

Und sie weint weint weint in einem nicht endenden Traum, verurteilt, von der Schweineherde niedergetrampelt zu werden.

Durch die Nacht leuchtet das Brautgewand. Das ist *das Geheimnis, wer sie tatsächlich ist.*

Nimm an das unvergängliche Kleid der Seele. Dunkles verkohltes Gesicht. Nachtmutter. Atem des Feuers – Nacht-Gesicht dann, Quelle der Tränen, Weinen der verbrannten Erde.

Er aber fühlt, daß VON UNTEN Drohung wächst.

Denn jetzt ist zwar alles an seinem Platz, er weiß sehr wohl, wer von ihnen etwas gilt – und wer absolut nichts ist, wer unrein ist, Schand-Fetzen.

Trotzdem aber eine Drohung. Sie breitet sich aus wie der Schmelzdunkelflecken mitten im See – zehrt, verzehrt. Unbeweglich steht das Frühjahr, hell – auf ein und demselben Bein, auch wenn die Wochen laufen. Alles schweigt. Es wird nur ärger.

Bis eines Tages um die Mittagszeit die erlösende Feuchtigkeit ausbricht: sprühender rauschender lauer grauer Mairegen, wie eine Last auf dem Kopf empfindet man mit dem ganzen Körper die Hitze der nährenden Sonne durch die geburtsduftende Wolkenfeuchte hindurch.

Erst gegen Abend läßt es nach.

Die feuchte laue Dämmerung zittert vor Leben. Der Mond geht auf und paart sich mit den neu aufgesprungenen grünen Düften.

Wie eine zum Platzen bereite Haut gibt im nährenden Mai die Nacht dem Froschgesang nach, der sich wie eine tosende klingende Mauer aus der bleichen dampfenden Nacht erhebt – als habe die Nacht Münder, Paarungsmünder aus dem bebenden erwartungsvollen Wasser des Teichs und aus dem lauen Sumpfland am Höjefluß, im hellen Nachtnebeldunst paaren sich der Duft von Moordunkel und der Duft des Maimonds: blubberndes tobendes schmatzendes gebärendes Moordunkel und das wunderliche Nachtlicht, überall ist es, in der kleinsten duftenden Pflanzenpore, im Wassertierauge. Und das Klagen der Nachtigallen ist Jubel, oder ein Jubel wie Weinen, man weiß nicht, was von beidem.

In jener Nacht ist es so, daß der kleine Mann im Bett, ganz oben in der rechten Ecke am Fenster in Saal 6, sich in entsetzlicher Unruhe dreht und seufzt und brummt: einmal, weil es im Saal stickig ist wie in einem Treibhaus: einmal, weil die Aushilfe mit dem ständigen Auftrag, mit ihm einen Rundgang im Park zu machen, Nachtdienst hat und keiner sonst für ihn Zeit gefunden hatte – er konnte sich nicht bewegen, er ist unerlöst, in sonderbarer Stimmung. Gerade an einem solchen Abend darf einer, der nicht völlig über das Gleichgewicht seiner Sinne verfügt, nicht ohne Bewegung bleiben.

Und er weiß doch, wann sie ihren Dienst hat, sie hätte ihn zu seinem offiziell vorgeschriebenen Spaziergang bringen sollen und hat es versäumt. – Es hilft nichts, daß er grinst, wie er dort liegt und sich im Bett herumwirft – obwohl er das sofort hinter der vor den Mund gehaltenen Hand verbergen will. Er weiß doch, daß dieser große schwere, immer nach Schweiß-Angst riechende Körper einer gehört, die er wirklich verachten darf. Wäre alles in Ordnung gewesen: er hätte das Recht gehabt, nach ihr zu treten. Und es ihr zu geben. Und es ihr zu geben.

So, wie es aber ist, liegt derjenige, der hier eigentlich rechtmäßig die Macht besitzt, eingesperrt und gefesselt und kann nichts tun.

Und für den Kaiser, der die Reinheit selbst ist, liegt doch der äußerste, um nicht zu sagen, einzige Genuß tatsächlich in der Befleckung – sich im unreinsten Zusammensein mit einer Unreinen, der Untersten zu beflecken –, denn erst durch die Befleckung stellt sich die Reinheit wirklich ein, die Reinheit als-das-was-sie-ist.

Und hier verbinden sich in der Natur des Kaisers Aufgabe und das Erlebnis dieser Aufgabe zu ein und demselben völlig unteilbaren Gefühl, dies ist die äußerste Handlung des Kaisers:

»– das unreine entsetzliche Sein des Unreinen aufzuhalten, den entsetzlichen Totentanz des Lebens, das Gebärende, Tötende, die endlose Kette, den Kreis mit der Todessonne im Zentrum«

Die große grausame Maschine des Gebärens anzuhalten.

Sie wimmert wie die Muttersau: sie gebiert und gebiert, sie gebiert und erbebt und schlingt bebend vor Appetit, während das andere Ende mit Organen wie große geschwollene Blumen gebiert und gebiert.

Die ganze Nacht wimmert. Die ganze Erde liegt jetzt in bebendem Wimmern. Die Nacht zittert und verschlingt und gebiert.

Er hatte auch damit gewartet, dies alles in die Tat umzusetzen, bis ihm ein Schneide-Werkzeug in die Hand fiel: monatelang hatte er gewartet. Denn *rein* sollte sie dem Kaiser übergeben werden.

Unterdessen bereitet sich das für den Kaiser vorgesehene Opfer auf seine letzte Nacht vor. Sie trinkt Tee und ißt ein Marmeladenbrot. Sie nimmt die Papierwickler aus dem Haar und zieht sich an. Sie nimmt eine weiße Baumwollstrickjacke mit, sie zieht sie nicht über, denn es ist ein so warmer Abend. Sie schaltet das Radio aus und verläßt das Zimmer. Sie geht die Treppe hinunter, schräg über den Hof, und zu guter Letzt erreicht sie über die Södra Esplanaden das Krankenhaus (wo man zu dieser Zeit am Eingang noch ein Wachhäuschen, hohe Maschendrahtzäune und ein elektrisches Alarmsystem hatte – das kleine Tor wurde jedoch häufig einen Spalt offengelassen, und der Eingang war de facto lange Zeiten unbewacht). Die Nachtigall, dieser sonderbare Vogel, jubelt in der Dunkelheit.

Der Rest bleibt der Vorstellung überlassen, denn er enthält viele unaufgeklärte und widersprüchliche Einzelheiten: wie sie durch den vorderen Teil des Parks und über den Kiesplatz geht, wie sie die Treppe im Pavillon 3 hinaufsteigt und den weißen Kittel anzieht. Wie dunkel, hell, feucht die Nacht ist. Die Hitze im Korridor und der Körpergeruch aus den überhitzten Sälen ist unerträglich. Die Laute aller Schlafenden und unruhig Träumenden und Schlaflosen. Wie das Licht von der Lampe der Stationsschwester sich mit dem bewegungslosen Licht der Nacht vermischt. Die Nachtschwester selbst schläft in ihrem Sessel, neben ihr steht eine leere Kaffeetasse.

Dann muß man sich weiter vorstellen: das Zusammentreffen mit dem Kranken irgendwann vor Anbruch der Morgendämmerung.

Wie etwas außerhalb der Regeln eintritt. Die Bedeutung des Schneide-Werkzeugs, das der Kranke gefunden hatte, ist unklar.

Wie sie ihn mit Hilfe des auf dem Schreibtisch neben der schlafenden Nachtschwester liegenden Schlüsselbunds freischließt – wie sie die Türen offenläßt und mit dem Schlüsselbund zurückkommt – wie sie dann schräg über den Kiesplatz und in den Park in Richtung des Teichs und der Kiefernschonung gehen, mit anderen Worten, der übliche Spaziergang. Wie sie dort verschwinden. Jetzt ist alles dunkles Licht, Schilf, Gras, Wassergeruch. Das Schilf schlägt darüber zu einem Gewölbe zusammen. Das Auge des Teichs sieht und verschlingt.

Dann, nach unendlich langer Zeit, wirft die Sonne plötzlich ihren ersten glühend roten Schein auf die rote Backsteinfassade und auch auf das Fenster, wo der ehem. Seemann Ström – der sein Bett genau oben in der Ecke hat – stets zusammengekauert mit nach oben gewandtem Gesicht sitzt, um die Wanderungen und Schlachten der Wolken oben am Himmel zu verfolgen. Ström jedoch ist nicht mehr da.

Wo er ist:

liegt ausgebreitet, nach hinten das alterslose Gesicht, ewiges Kindergesicht, glatt und grob und sauber gewaschen. Es wartet. Es war dem Gesicht so ähnlich, das sich umgedreht und ihn angesehen hatte – im Lehm – im Nebel – vor langer Zeit, langer Zeit.

Jetzt ist eine andere Welt. Sie ist, wie sie ist. Wie Geburtsteile (im Halbdunkel noch, im Morgendämmerungsdunkel).

Er entdeckt, sie ist eine große Maschine, die die Erinnerung wieder herbeirufen kann. Als etwas unter dem weißen Kittel zu stöhnen beginnt (oder bildet er sich das ein? jedenfalls liegt ein hartnäckiges eintöniges Jammern in der Luft) –, ist es, als werde eine Erinnerung berührt. Die Erinnerung liegt dort, zwar noch nicht sichtbar, aber zu berühren, fast nackt und bebt.

Er wird listig. Er macht sich listiger, als er ist. Hier, wo es still ist und abgelegen, aber es dennoch darauf ankommt, daß man keine Schreie verursacht oder etwas, das man hören kann, hier unten, unten im Schilf (einen Augenblick lang ist nichts mehr Apparaten-gleich) kriecht er dicht zu ihr und macht sich zu einem liebkosungssuchenden, ganz kleinen Kind. Mit Kopfrucken und kleinen Lauten und puffenden Bewegungen, mit seinem ganzen Ich bringt er jeden Fühl-Teil des Körpers so dicht an die große warme Körperwand, in die er hineinkommen, in der er verschwinden will – jeder Teil zittert in gespanntem Glanz wie die morgenglitzernden zarten Fühlhaare mancher Pflanzen (durch Stengel und die großen weichen Blatthandflächen und Blumenlippen rauscht und läuft der warme Kristallsaft). Lippen werden schleimig, Zunge schwillt und tastet sacht, will still weiter. – Mit allem, was jetzt in ihm ist und fühlt, nimmt er wahr, jetzt ist die Erinnerung nah – nah. Nur eine Grenze noch. Bald so nah, daß man sie fühlen kann. Nur eine Grenze. Die letzte.

Wie alles, das jetzt daliegt wie etwas, das einfach in starrer Betäubung hintenüber gefallen ist, dann in eine einzige Blendung ausschlägt.

Doch dort ist die Grenze. – Darum ist er plötzlich schreckgelähmt. Bei dem Gedanken wird sein Gesicht, als würde er gerade ertrinken. Schließlich ist er nie dort draußen gewesen, es hatte sich nie eine Gelegenheit dazu ergeben, *dort*, wo der Fuß plötzlich in ein Loch rutscht und die Strömung Macht hat – und was geschieht, was geschieht? Wie auf einen Fels klettert er auf diesen großen Körper, der plötzlich schärfer als scharf riecht, ein hilfloser beißender Dunst. Plötzlich kann er anfangen, wie eine Maschine zu schütteln. Er kann also nichts dagegen tun, daß er mitten in allem grinst: verhält es sich doch so, daß dieser große Körper zu jemandem gehört, den er verachten muß. – Aber man darf nichts hören (sogar um diese Tageszeit ist man nicht völlig in Sicherheit vor dem Muskelstarken mit dem Zwangsernährungsschlauch). – So wie es jetzt steht, muß sie zuerst kraftlos und unschädlich gemacht werden. – Dies geschieht durch Entgegengleiten, Entgegenreiben und falsche Süße – auf diese Weise wiegt man den Feind in Sicherheit und kann ihn unschädlich machen.

Im glänzenden Nebeldunst (sich nackt erhebend schimmert die Insel der Erinnerung und des Wissens in der rauchenden Morgendämmerungsnässe) treibt wie ein zerschmettertes Ei ein schielender schwacher Blick, ein sinkender ertrinkender Blick. Er beginnt wieder zu kichern. Es fällt schwer, sich zu entschließen, ob man eine außerordentlich wichtige Person ist oder ein Nichts ohne jede Bedeutung. Ist er der Kaiser, der sich befleckt, oder der Säugling, der sich ernährt? Wie auch immer: jetzt wird sie benutzt, wozu sie sich benutzen läßt.

Da aber geschieht plötzlich irgend etwas mit seinen Händen.

Es läßt sich nicht erklären. Etwas Trockenes, Steifes, Seltsames, Künstliches, plötzlich. Dann gleitet es zur Seite. Anfangs ist es nicht so erschreckend. – Doch es kommt mehr.

(Alles ein einziger Augenblick, eine einzige Entscheidung. Von Reife keine Rede. Plötzlich ist man einfach am Ende angekommen, die unbekannte Zeit ist abgelaufen, das war es dann.)

Jetzt läuft die Steife in seinen Händen an. Etwas quetscht. Steifer. Steifer. Er muß zudrücken, als wolle er sich befreien von dem, was ihn umklammert. – Halberstickte Laute wie Quäken. – Noch lebende Augen. Doch er hatte keine Zeit, darauf zu achten, was sie sagten, er mußte an anderes denken.

Dort lag der graue Körper wie ein Erdhaufen im nassen Gras, der Sonnenuntergang leuchtete durch Billionen von

Wassertropfen, es läutete und bimmelte zur Hochzeit. Ihr Körper war gemacht aus Staub, aus Wasser, Atem, Feuer, all dies vereinigte sich miteinander in dieser leberfleckigen, trüben grauen Haut, mitten darin befand sich der dunkle Schlitz. Er ging zum Mittelpunkt des Weltalls – endlich bis hinein. Er schreckte nicht mehr. Er öffnete den Weg nach innen. Einen dunkel sonderbaren Weg. Durch alles, was war, jedoch ein klar still brennend glühend, wie durch Atem entstandenes Feuer, klar wie Wasser: alles wurde getragen von dunklem Staub.

Das aber mit seinen Händen. Sie drückten zu. Sie mußten. Sie entschieden selbst. Daran war nichts Schlimmes. Sie wollten nichts. Sie wollten weder Böses noch Gutes. Nur zudrücken mußten sie, ein Jucken in ihnen, er konnte sie nicht hindern, sie mußten – an sich war das völlig unwichtig, es war nicht zu fühlen, nicht schön, nicht böse, überhaupt nichts. *Mußten* aber. Man konnte sich fragen, warum, wenn es doch offenbar für überhaupt nichts gut war.

Lange, sehr lange, redete er mit sich selbst, er hatte Zeit für alle möglichen, sogar langatmige Überlegungen – als es sich plötzlich auf den Ohren, oder eher der ganzen Haut, wie immer dichterer, kalter Schweiß anfühlte. Bemerkte eine tiefe Stille. Wie leise und still es war. Die Blätter tropften. Ein immer tieferes, stilleres Schweigen. Wie konnte es so still sein?

Irgend etwas hatte sich sehr verändert.

Und es gab jetzt etwas in seiner Art völlig anderes, was seine Hände, jetzt ganz friedlich, ins Gras zurücklegten. Eine Art Puppe.

Ein Strahl durchbrach das Schilfblattwerk. Er war feuerrot und glitzernd – auf seinem Weg begann alles zu glänzen und zu glitzern.

Doch ihr Gesicht lag tief im Feuchtschatten wie eine verfinsterte Frucht. Ein wenig schräg nach hinten im feuchten Gras, wie gebrochen. – Und nicht unbedingt ein Körper, sondern ein Haufen aus lauem Stoff. Wie eigenartig sie aussah. – Plötzlich – ganz plötzlich – wußte er, daß ein großes Unglück geschehen war. – Und daß er von ihr getrennt worden war, als er gerade und endlich im Begriff stand, sie zu erreichen.

Und daß sie sich nicht mehr begegnen würden.

Wenn auch die Sonne hinter dem Höjefluß in noch tausend mal tausend Jahren aufrinnen sollte, sie würden sich nie mehr begegnen. Und seine eigenen Hände hatten dies getan.

Da wendete die Welt sich völlig. Und woher kamen die Tränen? Aber jetzt kamen sie. Jetzt endlich kam es, das Weinen.

Im Schatten all dessen, glitzernd in mehr und mehr roten Sonnenstrahlen, lag dieser arme Körper.

Jetzt waren die furchtbaren Hände plötzlich nicht mehr steif. Er warf das Schneide-Werkzeug, das er in seiner Tasche in Bereitschaft gehabt hatte, so weit von sich weg, wie er nur konnte. – Die Hände streichelten vorsichtig und sacht. Am ganzen Körper bewegte er sich schluchzend und still zitternd auf sie zu.

Aber jetzt war es doch für alles zu spät.

Weinend riß er Laub und Schilf ab, rupfte Gras aus und häufte es über sie. Sie sollte ein Kleid bekommen aus Gras und aus Blättern.

Es glitzerte so unerträglich, daß es verletzte.

Er erkannte, daß so tiefes Schweigen, so tiefe Stille herrschte, weil er jetzt abgeschnitten war von allem und außerhalb stand. Er befand sich jetzt, ganz einfach, an einem völlig anderen Ort als die übrigen. Dort war es völlig still. Es glitzerte und glitzerte.

Er konnte die Hände nicht von ihr nehmen. Gerade als das Unbegreifliche geschah – als die Hände sich so verhielten, waren sie ja zusammengekommen. Und er weinte und streichelte sie am ganzen Körper und bat unaufhörlich heftig weinend um Verzeihung. – Die Tränen waren so warm. – Doch es blieb still. Ein ganz anderer Vorgang hatte sich ihrer angenommen. Plötzlich glaubte er auch zu fühlen, daß sie kälter wurde. Da öffnete er den Mund zu einem Schrei und verstummte abrupt. Jetzt begriff er deutlich, daß er so rasch wie möglich fort von hier mußte, ohne Spuren zu hinterlassen. Dann fing er an, ihre Kleider zu ordnen und ihre Beine zusammenzuschieben, aber aus irgendeinem Grunde blieben sie nicht zusammen, sondern fielen auseinander (wie im Leben, so auch im Tod, dachte er und kicherte ein wenig über diesen Einfall).

Und wieder war es so still.

Und jetzt sah er nur das stille, dunkler werdende Gesicht. Er versenkte sich darin, er wanderte dort hinein. Sein Heim war es jetzt und seine Zuflucht. Und er weinte und weinte und küßte sie überall. Und er fiel auf die Knie und bat den grauen Körper, den heiligen Körper, um Verzeihung.

Und der Kaiser barst wie eine Fliege. Er lag als Leiche zu Füßen Christi. Das Schneide-Werkzeug war weit entfernt und glitzerte tot vor sich hin.

So das Resultat der Ereignisse dieses Morgens, wie sie der Welt noch unbekannt waren: im Unterholz des hinteren Krankenhausparks, zwischen Teich und Kiefernschonung, ein dickes zerfetztes Etwas. Ein Frauenkörper, dessen Kleider, und insbesondere der Unterrock – ein rosa Unterrock unter dem weißen Helferinnenkittel –, zerrissen waren. Sie lag auf dem Rücken. Über die nackten dicken Schenkel perlte der Tau. Den Kopf hatte sie nach hinten in Erde und Gras gepreßt. Das Gesicht schwarz angelaufen und geschwollen, so daß die Augen nur Schlitze waren. So wie man durch schmale Spalte eine völlig glatte, tote Wand erblickt. In irgendeinem allzu starken Gefühl, Entsetzen oder einem angehaltenen Krampfsturm anderer Art waren die glatten Schenkel in ihrer aufgerissenen Stellung erstarrt. Jetzt strahlte der Sonnenaufgang mit voller Kraft in das feuchte wirre stark riechende Schilfdunkel. Der Tau kondensierte und schlug sich auf den Innenseiten der Schenkel nieder, weshalb die Haut wie irgendein blankes stummes künstliches Material glänzte. Auch der süßsaure Geruch von zerdrücktem Gras stieg auf, so überwältigend, als stürze einem ein eben ausgehobenes Grab über dem Kopf zusammen. In den Augen jedoch gab es eine Art von Leben, dort gab es sogar zu viel Bewegung, Fieberbewegung herrschte dort wie von schwirrenden Tieren – oder als wenn Lichtreflexe in dem glänzend aufgerührten Wasser der Augenschlitze (wie Spalte in einem Betonbunker) ein rasendes Leben entwickelten wie ein Gewimmel schimmernder Mikroben. Hier liegt die Königin der Erde. Sie ist, die sie ist. Das verdunkelte Gesicht ist nicht von dem der Erde zu unterscheiden.

Und er – er hörte nur das Weinen. Das lebendige Weinen, das Weinen der Erde.

Es verfolgte ihn. Es war in seinem Inneren. Es war wie ein eigenes Wesen. Er folgte dem brennenden roten Licht. Die Feuerkugel der Sonne schwebte über der Ebene, die anschwoll von künftigem Tod. Das Weinen war die Erde selbst.

Die klagende brennende Erde.

Der Vater saß im Sonnenuntergang am Küchentisch. Da sah er einen durch die Allee kommen, einen, den er gut kannte.

Hier kam sein Leben.

Es war aber die völlig falsche Tageszeit: um diese Zeit fuhr kein Bus.

Und als Elje hereinkam – wortlos stand er mit einem Mal in der Tür –, sah der Vater, daß es sich nicht um eine normale Heimkehr handelte. Das Gesicht grau von eingetrocknetem Lehm, als hätte er im Graben geschlafen. Gras in den Haaren. Die Kleider unbeschreiblich zerknittert, schmutzig, stellenweise zerrissen wie nach einer anständigen Prügelei. Und – jetzt sank sein Herz – was für Kleider. Keineswegs die richtige Entlassungskleidung. Nicht der Anzug. Es waren Krankenhauskleider, außerdem solche, in denen der Vater ihn noch nie gesehen hatte, eine Art Pyjama, das mußte dort ihre Nachtbekleidung sein. So hatte er ihn noch nie gesehen: ein unbekanntes Leben stand dort plötzlich vor ihm. Und stand einfach da. Und atmete schwer. Mitten im Gesicht, unter der Lehmschmiere: graue, fast blaue Lippen. Er griff sich ans Herz. Er habe Schmerzen, sagte er: »Schmerzen«, nur das sagte er, viel brachte er nicht über die Lippen. So hatte der Vater ihn noch nie gesehen.

Es hatte außerdem den Anschein, als wolle er etwas erzählen. Etwas jedoch, das er absolut nicht herausbekam. Offensichtlich war etwas passiert. Der Vater aber konnte sich einfach nicht vorstellen, was.

Im übrigen wollte er es nicht wissen: es genügte, daß er denjenigen gerade hier und gerade jetzt und in einem solchen Zustand vor sich hatte. – Elje blieb einfach stehen, reglos, vor allem schien er so unglaublich müde zu sein, an der Grenze seiner Kräfte. Der Vater mußte selbst aufstehen und einen Stuhl herbeischieben und ihn hinsetzen: schwer sank er dann nieder, als ob er falle. Ein leerer trüber völlig verlorener Blick traf auf den des Vaters.

Der Vater stellte hin, was vom Abendessen übrig war, viel war es nicht. Elje aber wollte nichts – mit einer Mühe, als wiege es so schwer wie Blei, hob er etwas auf die Gabel, schob dann aber plötzlich den Teller ans andere Tischende fort, als bereite ihm schon sein bloßer Anblick Übelkeit, wo er sich doch sonst immer so sehr über Essen gefreut hatte, wenn er nach seinen verschiedenen Ausflügen in die Welt wieder am Küchentisch des Vaters saß. Nein, dies war eine völlig andere Heimkehr.

Langsam ergriff den Vater ein sonderbares Gefühl. Etwas drohte. Etwas in seinem Inneren sagte unaufhörlich, dies könnte vielleicht viel ärger sein, als er es sich je vorgestellt hatte. Aber auf diesem Ohr war er taub.

Er wußte überhaupt nicht, was er machen sollte. Wider besseres Wissen suchte er im Schrank. Aber er wußte ja nur zu gut, daß dort keine Flasche war, er hatte diese Heimkehr ja nicht erwartet. Jetzt wünschte er sich, er würde irgendeinen im Haus gut genug kennen, um hingehen und sich etwas leihen zu können: doch er hatte sie ja nie kennenlernen wollen (und der Großknecht war nach einem Schlaganfall seit dem vergangenen Jahr im Altersheim, die eine Seite gelähmt, der kam selbst nicht mehr zurecht: vielleicht wäre er auch nicht der Richtige gewesen, um sich von ihm Schnaps zu borgen). Also schaltete er statt dessen das Radio ein. – Aber es war sieben Uhr, die Schallplattenmusik zu Ende, und jetzt kamen Nachrichten und Suchmeldungen: er schaltete wieder aus. Gerade davon wollte er jetzt nichts hören. Elje sah ihn in gewisser Weise an, wie ein geschlagenes Tier. Nein, er wollte nicht wissen, worum es ging.

So saßen sie dort. Es gab überhaupt nichts zu reden. Alles war völlig anders als sonst.

Eigentlich war es ja die Tageszeit, um den Richter Rutherford oder etwas anderes hervorzuholen (mit den Jahren hatte der Vater seine Lektüre erweitert, er war jetzt Kunde der Bibliothek). – Aber der Vater fühlte, was ihn und den Sohn betraf, war die Zeit des Lesens vorüber.

Man konnte also nichts anderes tun, als nur dazusitzen. – Und immer mehr und mehr wurde deutlich, daß es Warten war – eine Zeit, die totgeschlagen werden mußte, und sonst nichts. – Elje stierte auch fast unablässig auf die Tür, sagte nichts: in gleichmäßigen Abständen, mechanisch, als handele es sich um etwas, das er ebensogut bleibenlassen konnte, wozu er sich aber dennoch gezwungen fühlte – stand er auf und reckte den Hals, so sehr er konnte, und starrte hinaus über die verlöschenden Felder (der leere brennende Schein erlosch über den scheinbar endlosen Äkkern), die Straße hinunter, nach unten in die Allee, hinab zur großen Straße – der einzigen Richtung, aus der jemand kommen konnte.

So saßen sie dort. Die Dämmerung vertiefte sich. Die

Nacht wurde weiß. Sie duftete. Die Nachtigallen schlugen. Auch ins Bett zu gehen war unmöglich. Alles war so verändert. Man wußte nicht genau, was man tun sollte. Die Stunden vergingen. Lautlos und stumm – aber mitten in das unaufhörliche tiefe Nacht-Weinen der Nachtigallen – fielen die Augenblicke schwer, als sei jeder einzelne von ihnen ein ganzes Leben, hinab ins Unbekannte. – Die Pendeluhr an der Wand schlug. – Wieder eine fast bodenlose Tiefe der Zeit. – Und wieder schlug sie.

Irgendwo aber mitten in der Nacht, das Licht war noch immer weiß, nahm jedoch einen grauen Dämmerungsgeschmack an, und der Uhrzeiger stand ein wenig über halb drei, erschauerte Elje. Er stand auf, reckte sich, fast als sei es wie immer: und legte sich aufs Sofa, seinen alten Schlafplatz, der die ganze Zeit bereitgestanden hatte – die Knie auf seine Art an den Bauch angezogen und die Hände zwischen den zusammengepreßten Schenkeln. Das Gesicht dem Zimmer zugekehrt. Es war leer wie eine Erdscholle. Der Blick hing am Vater. Binnen eines Augenblicks schlief er tief und schwer und ruhig.

Der Vater aber saß noch am Tisch. Schon rötete sich die Dämmerung. Doch er konnte sich nicht überwinden, ins Bett zu gehen.

Jetzt waren sie am Ende. Weiter nichts.

Ström Albin saß da und sah auf den dreiundvierzigjährigen Sohn, der auf dem Sofa schlief, auf den, der sein Leben geworden war – mehr war nicht daraus geworden. Jetzt drehte der Schlafende sich auf den Rücken, und der Mund klappte auf, er atmete schwer schnarchend und mit offenem Mund. Dies war der Stein, der sein Leben hinabgezogen hatte. Und jetzt war es unten, so weit unten, wie man nur kommen konnte. Nein, nicht mit guten Vorsätzen, nicht mit einem lebenslangen Kampf für ORDNUNG-UNVERSEHRTHEIT-REINHEIT ließ sich das Leben des Menschen meistern: bis ins Mark war es geteilt und unrein: ein eigener wunderlicher Gedanke lebte darin, er lief allem zuwider, es war kein Menschengedanke. Wie ein Gärtner hatte er pflegen beschneiden verwandeln wollen. Ein ganzes Leben. Ein ganzes Leben aber hatte ihm etwas Widerstand geleistet, etwas, das stärker war. Der Dreiundvierzigjährige, jetzt lag er so da wie am Anfang: in einer Holzkiste, grau, vorstehende Wangenknochen und Augenbögen, grau. War ihm nicht sehr ähnlich – war es nie gewesen. Am Ende wie am Anfang: zu nichts tauglich. Und darauf war das Leben hinausgelaufen. Welchen Fehler hatte er gemacht?

Die Dämmerung war rot. Sie kündigte Regen an. Die Nachtigallen sangen ihre Wunderlichkeiten, von denen man nicht wußte, ob sie Freude bedeuteten oder Weinen. Er saß nur da. Er wartete. Doch er ließ Elje schlafen. Gegen acht Uhr stäupte der Regen an die Scheiben: da schaltete er das Radio ein, vor allem wegen des Wetters. – Jetzt also erfuhr er eine Neuigkeit.

Das jedenfalls hatte er nicht erwartet.

Das war mehr, als irgend jemand auch nur in seinem schlimmsten Wahrtraum hätte vorhersehen können. Aber es war ein schlimmer Wahrtraum.

Nein, das hatte er nicht erwartet.

Das Radio berichtete jetzt von »tagsüber aufklarendem Wetter«.

Im Augenblick konnte er sich strenggenommen nicht vorstellen, wie er je noch einmal in dieses Gesicht sehen sollte. – Dies aber verhinderte nicht, daß, was immer er selbst sagen mochte, etwas in seinem Inneren ihn auf den Rand des Sofas zwang. Der Schlafende drehte sich zu ihm um, als habe er gespürt, daß da der Vater ist, wimmerte ein wenig, streckte sich und kauerte sich zusammen. Über den wie aufgelösten aufgeweichten schlafenden Mund glitt flackernd ein schwaches Lächeln.

Das war mehr, als der Vater ertragen konnte: er legte den Kopf in die Hände und begann zu weinen. Wie er sich erinnerte, weinte er zum ersten Mal in seinem ganzen langen Leben als Erwachsener. Und er hörte selbst, wie das laute bebende greise brüchige heisere Schluchzen in seiner Küche widerhallte, als sitze hier heulend ein Fremder. Elje indessen erwachte nicht. Der Vater saß da und stierte mit tränenblinden Augen vor sich hin, er sah nichts, nichts wußte er mehr. Als sei alles fortgenommen. Was hatte er falsch gemacht? Bei Gott, was hatte er falsch gemacht?

War so der Lohn des Gesetzes und der Rechtfertigkeit?

Und er beugte sich zum Sohn hinab und legte die Wange an seinen Kopf und weinte und weinte. – Mit einem Mal aber spürte er nichts mehr als eine überwältigend schwere Schläfrigkeit, alles mochte nachgeben, er aber mußte schlafen, nur schlafen mußte er. Er kroch dicht neben den Sohn und legte den Arm um ihn – er dachte, es ist das allerletzte Mal, daß ich ihn im Arm halte –, dann glitt er hinab und hinein in den Schlaf, gewärmt von der Temperatur des anderen fremden Körpers.

Es war mitten am Tag – die Uhr zeigte auf halb eins –, als er mit einem Ruck aufwachte. Als habe ihn einer angesehen. Er fuhr hoch und eilte ans Fenster. Der Regen zog wie ein Schleier über die ganze Landschaft, wogte riesig hin und her. Unten in der Allee – weit unten, unten an der

Kreuzung der großen Straße: auf dieser unendlichen Ebene konnte man alles auch noch so weit Entferntes erkennen – kam ein dunkles Auto. Ein sich im Regendunst drehendes Blaulicht auf dem Dach: blau blinkend, es blinkte blau. – Gerade da erwachte Elje und lachte auf wie ein kleines Kind, gerade jetzt erinnerte er sich offensichtlich an nichts mehr, nur noch daran, daß er wieder zu Hause war, daß es schön war, wieder zu Hause zu sein – dann offenbar erinnerte er sich an etwas, langsam veränderte sich das Gesicht in etwas immer Starreres, Unglücklicheres. – Aber der Vater konnte nur aus dem Fenster zeigen.

Es war kein weiteres Wort nötig. Elje fuhr hoch, riß das Fenster auf, beugte sich hinaus und verschaffte sich einen Überblick über den Stand der Dinge. Es blieb keine Zeit zum Abschied – er schob ganz einfach das Bein über den Fensterrahmen und verschwand ins Freie. Das Letzte, was der Vater von ihm sah, als er sich, ihm nachschauend, aus dem Fenster lehnte, war, wie er sich mit dem Rücken zur Wand hinter das Haus schlich. Dann sah er in großer Entfernung eine Gestalt im Regennebel über die Felder hinauf zum Buchenwald verschwinden. Er schloß das Fenster und schob sorgfältig die Haken vor. Dann setzte er sich und wartete. Nach kurzer Zeit klopfte es drüben an der Wohnungstür. Er ging in den Korridor. Auf dem Hof stand das Auto mit dem sich drehenden Blaulicht, es drehte und drehte sich. Noch ein Polizeiauto fuhr vor. Dann kam ein Polizist mit einem angeleinten Schäferhund durch den Korridor auf ihn zu: und der Korridor und das Haus waren plötzlich voller Polizisten – die meisten uniformiert, zwei aber in Zivil.

Nun, er hatte ja nicht vorgehabt etwas zu sagen. Er hatte

sich vorgestellt, falls er gezwungen wäre, überhaupt etwas auszusagen, dann, es ist nicht meine Angelegenheit, ich bin sein Vater, das kann niemand verlangen, das ist nicht meine Angelegenheit.

Aber es mußte eine Ordnung geben. Wird die Ordnung gebrochen, geht alles unter.

Vermutlich hatte die, die man im Krankenhauspark gefunden hatte, bekommen, was sie verdiente.

Zweifellos hatte sie den Kranken zu etwas verleiten wollen.

Hier blitzten ihn jetzt mehr Uniformen an, mehr in Reihen geordnete Knöpfe, als er in seinem Leben auf einem Fleck versammelt gesehen hatte. In einem Augenblick wie diesem war das ein Halt.

Eine Ordnung mußte es geben, ja –

seine Atemzüge aber waren schwer und befreiten sich als schweres Schluchzen aus dem Körper, reißend zerreißend stiegen sie aus dem Körper heraus, als trieben sie von einem Grund empor, viel tiefer als ein Körper sein kann. Während er zusah und nichts dagegen tun konnte, ging sein Leben in Stücke und Scherben

scharf wie Schneide-Werkzeug und zerfleischend. Jetzt war in seinem Inneren alles eine Wunde.

Eine Ordnung aber mußte es doch geben – wie sollte es sonst gehen?

Die Frucht der Ordnung aber ist der Tod. Etwas steht immer im Weg. Einer muß zu guter Letzt immer sterben, wenn das Gesetz aufrechterhalten bleiben soll. Es ist nicht gesagt, daß dies der wirklich Schuldige ist.

Die Frucht des Gesetzes ist die Angst und der Verrat und der Krieg.

Plötzlich ist man einfach dabei, etwas zu tun, von dem man nie geträumt hatte, daß es existierte.

So steht er jetzt hier und ist nach einem ganzen Leben dabei, mit eigenen Händen und eigener Stimme zu tun, was das Gesetz von ihm fordert.

Und damit ist doch alles zu Ende. Wirklich zu Ende.

Und er ging mit hocherhobenem Kopf zu den Polizisten auf die Vordertreppe hinaus. Er hob langsam die Hand und zeigte hinaus in den Regen, zum kleinen Buchenwald. Ihm war, als sterbe er. Doch er starb nicht. Im Gegenteil hörte er seine Stimme, die alle Einzelheiten nannte, wie man am besten dorthin gelange – die Stimme sprach weiter und sprach weiter, außer Kontrolle; als die Polizisten (bewaffnete, sah er wie in einem Traum) und die Zivilisten und der Hund schon weit entfernt, undeutlich in einer Kette, über das schwere nasse Feld zum kleinen Wald fast schon rannten, stand er immer noch da und redete und redete und redete und gab Einzelheiten preis. Plötzlich fiel ihm auf, daß er allein dort stand und zu Regen und Wind sprach. Da ging er ins Haus und setzte sich an den Küchentisch und hielt die Hände an die Ohren. Und blieb so.

Elje stand bis zum Mund in der Grube voller Laub und Feuchtigkeit, und es roch grün, grün nach Gras und neuem Laub und Regen und altem Laub und Bäumen. Die Nachtigallen weinten und weinten aus dem feuchten Grün. Und er hörte Hundegebell. Ein Vorhang aus Hundegebell um ihn herum. Und die Augen auf ihm: die hellen feuchten schwimmenden brechenden elenden Augen, die Augen eines Besiegten. Brechend.

Wie ein Zerbrechen auch in ihm selbst. Es glich nichts, was er schon gefühlt hatte. Es war das Zerbrechen einer wichtigen Naht. Genau mitten in seinem Inneren. Als gehe alles entzwei, und es hörte nicht auf. Dann kamen schwarze Wellen. So kann es doch nicht sein, dachte er und schob mehr Laub über sich. Die Nachtigallen weinten. Und jetzt hörte er, wie es auch in der Erde weinte. Hundegebell. Näher aber war das Weinen, das nun aufstieg durch seinen eigenen Körper und aufstieg durch Herz Kehlkopf Nase Augen warm warm zerbrechend zerbrechend – warum weint sie, dachte er, warum weint sie so? Da war es wie Blut vor seinen Augen und dann dunkel. – Und er starb stehend – Herzstillstand vor Schreck, so nahm später das gerichtsmedizinische Gutachten an –, als eben der an seiner Leine zerrende Schäferhund den Grubenrand erreichte. Dort traf die Verfolgerkette der Anblick des sterbenden Kopfes, der brechenden Augen, des Oberkörpers, der gerade langsam ins Laub sank. Sie mußten also nie zu den Waffen greifen, auch nicht zu Gummiknüppeln oder Handschellen oder auch nur zur Beruhigungsspritze (der eine der beiden Zivilisten war Polizeiarzt): aus dem Laub zogen sie einen ruhigen und friedlichen Körper.

Als sie zurückkamen, stand der Vater vor dem Haus. Durch das Fenster hatte er gesehen, wie sie über die Felder kamen. Ein Polizeiregenmantel bedeckte den, den sie trugen. Der Vater ging hin und schlug den Regenmantel vom Gesicht zurück und stand da und betrachtete den endlich Gefangenen, den endlich Gefangenen. Wangenknochen, Augenbögen, grau: die Augen waren nicht geschlossen, sondern starrten direkt auf ihn. Er beugte sich nieder und schloß die Lider. Das war es. Um eines war es im Leben gegangen. Nun war es vorbei.

Eine halbe Stunde später saß er wieder am Küchentisch und sah, wie die Autos durch die Allee zurückfuhren, zur großen Straße nach Lund hinüber. Zuerst eines. Dann das andere, das mit dem Hund. Die blauen Blinklichter drehten sich, drehten sich.

Und alles war vorüber. Es war völlig still. Seine Küche war so dunkel. Draußen blühte und blühte die zum Tode verurteilte gebärende Erde Jesu Christi Leib. Erbarme dich.